Contes et récits
de l'île de Beauté

Pierre Soavi

Contes et récits de l'île de Beauté

Albin Michel

22, rue Huyghens, 75014 Paris
www.albin-michel.fr
ISBN 2-226-13747-5

À mon village,
le plus beau du monde

« Si tu veux parler de l'universel,
parle de ton village. »

TCHEKHOV

Avant-propos

La plus grande partie des récits qui suivent sont inspirés de faits réels qui se sont produits au temps de mes jeunes années, ou quelques décennies auparavant, à une époque où les peuples avaient une âme et les hommes une mémoire collective.

Au pied de la montagne bleue de mon enfance que, dans ma naïveté, je prenais pour le centre de l'univers, je partageais les joies et les peines d'une communauté rurale, vivant en parfait accord avec la nature et en communion avec le ciel. Rude, fidèle à ses coutumes, respectueuse de ses traditions et attachée à des valeurs qui donnaient un sens à sa vie quotidienne, elle n'avait que peu évolué au cours des siècles.

Gardiens vigilants d'un passé qui ne veut pas mourir, les hommes et les femmes qui composaient ce monde non pas idéal mais juste, d'un autre temps, vous demandent de les écouter sans chercher à les juger trop sévèrement.

Grâce à eux, tous mes personnages, réels ou imaginaires, ont profité de l'aubaine offerte par les règles de la fiction pour venir se glisser entre les mots dans l'intention louable de m'aider à progresser, sans aucune contrainte, dans ma démarche de témoin.

Cela m'a permis, du moins je l'espère, de donner à mes récits cette part d'authenticité indispensable à toute histoire qui se veut, non seulement intéressante, mais aussi, crédible.

Qu'importe d'ailleurs que l'histoire soit vraie ou de pure imagination ! L'important est qu'elle éveille la curiosité du lecteur et lui donne l'occasion, s'il est originaire de cette île, faite de mythes et de symboles, de retrouver ses propres souvenirs ou fasse naître, dans l'esprit de tout homme ouvert à la découverte, le désir d'aborder un jour ces rivages enchanteurs et de connaître un peu mieux ce pays, à nul autre pareil, où la beauté ose dire son nom.

A la différence de ceux issus d'un imaginaire populaire ancestral, quelques récits, d'inspiration plus moderne, se déroulent à une époque plus récente mais – est-il besoin de le préciser ? – ils ne sortent jamais du cadre de ce même monde insulaire que l'évolution des sociétés n'a changé qu'en apparence.

J'espère être resté fidèle à la pensée de tous ceux qui, un jour ou l'autre, se sont confiés à moi [1] et m'ont permis de puiser sans retenue dans leur savoir.

J'invite le lecteur à parcourir, à mes côtés, les sentiers lumineux de mon île natale, à partager les secrets de ma montagne bleue, à visiter ces lieux imprégnés de mystère,

---

1. Je remercie en particulier mon ami Antoine Antonelli, maire de Mausoléo, Corse de nom et de cœur, gardien respectueux des traditions de notre pays, de m'avoir permis de m'inspirer de ses écrits sur le Giunssani pour écrire les deux contes de ce recueil, dont l'action se passe dans son beau village.

à revivre avec moi les moments privilégiés de mon enfance et à lire ces pages de la mémoire populaire, au sein de laquelle rêve et réalité se confondent dans une tendre complicité [1].

1. A noter, pour les mots corses figurant dans cet ouvrage, que la lettre *u* se prononce « ou » dans cette langue.

L'âne Rampinu

Si ma mémoire est bonne il s'appelait « Rampinu ». Ce qui, en langue corse, veut dire quelqu'un qui s'accroche. Et pour s'accrocher il s'accrochait, le bougre ! Il fallait le voir grimper les sentiers escarpés de la montagne, à une allure soutenue et régulière, donnant le meilleur de lui-même, toujours tenace et combatif comme l'âne de bonne race qu'il était.

C'était un animal de taille moyenne, dont la robe grise, soyeuse comme du velours de Gênes, très agréable au toucher et à l'œil, avait des reflets cendrés. Et avec ça, mince, musclé, solide, la tête haute, le pied sûr et le port altier. Il arborait, quand il était à cru, une splendide croix de Saint-André dont le tracé, net comme un trait au fusain, courant avec précision sur son échine, son encolure et son garrot, le distinguait du commun des ânes et lui donnait une allure fière et décidée.

Et, ce qui ne gâtait rien, doux comme une biche, caressant comme un chat, docile comme un agneau et fidèle comme un chien de compagnie.

Il faisait la joie de ses propriétaires, Santu et Minella, qui ne tarissaient pas d'éloges à son égard et vantaient ses mérites à tout propos. Tous deux l'aimaient comme un enfant, le soignaient comme un pur-sang et ne l'auraient pas vendu pour tout l'or de la terre.

C'est vrai que Rampinu rendait de fiers services à ce vieux couple de travailleurs, dont la vie était partagée entre la culture d'un petit jardin familial et l'exploitation d'un débit de boissons sis au lieu-dit Costa-Liscia[1], en bordure d'une route qui n'avait de nationale que le nom, étant donné le mauvais état de sa chaussée et son tracé audacieux à travers les collines couvertes de maquis.

Malgré ces inconvénients, cette artère desservait tant bien que mal tous les villages des alentours et conduisait à l'Île-Rousse, une agglomération un peu plus importante que les autres qui, pour cette raison et parce que ses murs abritaient quelques commerces de moyen débit, une pharmacie et deux médecins, s'enorgueillissait du nom de ville.

Les établissements du genre de celui tenu par Santu et sa femme étaient bien utiles à cette époque de tradition orale. Au-delà des services qu'ils offraient à leur clientèle, en débitant des boissons et accessoirement de la nourriture, ils permettaient aux personnes de la région de se rencontrer, de passer un moment ensemble, de faire des affaires, de débattre des questions intéressant le petit peuple auquel elles appartenaient, et surtout de faire circuler les nouvelles, bonnes ou mauvaises, qui, comme chacun sait, sont le sel de tout échange humain.

Tous les soirs, la population masculine du coin se trouvait réunie dans la salle du café et autour d'une *mezza*[2] de

1. Côte-Lisse, lieu imaginaire où se déroule l'action du récit.
2. Bouteille d'un demi-litre.

vin rosé du pays, les commentaires allaient bon train. Chacun refaisait le monde à sa façon, et quand il avait fini il pouvait, soit recommencer, soit laisser place à un autre convive.

Les plus forts pour ce genre de revue de presse parlée étaient les marchands ambulants appelés dans la région *tragulini*, sorte de colporteurs en tout genre qui sillonnaient le pays et faisaient provision de nouvelles bonnes ou mauvaises. Allant de village en village, avec leur charrette tirée par une vieille mule, ils mettaient un point d'honneur à être les mieux informés et les plus rapides à transmettre leur savoir aux autres, n'hésitant jamais à parer la vérité des fleurs exubérantes de leur imagination.

Politique, affaires familiales, querelles entre voisins, débuts ou fins d'inimitiés, naissances, mariages, morts, départs, arrivées, rien n'échappait à l'œil averti de ces spécialistes du verbe. Les diverses rubriques, allant de celle consacrée aux carnets roses ou blancs, pour aboutir à la page nécrologique, en passant par les faits divers et les activités saisonnières agricoles, étaient, cela va sans dire, bien alimentées et, pour couronner le tout, compte tenu de la faconde naturelle des conteurs, toujours riches en détails et en péripéties.

A leur grand regret, Santu et Minella n'avaient pas d'enfants. Ils coulaient cependant des jours heureux, entourés de leurs clients devenus des amis au fil du temps et, malgré leur âge, ils n'auraient pas quitté ce lieu, où ils avaient passé la plus grande partie de leur humble vie, pour tous les palaces de la terre. Leur seul parent était un neveu, prénommé Damianu, mais affublé, en raison de son physique peu avantageux et de la pâleur de son teint, du surnom de Susina[1], dont on disait qu'il vivait à Marseille.

L'homme avait quitté le village à la mort de ses parents, il y avait plusieurs années, et depuis il n'avait donné signe de vie qu'à de rares exceptions. Son oncle et sa tante n'entretenaient avec lui que des relations épisodiques et ils ne connaissaient pas même son adresse exacte et ses véritables moyens d'existence.

Le bruit avait couru qu'il était à la tête d'affaires peu avouables et qu'il avait mis ses talents au service d'une maison abritant des filles exerçant l'un des plus vieux métiers du monde. Cette activité n'avait pas été vérifiée mais, sans tenir aucun compte du doute qui, de toute façon, dans notre milieu, ne fait jamais la part belle à l'accusé, les habitants du village avaient classé Susina, une fois pour toutes et de manière définitive, dans une catégorie de gens peu estimables.

Le plus souvent c'étaient des voyageurs originaires de Costa-Liscia qui, au retour d'un périple sur le continent, donnaient des nouvelles rassurantes de leur neveu aux aubergistes, qui n'en demandaient pas tant, et fournissaient des détails sur la situation matérielle de l'intéressé à la population locale, toujours curieuse de connaître l'état de la fortune de l'un des siens et l'origine du contenu de son portefeuille.

Santu et Minella avaient largement dépassé l'âge de la retraite et ils auraient pu vivre dans leur belle maison du haut du village, qu'ils avaient fait aménager avec beaucoup de soin, en prévision de leurs vieux jours, mais trop attachés

1. Petite prune de couleur jaune et de forme allongée.

à leur commerce et surtout à leurs clients, ils ne s'étaient jamais décidés à franchir le pas. Ils préféraient le petit appartement vétuste et peu confortable, attenant à leur café, dont les murs ne leur appartenaient même pas, à leur belle bâtisse qui, bien que restaurée et plus moderne, les aurait coupés définitivement de leur univers familier.

Seul Rampinu était bien logé. Il avait son écurie à côté de la salle du café et sa litière était refaite tous les jours. Sa mangeoire était constamment garnie de bon fourrage et son auge toujours pleine d'une eau de source claire. Comme il était entouré d'affection et qu'il ne manquait de rien il était bien portant. Le poil de sa crinière, brillant et lustré, couronnant une encolure lisse, renflée et ferme comme du bois verni, laissait deviner un bon état général et une forme physique éblouissante.

Apparemment Rampinu, traité comme un pacha, se plaisait à côté du café et on sentait qu'il aurait été malheureux s'il avait été obligé de vivre loin de la compagnie des hommes. Il entendait leurs palabres sans fin à travers la porte de communication, toujours entrouverte, entre son écurie et la salle du modeste établissement, et il semblait satisfait de vivre dans cette bonne ambiance.

Les habitués du café ne manquaient pas de lui donner une tape amicale sur la croupe ou de lui adresser un petit mot aimable lorsque, obligés de répondre aux exigences d'un besoin naturel, ils allaient se soulager dans l'écurie qui servait également de lieu d'aisances.

Beaucoup affirmaient que Rampinu comprenait tout ce qu'on lui disait et certains allaient jusqu'à prétendre qu'il appréciait le contenu des conversations et la chaleur des propos tenus par les clients. D'après ces fins observateurs des mœurs animales, Rampinu dressait ses longues oreilles et les orientait dans un sens favorable, pour saisir plus facilement la subtilité des mots échangés et la finesse des reparties fusant entre les groupes de buveurs ou de joueurs de cartes lorsque, le vin rosé aidant, la discussion devenait un peu vive.

Enfin l'âne était heureux et il faisait bien son travail. Tous les matins, avant de partir au jardin, Santu le harnachait soigneusement et c'est avec une fierté non dissimulée que Rampinu exhibait sur son dos un beau bât en bois de frêne poli, muni de coussinets en toile de jute de première qualité, appelés *feltri* en Balagne [1], rembourrés avec soin, pour empêcher l'armature rigide du dispositif de blesser le dos de l'animal.

Nos braves commerçants, conscients du temps qui fuyait, se rendaient compte qu'ils étaient parvenus au terme de leur vie. Même si leur santé était satisfaisante, le poids des ans était là et tous deux sentaient confusément qu'il était temps de prendre une décision pour transmettre les biens qu'ils possédaient à leur neveu Damianu, seul parent qui pouvait prétendre au titre d'héritier légitime. Ce n'est pas tellement de gaîté de cœur que l'oncle et la tante entendaient agir ainsi mais, étant donné le contexte social dans lequel ils vivaient, ils ne pouvaient faire autrement. En Corse, selon une coutume solidement établie, on ne déshérite jamais quelqu'un de son propre sang, même s'il n'a pas toutes les qualités requises pour recueillir les actifs d'une succession familiale.

Celle du vieux couple s'annonçait pleine de promesses. Outre le fonds de commerce, qui n'était pas négligeable

1. Région littorale du nord-ouest de la Corse.

avec sa licence pour la vente de boissons, il y avait le jardin, quelques meubles et certainement pas mal d'argent liquide. Vivant de peu, mangeant les produits de leur jardin et la charcuterie d'un porc élevé par eux, Santu et Minella ne dépensaient presque rien. Comme il était de notoriété publique qu'ils n'avaient ni compte en banque ni livret d'épargne à la poste, le bruit courait qu'un véritable trésor était caché dans le café, l'écurie ou la pièce d'habitation. Les paris sur l'existence d'un tel pactole étaient ouverts depuis longtemps et le sujet, qui alimentait souvent les conversations, attisait aussi les convoitises des traîne-savates dont certains auraient voulu voir le magot tomber dans leur escarcelle. On parlait de millions et de millions et de cachettes plus insolites les unes que les autres mais, dans ce monde resté somme toute vertueux, personne n'était jamais allé au-delà des limites de la curiosité en tentant de s'emparer par la ruse ou la violence du bien légitime des aubergistes.

Et puis, il y avait l'âne ! Pour Santu et Minella, cet animal se plaçait au-dessus de toute valeur marchande. Il était un peu leur compagnon et leur ami, et pour rien au monde ils n'auraient voulu laisser son sort au hasard et courir le risque qu'il tombe entre de mauvaises mains après leur disparition.

C'est pour cette raison qu'ils se rendirent un beau matin chez maître Petrusellu, notaire de son état à l'Île-Rousse, et qu'ils léguèrent, par acte authentique, établi par l'homme de loi, en bonne et due forme et devant témoins, tous les biens qu'ils possédaient ainsi que ceux à venir à leur neveu Damianu dit Susina, à charge pour lui de respecter certaines recommandations concernant leur âne Rampinu et l'exploitation du débit de boissons.

Selon les dernières volontés des déclarants, l'acte précisait que l'âne ne devait pas être vendu, ne pas être soumis à des travaux trop pénibles et surtout être soigné jusqu'à sa mort, après quoi il serait enterré dans le jardin du couple. Pour le café, une clause précisait qu'il ne devait pas être déplacé en dehors du village et que le neveu s'engageait à en assurer la pérennité, soit en l'exploitant lui-même, soit en le donnant en gérance à une tierce personne présentant toutes les garanties voulues pour assumer cette charge délicate.

Le tabellion reçut mission de rechercher le légataire universel et de lui notifier la teneur de l'acte établi en sa faveur. Il se mit immédiatement en campagne à la vitesse d'un notaire, c'est-à-dire à allure assez lente et pour ainsi dire habituelle à cette profession.

Il se dépêcha avec une telle prudence qu'il parvint à localiser le neveu, dans la bonne ville de Marseille, juste au moment où Santu et Minella étaient à l'article de la mort. Alités tous les deux depuis quelques jours, ils eurent juste le temps de dire un rapide adieu à leur héritier présomptif avant de rendre leur belle âme à Dieu. S'étant aimés durant toute leur longue vie, l'un n'eut pas le courage de supporter le départ de l'autre, ce qui fait qu'ils moururent à quelques jours d'intervalle.

Cette façon élégante de disparaître, venant fort à propos, fut appréciée par l'unique bénéficiaire de la succession, dont le chagrin, peu profond et de très courte durée, fondit sans laisser de traces. « La mort fait de la place aux vivants », se dit Susina en citant, pour sa gouverne, un proverbe local

(*U mortu allarga u vivu*) qui avait l'avantage de lui faciliter grandement la tâche et de lui faire entrevoir un avenir radieux. Il n'attendait que ce moment pour entrer en possession de la fortune dont il ne doutait pas qu'elle lui revenait de droit et qu'elle n'attendait que sa présence pour lui sourire.

Pour la première fois depuis son ouverture, le café était fermé. Les clients allaient et venaient tristement, regardant les volets à la peinture écaillée qui masquaient ces lieux où, il n'y avait pas si longtemps, ils avaient bu tant de bons coups et refait le monde presque journellement et de si belle façon, sans jamais se fatiguer ni se lasser.

Depuis son retour, le neveu, qui ne s'exprimait qu'en français et faisait semblant de ne plus reconnaître les habitants du village, s'était quand même renseigné auprès d'eux de la situation matérielle de ses oncle et tante pour supputer la valeur du legs qui lui tombait du ciel. Il avait été d'abord surpris, après s'être enquis auprès du notaire de l'état de la fortune de ses bienfaiteurs, de constater que l'acte ne mentionnait aucune somme d'argent ni valeur liquide d'aucune sorte. Mais l'homme de loi lui avait conseillé de faire comme les enfants du laboureur de la fable car il était évident que Santu et Minella avaient de l'argent caché et qu'il suffisait de le chercher pour le découvrir.

Bien que circonspects en matière d'héritage, certains habitants du village qui parlaient entre eux de l'existence de cette fortune mirobolante n'avaient pas résisté à la tentation de dire au neveu qu'à leur avis, beaucoup d'argent devait se cacher dans les pièces où il vivait depuis la mort des aubergistes.

Jouant les indifférents pour ne pas trop attirer l'attention des regards cupides, le *pinzutu*[1], comme on l'appelait maintenant, était allé voir la maison restaurée que son oncle et sa tante n'avaient jamais habitée et il l'avait trouvée bien jolie et bien confortable. Cependant, craignant qu'une personne étrangère ne vienne mettre son nez dans les coins et les recoins de la vieille masure abritant le café, et ne découvre le trésor avant lui, il ne quitta pas les lieux. Il mangeait et dormait sur place, surveillant d'un œil torve l'âne à qui il donnait de temps en temps quelque pitance pour qu'il reste en état d'être vendu à un bon prix.

Les recommandations contenues dans l'acte concernant le sort de l'âne et celui du café n'étaient pas de son goût et il n'entendait pas s'y soumettre. Ce qu'il voulait c'était vendre la licence du commerce et, par la même occasion, l'âne, et surtout mettre la main sur le trésor, retourner le plus rapidement à Marseille et mener la belle vie. Quant à la maison restaurée, il avait pris la décision de la garder pour pouvoir venir l'été en vacances, comme commençaient à le faire beaucoup de Corses exilés et aussi des continentaux qui découvraient les charmes de l'île de Beauté.

Susina se livra à une fouille en règle de la salle du café sans obtenir le plus petit résultat. Toutes les bouteilles du bar furent déplacées, les étagères démontées, les meubles tirés, les tonneaux jaugés, mais ils ne livrèrent ni pièce ni billet. Il fit de même à l'écurie, n'hésitant pas à remuer de ses propres mains le fumier, la paille, le foin et tout ce qui

1. *Pinzutu* (pluriel : *pinzuti*) : terme par lequel les insulaires désignent les habitants originaires de la France continentale, avec un sens légèrement péjoratif.

entourait Rampinu dans son humble vie de tous les jours, sans pour autant découvrir ne serait-ce que le début de la fortune.

La pièce où il vivait n'échappa pas à ses investigations, les armoires furent vidées, les vêtement lacérés, les matelas éventrés, l'âtre vidé, la cheminée ramonée, les murs sondés, mais toujours rien. L'autre maison, la cabane du jardin, la soue des cochons subirent le même sort sans révéler la moindre cachette.

Après avoir cherché en vain durant des jours et des jours, il commença à démolir les murs intérieurs de la masure, le carrelage, les plafonds et toute construction susceptible de servir de coffre-fort.

De l'extérieur, durant tout le jour et parfois la nuit, on entendait le bruit des coups sourds, répétés et rageurs provoqués par cette folie destructrice.

C'était à désespérer. L'homme était fatigué, couvert de poussière, de suie et de vieilles toiles d'araignées. Il avait maigri, ses yeux étaient vitreux, son teint blême et son dos voûté. Il errait dans les lieux dévastés, famélique comme un somnambule assoiffé de richesses, les mains avides toujours tendues dans le néant du désordre ambiant provoqué par ses recherches infructueuses.

Au bout de quelques jours, le propriétaire de la masure, craignant pour la sécurité des murs de son vieil édifice, se présenta et mit en demeure le chercheur de cesser les travaux, de remettre les lieux en état et de déguerpir le plus vite possible.

La rage au cœur, l'homme alla se réfugier dans la maison du haut du village. Il n'emmena que l'âne, chargé de ses propres affaires, et quelques vieilles bouteilles qu'il vida pour oublier ses déboires. Il maudit son oncle, sa tante et tous ceux qui, pensait-il, le tenaient à l'écart, le regardaient de travers lorsqu'il traversait le village, et ne perdaient pas une occasion, dès qu'il avait le dos tourné, de se moquer de sa déconvenue.

Au bout d'une quinzaine, il se rendit à l'Île-Rousse et mit l'âne et la licence du débit de boissons en vente. Il trouva rapidement preneur pour les deux. Un commerçant local, désireux d'ouvrir un café dans la petite cité, consentit à lui acheter la licence au prix demandé. Quant à Rampinu, ce fut un maquignon qui l'obtint pour une bouchée de pain.

L'acheteur de l'animal, un homme corpulent et rougeaud, se présenta le lendemain au village et, après avoir versé la somme convenue, emmena la brave bête qui n'opposa aucune résistance.

– Vous ne m'achetez pas le bât ? lui avait demandé Susina au moment de la transaction.

– Je n'en ai nul besoin, avait répondu le maquignon en riant, votre âne va aller jusqu'à Arles et il ne sera pas nécessaire de le seller avant de le transformer en saucisson.

Damianu Susina resta quelques jours à Costa-Liscia, le temps de régler ses affaires, puis toujours aussi déçu de ne pas avoir découvert de trésor, il s'embarqua pour Marseille avec la ferme intention de revenir bientôt poursuivre ses recherches.

Des événements indépendants de sa volonté s'opposèrent à ce beau projet. Une guerre mondiale, qui couvait depuis assez longtemps, éclata et les communications entre l'île et le continent furent interrompues durant de longues années.

Lorsque le conflit arriva à son terme, Susina, qui n'avait pas été mobilisé en raison d'une faiblesse de constitution, se trouvant toujours dans un état besogneux et ne voulant plus continuer à vivre d'illusions, décida de mettre en vente la maison de Costa-Liscia qu'il avait reçue en héritage.

Par l'intermédiaire d'une officine spécialisée il rencontra un acquéreur en puissance en la personne d'un certain M. Borelli, un grand moustachu, négociant de son état à Marseille qui, jouant au nouveau riche, désirait, en raison de ses origines vaguement insulaires, acheter un pied-à-terre pour passer ses vacances en Corse avec son épouse et ses enfants.

Susina se rendit sur place pour vérifier l'état de sa maison, contacter le notaire et prendre toutes les dispositions qui s'imposaient en prévision de la visite annoncée des futurs propriétaires. Il en profita pour débarrasser les lieux de tous les effets personnels de son oncle et de sa tante.

Dans le petit jardin jouxtant la maison il fit un grand feu et brûla des vêtements, des vieux cartons, des caisses, des matelas et des couvertures hors d'usage. Enfin tout le bric-à-brac qui s'entasse habituellement dans une maison au cours d'une vie, si humble soit-elle.

Il en profita pour jeter encore un coup d'œil dans tous les endroits susceptibles de cacher le magot mais sans beaucoup d'espoir cette fois. L'enchantement avait disparu et il s'était fait une raison en acceptant de se plier aux forces obscures de la fatalité et en essayant de tirer un trait sur cette partie de sa vie qui lui avait laissé un goût amer au fond de la gorge.

Il avait passé en revue toutes les hypothèses possibles qui l'avaient conduit à la triste situation dans laquelle il se trouvait. Le plus souvent, il se disait que le trésor n'avait existé que dans son imagination ou bien que quelqu'un l'avait peut-être découvert avant lui et s'en était emparé.

A de rares moments, la pensée que, n'ayant pas respecté la volonté des défunts, il avait été puni le taraudait, mais c'était plus le dépit que les scrupules qui le poursuivait. Sa conscience, plutôt élastique, en matière de morale, s'accommodait fort bien de ses actes et il était encore à se demander ce qu'il aurait fait de l'âne et de la licence du café s'il ne les avait pas vendus.

Les nouveaux propriétaires se montrèrent magnanimes. Ils hébergèrent Susina le temps des formalités et celui-ci les aida à débarrasser son ancienne maison de tout ce qui, à leurs yeux, ne méritait pas d'être conservé.

Ils ne voulaient garder que le strict nécessaire en attendant de remeubler la maison à neuf. Susina les aida à brûler ce qui pouvait brûler et à jeter ce qui pouvait être jeté. Durant des heures le feu se remit à ronfler dans le petit jardin sous l'œil faussement indifférent des habitants du village.

C'est Susina qui conduisait cette manœuvre délicate, qui dura presque une journée, sous l'œil condescendant des continentaux.

– Et ça ? disait Susina en montrant ce qui lui semblait assez combustible pour être détruit rapidement par les flammes.

– Au feu ! répondaient invariablement M. et Mme Borelli d'un air méprisant devant certains objets usuels dont l'aspect, trop rudimentaire pour leur goût, aurait juré avec le standing qu'ils entendaient donner à leur résidence secondaire.

– Et ça ? dit Susina en montrant les étagères informes et noires de suie, les bancs vermoulus et les chaises dépareillées de la cuisine.

– Au feu ! répondirent en chœur les Borelli. Nous allons aménager la maison de façon rustique mais avec des meubles en bon état et nous n'aurons pas besoin de toutes ces vieilleries.

– Et ça ? poursuivit l'ancien propriétaire en montrant un crucifix et de vieux cadres à motifs religieux suspendus aux murs.

– Au feu ! Doublement au feu ! repartit le nouvel occupant des lieux, d'un ton dédaigneux. Nous n'avons pas besoin de la protection de ces bondieuseries.

– Et ça ? dit Susina en montrant le bât de Rampinu qui se trouvait dans une pièce servant de débarras.

– Au feu ! répondit l'homme, puis se ravisant : Non, laissez-le-moi. Je vais faire restaurer la partie en bois puis installer ce bât vénérable dans la salle de séjour comme un objet décoratif. A la réflexion, j'ai l'intention d'acheter un vieux joug, une maie antique, une table rustique, et aussi quelques vieux outils comme des fourches et des râteaux en bois. Ça se fait beaucoup maintenant, vous savez ?

– Vous avez tout à fait raison, le cadre s'y prête, acquiesça Susina qui ne voulait pas contrarier le couple Borelli mais se fichait éperdument de ses goûts pour le mobilier campagnard.

– Pourriez-vous avoir l'obligeance de me débarrasser des coussinets du bât en les brûlant ? demanda fort poliment le moustachu. Ce sont des vrais nids à poussière et le crin du rembourrage doit être pourri.

– Aussitôt dit, aussitôt fait, répondit Susina. C'est vrai qu'ils sont dans un triste état, ces vieux *feltri*, reprit-il en riant.

Susina coupa les ficelles qui maintenaient les deux coussinets aux traverses du bât puis, tenant ceux-ci à bout de bras, pour éviter de se salir à leur contact et de respirer la poussière qui s'en dégageait, il alla vers le jardin et les jeta dans le feu qui ronflait déjà comme une forge.

Sous l'action des flammes, la toile de jute qui formait l'enveloppe des coussinets brûla la première. Alors, sous les yeux horrifiés de Susina médusé, apparurent des liasses et des liasses de billets de banque qui se tordirent comme des serpents de feu avant d'être irrémédiablement calcinées.

Une chaleur d'enfer se dégagea subitement du foyer, tandis qu'une fumée légèrement bleutée montait en direction du ciel d'azur, comme si elle avait hâte d'aller se fondre au néant insondable des illusions perdues de l'infortuné Damianu Susina.

Au loin dans la campagne, rompant la paix du crépuscule, un âne se mit à braire à gorge déployée. La montagne bleue répéta ce message ironique et, dans le silence qui suivit, on entendit les dents de Susina grincer de rage et de dépit.

Le mort qui parle

– A cette époque-là les morts parlaient, et ils disaient toujours la vérité, me dit un jour d'été le vieux berger Natale. Même l'être le plus menteur de la terre de son vivant usait de la franchise la plus absolue dans l'au-delà car, comme on peut le penser, il ne sert à rien de travestir ses sentiments quand on est face au Juge éternel. C'est pour cette raison que nous avons, dans notre communauté, un si grand respect des morts. Tiens ! Si tu veux, je vais te raconter l'histoire de quelqu'un qui fut confronté à une dure réalité pour avoir bafoué nos coutumes les plus profondes dans le domaine si délicat des croyances populaires.

Comme d'habitude, aux heures chaudes de la journée où nos troupeaux de brebis se reposaient à l'ombre des oliviers de mon enfance, je me trouvais en compagnie de Natale et, bouche bée, je l'écoutais raconter les faits saillants de notre petit monde pastoral et des histoires tellement fabuleuses que j'avais peine à croire à leur authenticité. Mais vraies ou improbables, toutes ces fables et ces légendes un peu mystérieuses remplissaient mon âme d'une délicieuse frayeur qui me poursuivait toute la journée et enjolivait mes rêves de la nuit qui suivait.

D'aucuns pourraient s'étonner qu'un vieil homme de plus de quatre-vingts ans raconte à un enfant de douze ans des histoires ayant trait à un sujet aussi délicat que la mort, mais, je dois le préciser, dans notre monde la mort faisait pour ainsi dire partie de l'existence, au même titre que la vie, et rien de ce qui la concernait ne nous offusquait.

Ainsi, il était de coutume d'enterrer les gens dans des petits tombeaux, bâtis dans des terrains à l'entour du village et ces maisons mortuaires, certaines somptueuses, d'autres plus humbles, mais toutes soigneusement entretenues, finissaient par se confondre avec les demeures des vivants et elles s'élevaient non loin les unes des autres pour former un ensemble qui n'avait rien de choquant à nos yeux.

Dès que la mort de l'un des nôtres était annoncée par le bouche à oreille, le deuil était général dans le village et chacun y prenait sa part. La mauvaise nouvelle allait de famille en famille, le glas jetait sa note funèbre, les travaux des champs étaient interrompus, les inimitiés se taisaient, les différends étaient mis en sommeil et les torts et ressentiments oubliés.

Tout le monde se sentait touché par la disparition de celui que l'on avait tendance, alors, à parer de toutes les qualités. Les familles se rendaient visite et, la veille de la cérémonie mortuaire, un représentant de chacune d'elles, homme, femme, et parfois enfant, assistait à la veillée funèbre qui se tenait dans la maison du disparu.

Ce genre de cérémonie familiale se déroulait suivant un rite immuable. Contrairement à d'autres régions de Corse, et notamment dans le sud de l'île où des *voceri* et *lamenti*[1] sont chantés par les femmes pour célébrer la mémoire du défunt, rappeler ses bonnes actions et citer les actes marquants de sa vie, dans notre douce Balagne, la soirée était consacrée à la conversation pour les hommes et aux prières pour les femmes.

Malgré mon jeune âge il m'était arrivé de participer à ces veillées qui n'étaient pas toutes vouées à une infinie tristesse. Au contraire, hommes et femmes bavardaient beaucoup et l'ambiance, quoique digne, était parfois animée et chaleureuse. Selon la coutume les visiteurs avaient apporté du *cunfortu*, c'est-à-dire des gâteaux, du vin et du café et le tout était distribué sans restriction pour la plus grande satisfaction des membres de l'assistance.

J'évoluais alors dans un monde où la tragédie et la comédie se côtoyaient journellement sans se contredire ni s'opposer, et au sein duquel tout était nimbé de mystère et de poésie.

– Or donc, disait Natale, un homme était mort dans notre village. Il n'avait aucune attache familiale connue dans ces lieux où il était passé de vie à trépas mais, s'agissant d'un chrétien, notre communauté, et notamment la confrérie de Saint-Antoine-Abbé, pourtant peu fortunée, avait décidé de prendre en charge les obsèques et de donner au défunt une sépulture décente. Il s'agissait d'un *rimidu* (ermite) qui allait de village en village avec l'effigie d'un saint qu'il offrait à la vénération des habitants, contre quel-

1. Chants funèbres improvisés par les femmes sur le corps d'un parent décédé, pour vanter ses mérites en cas de mort naturelle, ou appeler à la vengeance (*vendetta*) lorsque la personne avait été victime d'un crime.

ques sous ou des dons en nature, et qui vivait ainsi de la charité publique. Je dis bien de la charité et non de la mendicité qui, comme tu dois le savoir, n'existait pas dans notre pays où l'hospitalité était de règle.

L'homme, dont l'âge était déjà avancé, avait été découvert sans vie au bord d'un chemin et, comme il n'avait ni domicile ni parenté à des lieues à la ronde, son corps avait été déposé dans la chapelle de la confrérie Saint-Antoine jouxtant notre église paroissiale. Et ce avec l'accord de notre curé qui s'était immédiatement déplacé pour bénir les restes de ce paroissien de la dernière heure et s'assurer que les convenances étaient respectées.

Pour des questions de décence, cet endroit ne pouvait être utilisé pour la veillée mortuaire au cours de laquelle les assistants, je le répète, parlaient avec abondance, mangeaient et buvaient avec modération et fumaient la pipe pour ce qui concerne les hommes affublés de ce travers. Aussi, pour respecter la coutume de cette veillée traditionnelle et rendre les derniers devoirs au disparu avait-il été décidé par le prieur – en l'occurrence mon grand-père paternel, précisa Natale – de tenir cette assemblée dans les deux salles de l'unique café-auberge de la commune.

Les lieux s'y prêtaient puisqu'ils étaient assez proches du dépositoire improvisé et facilement accessible. Cet établissement, qui existe encore, n'est séparé de la place de l'église et de la chapelle Saint-Antoine que par un pré d'une superficie moyenne. Fermés pour la circonstance au public autre que les habitants du village, les locaux choisis reçurent une grande partie des adultes venus faire leur devoir.

C'était le plein de l'hiver et un vent froid, venant du nord-ouest, soufflait en rafales violentes. A décorner les bœufs (*a scurna i boï*), comme l'on dit en langue corse pour qualifier ce souffle désagréable.

Selon la coutume, les hommes et les femmes veillaient séparément. Les premiers dans la salle du café proprement dite, les secondes dans les pièces qui servaient habituellement de cuisine et d'appartement aux aubergistes.

Chacun avait apporté sa contribution, sous forme de denrées alimentaires et de boissons, pour permettre à l'assemblée de passer la nuit le plus confortablement possible. Les femmes avaient pris les commandes de la cuisine pour préparer des beignets au sucre et au fromage. Elles allaient, à tour de rôle et de temps en temps, en offrir aux hommes qui, pour obéir à une tradition qui les avantageait, se laissaient servir.

Il y avait, ce soir-là, dans l'assistance, un homme dans la force de l'âge, qui se prénommait Sanmarcellu mais que ses concitoyens appelaient Burlascone[1] dès qu'il avait le dos tourné. Il était surnommé ainsi parce qu'il cherchait constamment à tromper son monde et à se donner, en toute occasion, un côté avantageux. Il n'ouvrait la bouche que pour se vanter de ses biens présents et à venir, de ses bonnes fortunes, de ses exploits, vrais ou supposés, et surtout du grand courage dont la nature l'avait doté. Cette qualité lui permettait, affirmait-il sans barguigner, d'affronter les plus terribles dangers et de surmonter, sans difficulté, tous les obstacles qui pouvaient se dresser sur sa route.

Comme d'habitude, Burlascone avait enfourché son dada favori en disant qu'il ne craignait ni Dieu ni diable, ni la mort ni la vue des morts et, à plus forte raison, celle

1. Fanfaron, facétieux, hâbleur, vantard.

des vivants. Alors que la plupart des mortels font toujours un petit détour lorsqu'ils passent devant les cimetières ou les tombeaux isolés de peur de rencontrer un revenant de l'autre monde, disait-il, lui, audacieux et téméraire comme pas un, il pouvait aller en tous lieux de jour et de nuit sans manifester la moindre appréhension.

La soirée avait franchi les grandes heures de la nuit mais personne ne disait rien, tandis que Burlascone continuait son discours sans aucune gêne apparente, précisant même, haut et fort, qu'il était prêt à apporter, sur-le-champ, la preuve de ce qu'il avançait si on le lui demandait.

Personne n'avait osé l'interrompre car on le savait amateur de scandales et plutôt teigneux lorsqu'il était contredit.

Depuis un bon moment toutefois, tous les regards étaient tournés vers le doyen de l'assistance, un vieux berger, prénommé Pompéu, homme sage et pondéré, en espérant qu'il allait intervenir pour mettre fin aux fanfaronnades de Burlascone, comme l'autorisait l'autorité morale dont il était investi par ses concitoyens.

Cet homme, qui fumait tranquillement sa pipe dans un coin de la grande pièce, était assez intelligent pour comprendre ce qu'on attendait de lui. Après avoir réfléchi quelques minutes, il se leva et entreprit de donner une leçon au bavard impénitent, prétentieux comme une outre, dont les propos commençaient à l'importuner.

On servait à ce moment-là des beignets au sucre, tout juste sortis de la poêle, et les hommes se régalaient avec cette pâtisserie familiale chaude à souhait.

« Tiens, fit Pompéu, en s'adressant à l'énergumène, j'ouvre un pari (*una scumessa*) avec toi : je m'engage devant témoins, si tu as le courage de porter un beignet au mort, à te donner la plus belle bête de mon troupeau de brebis. Tu la choisiras toi-même quand il te plaira, si tu acceptes le défi. »

L'intention du vieux berger était de faire cesser ce bavardage tapageur qui incommodait tout le monde et empêchait les autres de parler. Il avait agi sans arrière-pensée, certain que Burlascone allait se dédire et revenir à de meilleurs sentiments en modifiant son comportement.

Sur le coup, l'individu parut décontenancé. L'intervention du grand-père lui avait coupé le souffle et il mit quelques instants avant de réagir. Il jeta un regard sur ses concitoyens, attendant que quelqu'un élève la voix pour s'opposer à la proposition qui lui avait été faite, mais personne ne pipa mot. « Chiche ! Pari tenu ! » dit-il enfin, ne pouvant décemment se déjuger devant l'assistance qui lui sembla, tout d'un coup, devenue hostile à son égard. Il revêtit sa pèlerine à longs pans de berger, se coiffa de sa casquette et sortit dans le vent, tenant un beignet fumant dans un linge propre.

Dehors, le vent avait redoublé de force. Non seulement il était froid mais il était bruyant. On entendait sa plainte, tantôt aiguë, tantôt grave, miauler dans les ruelles et on percevait distinctement sa voix rageuse lorsqu'il se blessait aux encoignures des maisons plongées dans une nuit d'encre. L'atmosphère sembla lugubre et sinistre à Sanmarcellu, qui maintenant n'en menait pas large.

Il contourna les murs de l'auberge, puis, pour se donner davantage de courage, contrairement à ce qu'il affirmait il y a quelques instants à peine, il prit le chemin le plus long pour passer loin du cimetière et gagner la place de l'église. En arrivant à la chapelle, une peur panique s'empara de lui.

Il aurait donné tout l'or du monde pour ne pas se trouver là. L'idée de faire demi-tour et de ne pas tenir sa promesse l'effleura mais il savait bien qu'il perdrait définitivement la face devant tout le village, s'il reculait maintenant.

Il poussa la porte de la chapelle Saint-Antoine et pénétra sous la voûte. Deux ou trois chandelles éclairaient chichement les lieux. Le corps du chemineau était posé sur un catafalque et seuls son visage cadavérique et ses mains, croisées sur sa maigre poitrine, sortaient de l'ombre.

Prenant son courage à deux mains, Sanmarcellu avança lentement vers le mort. Rempli d'épouvante, il tremblait de tous ses membres, ses genoux s'entrechoquaient à chaque pas et ses dents claquaient tellement que le bruit se répercutait sous la voûte sombre. Le froid avait envahi le creux de ses os mais il était couvert d'une sueur froide. Enfin il arriva près du corps et, saisissant le beignet qu'il étreignait convulsivement, il parvint à le glisser dans la bouche du cadavre.

« C'est chaud, dit le mort.

– Souffle dessus », parvint à dire d'une voix étranglée Sanmarcellu, avant de prendre ses jambes à son cou pour s'élancer vers la sortie.

Au moment où il franchissait la porte de la chapelle, il sentit nettement que quelqu'un le retenait fortement par les pans de sa pelisse et le tirait en arrière. Il jeta un regard éperdu vers le ciel mais celui-ci se confondait maintenant avec la nuit devenue hostile et noire, tandis que les éléments déchaînés faisaient un bruit d'enfer.

Terrassé par une émotion violente Burlascone tomba raide mort. Il ne s'était pas rendu compte que la porte de la chapelle, claquée par le vent, avait, en se refermant brutalement, retenu les pans de son manteau.

Il fut retrouvé deux heures plus tard par les veilleurs qui, s'étant inquiétés de sa trop longue absence, étaient venus aux nouvelles.

Il fut enterré le même jour que le chemineau et les derniers devoirs lui furent rendus comme si rien ne s'était passé, car tout s'efface devant la mort dans un pays comme le nôtre où les habitudes sont tenaces et les coutumes profondes.

Du haut de sa chaire, notre curé, qui avait appris les événements, s'éleva vivement contre le comportement de ces chrétiens du porche [1] qui, par leurs actes et leurs paroles, avaient offensé Dieu. Il fallait, tonna-t-il, s'attendre à voir la colère divine s'abattre sur ceux qui, en cautionnant des actes aussi graves, s'étaient laissé entraîner sur la pente de l'orgueil et du péché.

Mais dans le fond de son cœur, connaissant ce peuple bouillant dont il était issu, persuadé qu'à certains moments les paroles dépassaient la pensée de ces hommes dont il avait l'âme en charge, notre pasteur demanda à Dieu de pardonner à ses enfants turbulents ces écarts de conduite et de langage qui ne leur étaient pas familiers.

Je restai un long moment silencieux. Natale me regardait d'un œil malicieux comme s'il s'attendait à des questions de ma part.

– Natale, lui demandai-je, comment a-t-on pu savoir que le mort avait parlé ?

---

1. Suivant une détestable habitude, les hommes restaient souvent sur la place de l'église pendant les offices religieux, ce qui leur valait ce qualificatif imagé de la part du prêtre en charge de la paroisse.

– Ecoute, mon garçon, me répondit-il, visiblement intéressé par ma réaction, je te raconte l'histoire comme elle m'est parvenue. Ce que je peux t'affirmer c'est qu'elle est vraie. Certains détails ont parfois été ajoutés par ceux qui veulent à tout prix prouver que leur relation des faits est toujours la meilleure mais cela ne change rien au dénouement.

Il s'est dit par exemple que Sanmarcellu n'était pas mort au moment où il a été découvert et qu'il s'était seulement évanoui sous l'effet de la peur. Il aurait juste eu le temps de dire ce qui s'était passé réellement avant de rendre son âme à Dieu quelques instants après son premier malaise. Il s'est dit aussi qu'un veilleur avait traversé le pré, séparant l'auberge de la chapelle, et pris la place du mort avant l'arrivée de Sanmarcellu. Mais étant donné le temps qui s'est écoulé depuis les faits, ni ces versions ni aucune autre ne peuvent être retenues comme vraies avec une absolue certitude.

Je ne veux pas te laisser sur cette fin tragique, me dit Natale après être resté un petit moment silencieux. Tiens, je vais te raconter l'histoire du raccourci.

Il y avait dans notre village, au temps de ma jeunesse, un berger, paresseux comme une couleuvre, que nous avions surnommé Lumagone [1] en raison de son manque d'énergie, de son goût pour l'oisiveté et de sa tendance à s'endormir un peu n'importe où, n'importe comment et à n'importe quelle heure.

Mollasson et aussi peureux, il s'arrangeait toujours pour être chez lui avant la nuit. Or, un soir de Noël, alors que

1. Limace. A noter que ce mot est du genre masculin en langue corse.

tout le monde se chauffait autour du grand feu qui ronflait sur la place de l'église, la femme de Lumagone vint nous trouver tout affolée en disant que son mari avait sûrement été victime d'un accident car il n'était pas encore rentré.

Tout de suite, nous avons formé une équipe de secours avec une dizaine d'hommes volontaires dans la force de l'âge et nous sommes partis sur-le-champ. En prévision du pire, nous nous étions munis d'une *scaletta* [1] et de torches en bois de pin lariccio.

Nous avons emprunté le chemin de la plaine que Lumagone prenait d'habitude pour revenir chez lui. Nous marchions depuis une heure au moins, lorsque, en arrivant au quartier de Saint-Roch, *Antone u longu* (Antoine le long), qui en raison de sa taille voyait plus loin que les autres, a crié qu'il avait localisé Lumagone étendu au pied d'un talus, inerte comme un tronc d'arbre mort. Nous nous sommes approchés de l'homme, nous l'avons appelé, secoué, remué, mais il est resté immobile comme une souche.

A la lueur incertaine des torches, nous avons constaté qu'il ne donnait plus aucun signe de vie. Il avait les yeux fermés, le teint pâle et la bouche ouverte et nous en avons déduit qu'il avait eu une crise cardiaque ou quelque chose de mauvais dans ce genre-là.

Après avoir récité une prière pour le repos de son âme nous l'avons chargé sur la scaletta et à quatre porteurs costauds – car il était lourd, le bougre ! – nous avons

1. Sorte de brancard en forme de petite échelle, aux montants recourbés et aux échelons, droits, utilisée par deux ou quatre hommes pour transporter habituellement des fardeaux mais aussi des blessés ou des morts quand ils avaient été victimes d'accidents ou d'actes de violence dans les champs.

attaqué le sentier en pente qui mène vers le village, suivis des compagnons qui constituaient l'équipe de relève.

Il nous tardait de rentrer pour remettre le corps de Lumagone à sa famille et ensuite assister à la messe de minuit. De loin on voyait les lueurs du grand feu de Noël mais nous nous sommes dit que cette année ce ne serait pas un feu de joie. Comme tu le sais, quand il y un mort au village, le deuil est général et personne ne fait la fête, mais nous voulions quand même célébrer dignement la naissance du Fils de Dieu.

Pour gagner du temps, l'un de nous a proposé de prendre le raccourci de la *stretta corta* [1] qui, comme son nom l'indique, est moins long que le grand chemin de Saint-Roch. Il est moins long mais il est plus raide et Antone u longo a fait remarquer que ce ne serait pas chose facile si nous décidions de passer par là car Lumagone était encore plus lourd mort que vivant et lui faire franchir ce raidillon demanderait beaucoup d'efforts.

La discussion qui s'était engagée entre nous était un peu vive. Les uns tenaient pour le chemin, d'autres pour le raccourci, et chacun avançait ses propres arguments avec beaucoup de conviction.

Comme dans toute conversation animée il y a eu une pause et, pendant ces quelques secondes de silence, nous avons entendu Lumagone qui disait : « Moi, quand j'étais vivant, je prenais toujours le raccourci. »

Surpris, nous avons lâché les poignées de la scaletta et Lumagone est tombé à terre comme une masse puis il a roulé dans le petit fossé bordant la sente en jurant comme

1. Sentier étroit et court.

un charretier. La chute l'avait réveillé tout à fait. Car il dormait, le coquin ! Peut-être s'était-il même réveillé en cours de route mais, paresseux comme il était, il avait préféré continuer le voyage en palanquin plutôt que de faire le chemin à pied.

Cette histoire, ajouta Natale, en me regardant malicieusement, est vraie mais tu n'es pas obligé de me croire. Demain je t'en raconterai une autre mais nous parlerons seulement des vivants si tu n'y vois pas d'inconvénient car ils ont beaucoup plus de choses à dire que les morts.

L'heure de la fin de la pause méridienne étant venue, Natale bourra sa pipe, l'alluma avec son vieux briquet en cuivre, puis, prenant appui sur son bâton noueux en bois d'olivier, il se leva et, du geste et de la voix, s'apprêta à faire mouvoir son troupeau vers le pacage le plus proche.

La bûche de Noël

En ce temps-là, la nuit de Noël était celle de l'espérance et, pour nous, les jours qui précédaient cette date avaient un goût de fête. Cette période fastueuse de l'avent était pleine de mystère et de magie et une promesse de bonheur emplissait nos cœurs d'enfants.

C'était l'an de grâce de mes douze ans. Comme tous les ans, sur la place de l'église régnait une grande effervescence. Des garçons turbulents, des adolescents farauds, de fiers jeunes gens et des hommes dans la force de l'âge achevaient de confectionner la haute pyramide de bois en prévision du grand feu de Noël.

Selon la coutume, ce brasier, chargé de symboles, devait être assez important pour durer jusqu'au jour de l'an et reconduire ainsi ses bienfaits d'une année sur l'autre.

Tirés des champs des alentours, parfois de fort loin, à l'aide de grosses cordes, poussés ou roulés sur eux-mêmes par toute la population masculine du village, toutes les souches informes, les troncs d'arbres entiers trop noueux pour être débités, et toutes sortes de mastodontes ligneux formaient maintenant un immense tas informe n'attendant que la mèche du boutefeu et le premier son de cloche pour s'enflammer.

A cette manne sylvestre venaient s'ajouter les bûches offertes par les particuliers qui, pour attirer la protection divine sur leur toit, ne refusaient jamais de se plier à cette obligation.

C'étaient les enfants qui étaient chargés de cette collecte et pour rien au monde nous n'aurions manqué de nous livrer à cette activité.

Dans les derniers jours précédant la fête, nous faisions consciencieusement le tour des maisons pour percevoir cette contribution consentie volontairement par l'ensemble de la population. Chaque famille nous faisait don d'une bûche, plus ou moins grosse, selon ses moyens, mais personne ne nous fermait la porte au nez.

Nous repartions joyeux en roulant bruyamment ces pièces de bois le long des ruelles en pente du village, qui toutes aboutissaient, fort opportunément, à la place de l'église.

Quand je dis que personne ne refusait de nous accorder cette faveur traditionnelle de la bûche de Noël, ce n'est pas tout à fait vrai ! Il y avait au quartier du Poghiu [1] un homme vivant seul, surnommé *Stàcca strinta* (Poche serrée), propriétaire terrien de son état, plutôt aisé mais connu pour sa ladrerie à cent lieues à la ronde. Tous les ans, quand nous allions chez lui pour quérir ce que nous considérions comme un dû, il s'arrangeait pour être absent lors de notre passage et nous trouvions porte de bois, c'est le cas de le dire !

Cette année-là, notre bande de garnements décida de lui

1. Podium, endroit élevé.

tendre une embuscade pour l'obliger à se soumettre à la loi commune.

Alors qu'il revenait des champs, monté sur sa mule, fier comme un chevalier de retour des Croisades, nous lui sommes tombés dessus tel un vol de moineaux affamés.

– Bonjour, ô *Ghiuva*[1] (Jean), nous sommes venus chercher une bûche pour le feu de Noël, lui avons-nous dit d'une voix innocente et avec un bel ensemble.

– Ah ! mes pauvres enfants, nous répondit-il d'un ton doucereux qui ne nous abusa qu'à moitié, je n'ai plus de bois et c'est tout juste s'il me reste quelques *stolli è dui minutami* (menu bois) pour faire cuire ma soupe. Je ne peux rien vous donner cette année, mais je vous promets que l'année prochaine...

« Cause toujours, beau merle ! » pensions-nous en le quittant après l'avoir abreuvé de compliments pour cacher notre dépit.

Du bois il en avait, et nous le savions. Pendant le temps que nous l'avions attendu nous avions vu, à travers les planches disjointes de sa remise, un tas régulier de belles bûches et notamment une plus grosse que les autres, posée à l'écart et bien en évidence. Dans notre naïveté nous avions même pensé que son propriétaire attendait notre visite mais, en repartant les mains vides, nous avons été obligés de constater que nos légitimes espérances étaient déçues.

Stàcca Strinta rentra chez lui et, tout fier d'avoir encore une fois échappé à l'impôt collectif, il se mit en devoir de préparer son feu pour la nuit de Noël. Tout en mettant ce

1. Vocatif de Ghiuvani. En langue corse, la deuxième partie d'un prénom est toujours élidée quand on interpelle celui ou celle qui le porte.

qu'il fallait dans sa grande cheminée il se parlait à lui-même et riant dans sa barbe il disait :

– Une fois encore ils ne m'ont pas eu, ces quémandeurs ! La belle bûche que voilà, je vais la mettre dans ma cheminée, et grosse et biscornue comme elle est, elle durera jusqu'au premier de l'an. Ainsi j'aurai mon feu de Noël pour moi tout seul sans bourse délier.

Et, joignant le geste à la parole, il réussit, non sans mal, étant donné sa taille et son poids, à placer la pièce d'olivier dans l'âtre. Il entassa quelques menues branches et des brindilles auxquelles il communiqua le feu avec son briquet en argent.

Puis, l'esprit tranquille, il dîna d'un morceau de *figatelu*[1] rôti au feu de bois, but deux verres de bon vin de sa vigne, se débarbouilla sommairement, se rasa avec soin et, enfin, s'habilla d'un beau costume de velours côtelé. Tout guilleret, il se dirigea ensuite vers la place de l'église où le grand feu de Noël ronflait déjà comme une forge.

– *Ite, missa est.* Alléluia ! Alléluia ! dit notre brave curé. Joyeux Noël ! Que la paix soit dans vos cœurs et la joie dans vos familles ! Que Dieu vous bénisse et vous accorde une prospérité à la mesure de vos bonnes actions !

Sur la place des hommes se chauffaient en silence autour du grand brasier, quand quelqu'un cria :

– Il y a le feu chez Stàcca strinta !

– Au feu ! Au feu ! hurlèrent joyeusement les gamins en courant dans tous les sens.

Au loin, une épaisse fumée noire, éclairée par des flammes d'un rouge sombre, s'élevait du toit de la maison.

1. Saucisse de foie, spécialité corse.

Tous les hommes valides se dirigèrent rapidement vers les lieux du sinistre dans l'intention de le combattre, tandis que Ghiuvani Tizzoni, qui marchait en tête, ne cessait de se lamenter et d'appeler le ciel à son aide.

« C'est la bûche d'olivier que tu as mise dans ton feu qui a déclenché l'incendie. Elle était trop grosse pour une cheminée de maison », lui disait en secret la voix de sa conscience tandis qu'un grand feu brûlait maintenant l'intérieur de son âme.

Le miracle de San-Partéo

L'abbé Santoni jeta un regard plein de tristesse sur son église paroissiale. Rien n'avait changé en apparence mais, pour lui, qui connaissait la gravité de la situation, cette année les choses se présentaient sous une teinte sombre.

Il se dirigea vers la petite lampe qui symbolisait la présence divine en ce lieu sanctifié par des générations et des générations laborieuses de bergers et de laboureurs, et il s'agenouilla sur la pierre froide.

Le prêtre ferma les yeux et pria. Pendant que son humble supplique montait vers le ciel, il revit en pensée les événements qui avaient frappé, il n'y avait pas si longtemps, sa communauté de fidèles.

« Noël sera bien triste cette année, beaucoup de familles vont pâtir de la situation et sans notre Enfant Jésus rien ne sera plus comme avant, se dit le père Santoni avec un pincement au cœur. Et dire que tout ça est de ma faute ! Si je n'avais pas agi à la légère, comme je l'ai fait, rien ne serait arrivé et la statuette miraculeuse serait encore là. »

Cette statuette de l'Enfant Jésus, *U bambinu*[1] comme on l'appelait en langue corse, avait une grande renommée et faisait partie intégrante de l'histoire du pays depuis bientôt cent ans. La légende disait qu'elle avait été trouvée une nuit de Noël par un berger qui gardait ses brebis sur les flancs du Monte-Grossu, dont la cime imposante domine le village de San-Parteo-di-Balagna.

En Corse, il est vrai, il n'était pas d'usage de bâtir des crèches pour la fête de Noël et peu d'églises sacrifiaient à cette tradition, pourtant fort répandue dans le monde entier. Avant ces événements extraordinaires, San-Parteo n'échappait pas à la règle commune mais, depuis la découverte de la représentation de l'Enfant Jésus, les choses avaient changé et la célébration de la fête de Noël avait pris une autre dimension.

La communauté chrétienne de la région s'était placée sous la protection de la statuette miraculeuse qui était entourée d'une grande vénération. Elle avait la réputation de guérir les malades, de combler de ses bienfaits les déshérités, d'exaucer toutes sortes de vœux et surtout d'accorder aux femmes, jusque-là stériles, la grâce d'enfanter dans l'année qui suivait le pèlerinage accompli dans cette intention.

Tous les ans, à Noël, des pèlerins arrivaient en grand nombre de toute la Corse et même du continent, pour s'incliner devant la crèche, exprimer les sentiments de leur foi, témoigner leur reconnaissance au Seigneur et lui demander de nouvelles grâces pour l'avenir.

1. Littéralement : bambin, employé uniquement pour désigner l'Enfant Jésus.

Cette fête de fin d'année attirait également beaucoup de curieux, tout heureux d'assister à un spectacle unique et de participer aux nombreuses manifestations culturelles hautes en couleur, organisées dans le cadre de traditions depuis longtemps solidement établies.

En fait, dans cette région éminemment touristique, l'économie locale dépendait en quasi-totalité de la fête de la Nativité. Viticulteurs, bergers, paysans, artisans, producteurs d'huile d'olive, d'amandes, de figues, de miel, de fromage, tous attendaient cette date bénie pour écouler, à meilleur prix, le produit de leur travail et vendre les fruits de la terre.

Les restaurateurs et les hôteliers faisaient en quelques jours l'essentiel de leur chiffre d'affaires annuel et tous se mettaient en quatre pour accueillir comme il convient ces clients, dont certains avaient fait des sacrifices durant toute une année pour assister à cette fête de Noël hors du commun. Certains n'hésitaient pas à entreprendre de longs déplacements et à traverser la mer, pour venir dépenser leur argent dont le flot bienfaisant faisait vivre dignement, bon an mal an, une grande partie de la population de la région.

Et dire que, par la faute de l'abbé Santoni, cette manne céleste allait se tarir, ruinant une contrée jusque-là prospère. Ce qui aurait pour effet, à brève échéance, de punir des innocents et de condamner les paroissiens à payer les conséquences d'un instant d'égarement de leur pasteur.

« C'est ma faute ! C'est ma très grande faute » ! ne cessait de répéter l'abbé Santoni, toujours agenouillé, en se frappant violemment la poitrine. Après avoir récité, pour la dixième fois au moins, son acte de contrition sans trouver le moindre apaisement à ses tourments, il ajouta en se parlant à lui-même : « Je me suis laissé emporter par mon orgueil et ma confiance exagérée en l'être humain et j'ai fait preuve d'une légèreté insoutenable dans cette affaire. Dieu me punit de mon inconscience et je ne mérite aucune indulgence de Sa part ni de la part de mes ouailles. Je n'avais pas le droit de mettre tous mes paroissiens dans la triste situation qui est la leur aujourd'hui, sans compter que demain ne sera pas meilleur si la statuette n'est pas retrouvée. »

L'abbé Santoni s'était surtout laissé emporter par son grand cœur dans cette pénible affaire et, si la justice des hommes était en droit de lui demander des comptes, celle de Dieu ne pouvait que s'estimer satisfaite d'avoir un aussi bon serviteur sur la terre.

N'empêche que cette douloureuse histoire divisait les paroissiens dont les uns approuvaient le geste de leur curé tandis que les autres critiquaient son manque de discernement. Les langues marchaient plus que de raison et il n'était pas de lieu public ou privé dans le village qui n'entendît évoquer plusieurs fois par jour, par les commères du pays ou les stratèges du café local, le récit de cette tragédie. Car il n'y avait aucun doute sur ce point, c'en était une pour les gens de la région.

Chacun enjolivait, à sa manière, si l'on peut dire, sa propre version des faits, en réalité les choses étaient tragiques mais simples.

Vers le début du printemps, un soir qu'un froid brouillard avait envahi cette petite vallée du bout du monde, l'abbé Santoni, qui lisait paisiblement son bréviaire, avait entendu toquer à sa porte. Ayant ouvert, il s'était trouvé devant deux inconnus, un jeune homme et une jeune fille qui, d'une même voix, lui avaient demandé l'hospitalité pour la nuit.

Il s'agissait d'un tout jeune couple, paraissant complètement désemparé et à bout de forces. Lui, un jeune homme blond d'une vingtaine d'années, grand et mince, habillé trop légèrement pour la saison, portait une guitare en bandoulière pour tout bagage. Elle, de taille moyenne, âgée de dix-huit ans à peine, brune, la mine pâle et souffreteuse, les cheveux en bataille encadrant un visage qui exprimait une très grande lassitude, semblait suivre son compagnon comme son ombre. Elle était vêtue d'une robe ample et vague de toutes les couleurs qui entourait son corps dont on devinait difficilement les formes.

« Des marginaux, se dit le prêtre. Deux enfants qui ont quitté sur un coup de tête leurs familles et un milieu devenu hostile, et qui pensent qu'on peut vivre d'amour et d'eau fraîche. »

L'abbé Santoni était un homme de Dieu dans toute l'acception du terme. Refuser de faire la charité à un pauvre ou de recevoir sous son toit quelqu'un qui demande l'hospitalité était au-dessus de ses forces. Il ouvrit sa porte à Jean et à Françoise – c'est ainsi qu'ils avaient déclaré se prénommer –, les fit asseoir à sa table et les garda au presbytère pendant quelques jours.

Au vu et au su de ses paroissiens d'ailleurs, dont certains ne manquèrent pas de lui dire, comme d'autres en de semblables circonstances, qu'un jour ou l'autre il se ferait attaquer par ces bandes de jeunes qui n'ont aujourd'hui ni valeurs, ni attaches, ni repères et ne respectent rien.

C'est ainsi que l'abbé Santoni apprit de la bouche de Jean qu'il était d'une famille aisée de la région lyonnaise mais que Françoise n'avait pas été acceptée par ses parents parce qu'elle était d'un milieu très modeste et qu'elle attendait un enfant de lui.

Tous deux s'étaient d'abord rendus à Marseille, pensant y trouver du travail et un toit mais, ayant échoué dans toutes leurs démarches, ils avaient décidé de prendre le bateau pour la Corse où, pensaient-ils, les choses seraient plus faciles.

« Encore une histoire d'amour qui finit mal dans ce monde égoïste et sans âme ! » se disait le prêtre qui, malgré son grand dévouement, ne connaissait pas les limites de la misère humaine.

Le curé de San-Parteo, qui était très fier de son église paroissiale et des trésors artistiques qu'elle recelait, fut heureux de montrer la statuette de l'Enfant Jésus à ses jeunes protégés. Il commit, hélas ! l'imprudence de préciser sa valeur marchande et l'attrait qu'elle exerçait sur les antiquaires dont certains avaient proposé des sommes folles pour l'acquérir. Il faut le reconnaître, il ne serait venu à l'idée de personne, dans le pays, de proposer à la vente un bien aussi sacré.

En Corse, à l'époque, on ne vendait pas, et même on ne déplaçait pas, ce qui se trouvait dans une église ou tout autre lieu consacré. Mais cette notion locale d'invulnérabilité attachée aux objets pieux devait être étrangère à Jean et à Françoise car, un beau matin, les amoureux avaient disparu et la statuette avec eux.

Malgré sa réticence à donner à l'affaire une tournure judiciaire, l'abbé fut obligé de porter plainte pour vol auprès de la gendarmerie locale et de donner tous les renseignements qu'il possédait sur les auteurs présumés du méfait pour les faire rechercher.

L'adjudant Mercuri, commandant la brigade de San-Parteo-di-Balagna, connaissait l'abbé Santoni avec qui il entretenait de très bonnes relations. Bien intégré dans ce coin de Corse dont il était originaire, il partageait avec le prêtre l'attachement sentimental que la population portait à la statuette de l'Enfant Jésus et au cérémonial qui l'entourait. En homme d'expérience, il mesura immédiatement la gravité de la situation et les risques de récession économique qui allaient résulter de la disparition de cet objet précieux.

Estimant toutefois qu'il ne fallait pas accorder trop de publicité à cette affaire, pour ne pas nuire à la réputation du village et donner l'éveil aux éventuels receleurs, il demanda au curé de garder le silence pendant quelque temps au cas où quelqu'un ramènerait l'Enfant Jésus dans sa demeure. Il ouvrit néanmoins une enquête et diffusa sur-le-champ un message de recherche avec le signalement des suspects et celui de la statuette à toutes les unités de police et de gendarmerie de la Corse et du continent.

Les jours passaient, Noël approchait, pourtant, malgré l'importance du dispositif mis en place, les résultats se faisaient attendre.

A tel point que l'abbé Santoni, après en avoir référé au responsable de l'enquête, décida de porter l'affaire à la connaissance du public.

– La situation est critique et je ne vois vraiment aucune solution à ce problème qui risque de porter un coup fatal à notre village, dit-il un beau soir de l'avent à ses paroissiens réunis pour la circonstance dans la salle commune du village.

Après avoir raconté les péripéties de la disparition de la statuette, il reconnut son entière responsabilité dans le déroulement des événements et demanda à Dieu et à ses fidèles de le pardonner pour le grand péché qu'il avait commis.

Plusieurs personnes prirent la parole mais tous les discours furent vains et aucun ne déboucha sur une solution concrète. C'est alors que le vieux Calistu, Orsu-Antone, berger de son état, se disant descendant de celui qui avait découvert la statue, quelque peu mécréant mais néanmoins très attaché aux traditions populaires, prit la parole d'autorité et interpella l'ecclésiastique sans ménagement :

– Ecoutez, l'abbé, nous ne sommes pas là pour faire votre procès ni critiquer votre conduite mais pour trouver une solution à un problème qui nous concerne tous. Si les gens apprennent que l'Enfant Jésus a été volé personne ne viendra cette année. Jusqu'à présent vous êtes parvenu à garder à peu près secrète cette perte irréparable mais si la presse s'empare de l'affaire, San-Parteo est fichu et son Noël ne sera plus qu'un souvenir.

» L'affaire est d'une extrême gravité, convenez-en ! Notre sort, c'est vous-même qui le dites, est entre les mains de Dieu. Mais pour l'instant, il n'a pas l'air de s'intéresser beaucoup à nous, Celui-là ! ajouta-t-il d'un ton sarcastique en levant un point vengeur vers le ciel.

Le père Santoni courba humblement l'échine et joignit les mains dans un geste de prière, mais il ne dit rien.

Encouragé par cette attitude, Calistu regarda l'assemblée, restée attentive pendant sa diatribe, et poursuivit d'un ton décidé :

– Mon grand âge m'autorise à vous dire ce que je pense et je ne vais pas prendre des gants pour dire à chacun ce qu'il doit faire pour sortir de cette impasse et sauver ce qui peut être sauvé. Croyez-en ma vieille expérience, tout s'arrangera si vous m'écoutez attentivement.

Personne ne pipa.

Le vieil homme garda un instant le silence pour savourer l'intérêt qu'il avait suscité, puis il reprit d'un ton plus conciliant :

– A mon humble avis, il faut faire comme si de rien n'était et préparer notre fête comme tous les ans. L'abbé ira acheter un nouvel Enfant Jésus, ressemblant au disparu et personne ne s'apercevra du changement.

Le curé eut un haut-le-cœur et son visage devint blême. Il se leva d'un bond de sa chaise et, très courroucé par le rôle que l'on voulait lui faire jouer, il affirma d'une voix chargée d'émotion mais d'un ton ferme que, malgré les conséquences désastreuses de la faute dont il s'était rendu coupable, il ne se prêterait pas à cette mascarade.

Il se tourna vers ses fidèles pour quêter leur soutien, mais tous, apparemment gênés, détournèrent leur regard et baissèrent la tête.

Devant cette réprobation générale, force fut au prêtre de convenir que tous ses paroissiens, ou presque, étaient du même avis que le vieil Orsu-Antone. Certains, et non des moindres, se permirent d'ailleurs de lui faire convenir que le nouvel Enfant Jésus, une fois bénit, ne serait pas différent de tous les Enfants Jésus de la terre et ils ajoutèrent, pour atténuer leurs propos, que, pour leur part, ils ne voyaient rien de sacrilège à cette façon de procéder.

– D'ici Noël on a encore des chances de trouver celui qui a disparu, avança, en bégayant selon son habitude, Dominique le cantonnier, que tout le monde dans la région appelait *Bambinellu*[1] en raison de son caractère innocent.

Cette remarque, venant d'un être marqué du sceau de Dieu[2], teinta d'un peu d'espoir l'atmosphère et jeta une légère lumière sur la grisaille qui avait envahi l'esprit des hommes et des femmes de San-Parteo, mais personne n'osa faire preuve d'un optimisme exagéré.

– De toute façon, la vie du village est en jeu et en l'occurrence la fin justifie les moyens, dit pour clore la séance le vieux Calistu, décidément très en verve.

Alors le père Santoni, dont la foi profonde était alliée à un amour grand comme le monde pour tous les hommes, accepta, un peu à contrecœur, il faut bien le dire, de donner raison à tous ces braves gens dont le sort dépendait d'une statuette en bois qui, somme toute, n'était qu'une représentation conventionnelle de la Divinité.

« Dieu me pardonnera, se dit le vieux prêtre, car Il connaît le fond de ma pensée et Il sait que je ne suis guidé que par l'intérêt commun dans cette affaire. »

Dès le lendemain, il se mit en campagne, contacta tous les marchands d'objets et d'antiquités de Bastia à Ajaccio et jusqu'à ceux du continent, mais d'Enfant Jésus ressemblant à celui de San-Parteo, point !

1. Petit Jésus ; homme simple et innocent.

2. En Corse, les personnes déficientes sur le plan mental étaient considérées comme bénéficiant de la protection divine.

Cependant les jours fuyaient à une vitesse vertigineuse et Noël s'annonçait à brève échéance sans qu'une solution pointe seulement le bout de son nez. Le père Santoni se sentait de plus en plus coupable, et plus le temps passait plus il se disait que Dieu le mettait à l'épreuve pour s'être prêté à l'idée impie de ses paroissiens.

Pourtant, tout en préparant la crèche, comme chaque année, toujours confiant dans la grande mansuétude du Seigneur, il sentait son cœur se remplir d'espoir à l'idée qu'un dénouement heureux interviendrait avant la date fatidique.

Pendant ce temps les pèlerins commençaient à affluer. De tous les coins de Corse et même du continent, arrivaient des cars de touristes, et des véhicules de toute catégorie. Les groupes prenaient pension dans les hôtels du pays, les caravaniers allaient dans les campings des environs, et des voyageurs de toute origine s'installaient chez l'habitant ou dans les nombreuses auberges de la région.

Quelques jours avant Noël toutes les rues du village étaient pleines de voitures et de camionnettes et les gendarmes avaient fort à faire pour que règne un semblant d'ordre dans cette cohue. Les hôtels et les restaurants affichaient complet et les commerçants, visiblement satisfaits, se frottaient les mains. Comme tous les ans, une grande animation régnait à San-Parteo et dans les villages des environs. Chacun tirait profit de la situation et les cœurs étaient joyeux. L'allégresse avait envahi les fidèles, venus célébrer la naissance du Fils de Dieu, et tous les visiteurs, croyants ou incroyants, attendaient l'annonce de la Bonne Nouvelle avec une grande impatience.

Un soir, quelques jours avant la nuit magique, il faisait

nuit noire et il gelait à pierre fendre lorsque quelqu'un toqua à la porte de la vieille bergerie perdue dans la colline où vivait Orsu-Antone Calistu. Les chiens se mirent à aboyer en faisant un raffut du diable. Le vieil homme sortit dans sa petite cour et les fit taire. Dans la lumière chiche de l'ampoule électrique qui éclairait le seuil de sa modeste cabane, il aperçut un jeune homme et une jeune femme qui se tenaient gauchement debout devant lui. Très jeunes tous les deux, ils semblaient fatigués et un peu désorientés.

Calistu reconnut le couple soupçonné du vol de la statuette mais il ne dit rien sur le moment.

L'homme blond, grand, plutôt maigre, assez bien habillé, portait une guitare dans le dos et la femme, brune, légèrement plus petite que son compagnon, vêtue d'une cape sombre très ample, attendait visiblement un enfant.

– Personne n'a voulu de nous, tous les hôtels sont complets, ainsi que les auberges, et nous ne savons où aller, dit l'homme en français avec un accent qui n'était pas du pays. Nous avons de l'argent et nous avons pensé que vous pourriez nous héberger pendant quelques jours, reprit-il en tendant quelques billets à Orsu-Antone.

– Garde ton argent, bougonna le vieux berger, puis désignant la porte d'où s'échappait une bonne odeur de figatellu grillé, il ajouta : Entrez ! Ce n'est pas luxueux, mais au moins vous serez au chaud.

« Je ne peux pas les laisser dehors par un temps pareil et à l'approche de Noël », se disait in petto le vieil ermite en s'effaçant pour laisser passer ses visiteurs.

Il les suivit, ferma la porte et, après avoir ajouté une belle bûche en bois d'olivier dans la cheminée où crépitait déjà un joli feu de Noël, il ajouta un pain et deux assiettes sur sa table déjà mise.

L'église ruisselait de joie. Une foule immense avait envahi la nef et les chapelles adjacentes. Le père Santoni officiait à l'autel dans un flot d'encens et de lumière. Des chants de Noël repris en chœur et des chants religieux traditionnels, chantés en *paghiella* [1], montaient vers la voûte où des angelots joufflus souriaient de bonheur.

A un moment donné, après avoir remercié Dieu d'avoir envoyé Son fils sur la terre pour sauver les hommes, le prêtre entonna un Alléluia retentissant tout en se dirigeant vers la crèche. Tous les regards le suivirent jusqu'au rideau qui cachait le spectacle tant attendu par les assistants, c'est-à-dire la statuette de l'Enfant Jésus le plus célèbre du monde.

L'officiant marchait d'un pas assuré vers la chapelle du transept, un sourire énigmatique aux lèvres. Ses ouailles, au courant de la disparition de la statuette, se demandaient avec anxiété quelle serait la réaction des étrangers lorsqu'ils constateraient que la crèche était vide.

– Alléluia ! Alléluia ! Un enfant nous est né, dit le père Santoni d'une voix de stentor en tirant le rideau d'un geste assuré.

Un « oh ! » de stupéfaction s'éleva de l'assistance et des larmes de joie brillèrent dans les yeux des personnes du premier rang. Sur la paille claire de la crèche, un enfant souriait et tendait ses petites mains vers le ciel. Non pas un Enfant Jésus en bois ou en plâtre, mais un véritable bébé bien vivant qui fit entendre son gazouillis dans le silence religieux qui avait suivi le moment de stupeur.

1. Forme de chant polyphonique corse.

– Voici notre Sauveur, dit le prêtre et, après l'avoir béni, il se prosterna devant l'enfant, tandis que l'assemblée faisait monter vers le ciel un chant d'allégresse.

Orsu-Antone Calistu souriait malicieusement dans un coin de l'église qui se vidait de ses paroissiens. Pour la première fois de sa vie il venait d'assister à la messe de minuit. Il sortit sur la place, où l'attendaient un homme et une femme jeunes et vêtus comme des citadins. La femme avait maintenant la taille fine. Elle portait dans ses bras un bébé rondelet et souriant, aussi beau qu'un Enfant Jésus.

A la sortie du village, la petite colonne prit le chemin de la colline. L'étoffe sombre du ciel était parsemée de clous d'or. Au milieu brillait une étoile plus grande et plus lumineuse que les autres. Le berger, tenant une lampe-tempête à la main, ouvrait la marche.

La petite porte du cœur

– Théa ! Théa ! appela la maman, préoccupée par les derniers préparatifs de la fête, as-tu envoyé ta lettre au Père Noël ?

– Oui, maman, répondit la petite fille, il y a quelques jours déjà. J'ai même ajouté un petit mot à ma liste de cadeaux, mais je ne t'en dis pas plus car c'est un secret entre le Père Noël et moi.

– Voyons, Théa, il faut être raisonnable, tu as commandé beaucoup de jouets cette année. Il ne faut pas ennuyer le Père Noël avec des bêtises. Il va avoir énormément de travail la nuit prochaine. Ne sois pas égoïste. Pense un peu aux enfants qui n'ont pas de jouets ! Enfin j'espère que tu ne lui as rien demandé d'impossible, ajouta la maman en poussant un soupir résigné.

– Non, maman, tu verras ! Ce que j'ai demandé au Père Noël te regarde aussi et, s'il m'écoute, tu auras une belle surprise.

A Olmi-Capella, dans ce village du bout du monde niché dans la montagne corse, dont la cime enneigée se perdait dans le firmament, la journée se terminait, nimbée de ce mystère particulier qui caractérise les veilles de Noël. Au seuil de cette nuit magique entre toutes les nuits, le charme habituel opérait et chacun se sentait empli d'un espoir aussi précis qu'une promesse de bonheur.

Le temps avait été vif et froid depuis le matin. Des nuages gris avaient recouvert le ciel et quelques flocons avaient même voleté devant la fenêtre de Théa qui battait des mains, émerveillée.

– Au lit, dit maman, dès la nuit tombée, et dors vite. Le Père Noël ne vient que chez les enfants qui dorment et sont obéissants.

Confiante dans les promesses qui lui avaient été faites, estimant avoir été assez sage pour mériter une récompense, Théa avait sombré rapidement dans un profond sommeil, peuplé de rêves bleus et d'images chatoyantes.

Il lui sembla avoir dormi pendant longtemps lorsqu'une grande clarté envahit tout à coup sa chambre, laissant passer, à travers les vitres de la fenêtre dont les volets avaient été laissés ouverts en prévision de la visite tant attendue, la magie blanche du dehors.

La petite fille ouvrit les yeux et vit le Père Noël.

Dieu, qu'il était beau ! Il avait un visage doux et plein de bonté éclairé par des yeux très bleus. Un sourire irradiait de ses lèvres et répandait dans la pièce une onde bienfaisante. Une grande barbe, blanche, soyeuse et bien peignée, lui encadrait la figure et descendait jusqu'à la poitrine. Ses mains étaient fines et blanches comme celles d'un ange et ses gestes étaient lents et mesurés.

Il était habillé d'une longue houppelande rouge, bordée d'une frange d'hermine à laquelle étaient accrochées des paillettes et des étoiles de diamant qui scintillaient dans la nuit. Il était coiffé d'un superbe bonnet de skieur à bandes bleues et rouges auquel était suspendu un pompon de toutes les couleurs. Il était chaussé de bottes noires, cirées, plus belles que celles des cow-boys du Far West.

Chose curieuse pour un Père Noël, il était accompagné d'un homme jeune, grand et mince, vêtu d'une ample blouse en toile de couleur verte boutonnée dans le dos, et coiffé d'un bonnet du même tissu et de la même couleur. Le visage de l'inconnu était masqué par un grand mouchoir blanc qui laissait passer un regard clair et bienveillant. L'accoutrement de ce personnage se terminait par de hautes bottes en tissu blanc et des gants en matière plastique qui lui montaient jusqu'aux coudes.

Tout le monde, cependant, gardait le silence et, pendant un court instant, Théa se demanda si elle ne rêvait pas.

Pourtant on apercevait, à travers la vitre de la fenêtre, arrêté sur un épais tapis de neige, un grand traîneau aux chromes rutilants, attelé de six chevaux alezans superbement harnachés de courroies astiquées, rehaussées de clous d'argent.

Accrochées au collier et aux harnais des bêtes de trait, des centaines de petites clochettes en or composaient, lorsque les chevaux bougeaient la tête, une jolie musique cristalline qui se répercutait aux quatre coins de la nuit de glace.

Au beau milieu du traîneau, trônait un énorme sapin scintillant de givre. Aux branches étaient accrochés des jouets multicolores. Il y avait le choix ! Des poupées, des vélos, des ours, des tambours, des trains électriques, des dînettes, des jeux vidéo, des consoles électroniques, des ballons, des avions, des camions, des bateaux, le tout en quantité phénoménale.

Il y en avait tellement que même quelqu'un de très savant n'aurait pu les compter.

Au bout d'un long moment de silence, le Père Noël s'adressa à Théa :

– Regarde, je t'ai apporté tout ce que tu désires, même si tu ne m'as pas commandé de jouets, et je suis venu en personne dans ta chambre pour te dire que j'ai lu avec beaucoup d'attention le petit mot que tu as ajouté à la fin de ta lettre. Ah ! Où est-il ce papier ? bougonna-t-il en fouillant les poches de sa houppelande.

– Le voici ! dit l'homme en vert en le lui tendant.

Le Père Noël chaussa ses lunettes et lut à haute voix :

Mon cher Père Noël,

Mon papy est à l'hôpital parce qu'il a la petite porte du cœur qui ferme mal. Est-ce que tu ne pourrais pas lui apporter une porte neuve en venant me voir la nuit de Noël ?

Un voile de tristesse passa dans les yeux de la petite fille qui se mit à penser à son papy malade. Mais une grande espérance remplit aussitôt son cœur en entendant le Père Noël qui ajoutait :

– Sois rassurée, Théa. Ton papy est guéri. C'est mon assistant, ici présent, dit-il en désignant l'homme en vert, qui l'a opéré cette nuit même. Maintenant je te laisse, car j'ai encore un long voyage à faire et beaucoup de maisons à visiter, avant le lever du jour.

Aussitôt dit, le Père Noël et l'homme vert sautèrent par

la fenêtre, montèrent sur le traîneau et s'envolèrent vers l'horizon éclatant d'une infinie blancheur.

Alors, heureuse et confiante, Théa se rendormit, tandis que l'attelage merveilleux quittait les lieux, dans une harmonie de sons et de couleurs, pour aller semer le bonheur jusqu'au bout du monde.

Aux premières lueurs de l'aube, Théa se réveilla au moment même où ses parents pénétraient dans sa chambre pour lui souhaiter un joyeux Noël.

– Joyeux Noël ! dirent en chœur le père et la mère de Théa en l'embrassant avec tendresse.

– Joyeux Noël ! répondit Théa en leur rendant leurs caresses. Ah ! J'ai vu le Père Noël cette nuit et il m'a chargé de vous annoncer une grande nouvelle : papy va beaucoup mieux. C'est le docteur du Père Noël qui a placé une petite porte neuve à son vieux cœur fatigué. Bientôt il sera tout à fait guéri et il pourra revenir à la maison.

Une ombre passa sur le visage des parents et une larme coula sur la joue de la jeune femme dont le père était hospitalisé à la suite d'une crise cardiaque.

– Allons, cesse de dire des bêtises. Amuse-toi avec les jouets que tu as reçus et ne te soucie de rien. Nous irons voir papy à Marseille la semaine prochaine, ajouta la maman d'un ton qu'elle voulait rassurant tout en se détournant pour étouffer un sanglot.

A ce moment précis la sonnerie du téléphone retentit.

– Allô ! dit la maman d'une voix angoissée, en décrochant le combiné.

– Allô ! répondit une voix masculine aimable mais ferme, à l'autre bout du fil. Ici l'hôpital de la Timone.

Bonjour, madame. Est-ce que M. S. fait partie de votre famille ?

– Oui, répondit la jeune femme, au bord des larmes, c'est mon père. Qu'est-il arrivé ?

– Rassurez-vous, madame, poursuivit son interlocuteur, je viens vous annoncer une bonne nouvelle. Votre père est hors de danger. Nous l'avons opéré cette nuit d'urgence et tout s'est bien passé. Une valve mitrale mécanique a été mise en place et son cœur a repris ses fonctions normalement. Il est réveillé mais il est toujours en soins intensifs. Dans quelques jours vous pourrez lui téléphoner et dans quelque temps il sera sur pied et pourra rentrer à la maison. Joyeux Noël, madame, pour vous et pour toute votre famille.

Le cadeau du juge

Adolfu était un chicaneur de première et, de mémoire d'homme, il n'y en avait pas un comme lui à cent lieues de maquis à la ronde. Tous ses voisins, ses cousins, les habitants des villages alentour, et notamment les bergers du pays, avaient eu, à un moment ou à un autre de leur existence, à subir l'ire de ce plaideur impénitent. Ses procédures judiciaires encombraient le rôle du tribunal local de Muro[1], qui, compte tenu de la nature bouillante des parties en présence, n'avait de paix que le nom.

On l'avait affublé du surnom de *Pipa longa* parce qu'il avait en permanence entre les dents une pipe à long tuyau de laquelle il tirait des bouffées âcres et malodorantes, aussi désagréables que son caractère.

Notre juge, M. Lozari, brave homme au demeurant, passait tous ses mardis, jour de la semaine consacré aux audiences, à démêler l'écheveau des litiges opposant cet habitué des prétoires à ses concitoyens.

Dans notre milieu pastoral, sauf quand un mauvais cou-

1. Chef-lieu de canton, village important à l'époque de notre récit.

cheur aussi retors qu'Adolfu était à l'origine des poursuites, ce genre d'affaires se réglait toujours à l'amiable entre hommes de bon sens et la plupart du temps dans une salle de café.

Adolfu, lui, ne participait jamais à ces sortes de jugements coutumiers, populaires et colorés, prononcés à la faveur de la chaleur communicative des libations. Pour lui il n'y avait qu'une justice, celle des cours judiciaires et rien d'autre. Toutes ses plaintes allaient par conséquent à leur fin, c'est-à-dire jusque devant la barre du tribunal où il se démenait comme un diable pour obtenir réparation.

Notre juge, malgré de bonnes dispositions à l'égard des bergers, se trouvait souvent dans l'obligation d'appliquer la loi car il ne pouvait pas toujours se soustraire aux devoirs de sa charge.

Les conséquences judiciaires qui en résultaient pour nos parents étaient néfastes pour leur faible bourse et les enfants pâtissaient des ponctions qui étaient faites dans le budget familial.

Pour éviter de faire tomber les auteurs de nos jours dans les griffes cruelles de la justice, nous déployions des trésors d'ingéniosité pour obliger nos troupeaux à passer à distance respectable des terrains appartenant à Adolfu, mais il faut avouer que ce n'était guère facile.

Mi-jardinier, mi-vigneron, ce rapace au cœur d'acier était propriétaire d'un nombre incalculable de petits lopins de terre, disséminés dans une région légèrement vallonnée que nous appelions la plaine par opposition à la grande montagne bleue qui dominait majestueusement Féliceto [1],

1. Village dépendant du canton de Muro ; lieu de naissance de l'auteur.

notre village, accroché comme tous les autres de ce coin de Balagne à la pointe d'un éperon rocheux.

On aurait dit que les dieux du cadastre s'étaient donné le mot pour compliquer notre tâche, tant la propriété de cet épouvantail à bergers était morcelée. Il n'y avait pas un quartier isolé, pas un vallon, pas une colline, qui ne comptât une parcelle de terre inscrite au bénéfice de ce propriétaire belliqueux.

L'été de mes dix ans, à cette époque de l'année qui coïncidait avec celle de mes vacances scolaires, je suivais mon troupeau docile toute la journée sans me poser trop de questions sur la nature humaine et les problèmes de la vie dans une société rurale qui comblait nos aspirations quotidiennes. Suivant la coutume locale, dite du libre pacage, les bêtes allaient où elles voulaient sans s'écarter cependant d'un parcours qui leur était habituel, le matin dans les champs à l'herbe jaunie par le soleil de messidor et le soir le long de la rivière où les brebis s'égaillaient, sautant de pierre en pierre pour boire dans les petites flaques d'eau claire bordées de galets multicolores.

Mon rôle, comme celui de tous les camarades de mon âge, préposés à la même tâche, consistait à empêcher mon troupeau de pénétrer dans les terrains cultivés ou même incultes mais interdits d'accès par certains propriétaires qui refusaient, à l'instar d'Adolfu, de se plier à la règle commune.

N'eût été l'existence de cet empêcheur de paître en rond, j'aurais été le plus heureux des bergers de la terre. La présence de jardins, de vignes, de prés ou même de friches lui appartenant m'empoisonnait la vie et ternissait ma joie de vagabonder en toute liberté dans cette nature si généreuse, où il était si agréable de vivre. J'étais par conséquent soumis à l'obligation de redoubler de vigilance lorsque, me trouvant dans certains parages, les frondaisons d'Adolfu, aux couleurs, au parfum et certainement au goût de fruit défendu, attiraient mes brebis assoiffées de verdure comme les palmiers de l'oasis les chameaux du désert.

Mon père n'avait pas manqué de me mettre en garde contre le danger représenté par les propriétés de celui avec qui il était en froid depuis belle lurette, et il avait assorti ses conseils de la promesse d'une volée de bois vert en cas de défaillance de ma part. Dans le passé, et chaque fois à la suite de procès pour délits de pacage intentés par ce « Chicaneau » au petit pied, il avait eu souvent à répondre de ses actes, et parfois des miens, devant le tribunal de Muro et à subir invariablement les rigueurs de la loi.

Le juge, qui connaissait l'état d'impécuniosité de tous les bergers et la modeste condition de mon père, faisait de son mieux pour éloigner le spectre du châtiment de sa tête. Il tentait de retarder l'échéance mais il avait beau renvoyer les affaires « à quinzaine[1] » Adolfu ne lâchait jamais le morceau et, tenace jusqu'à l'obstination, finissait toujours par obtenir gain de cause.

Inutile de vous dire que j'avais une peur bleue de notre persécuteur et que j'accordais à la surveillance de ses lopins de terre autant d'importance qu'à la prunelle de mes yeux.

Pipa longa était un homme de taille moyenne, lourd et trapu, respirant une force un peu brutale. Il ne se déplaçait que monté sur un bel âne noir, dont la prestance était

1. Jugement mis en délibéré et prononciation de la sentence renvoyée à quinze jours après les débats.

supérieure à celle de son maître. Cet homme, habillé de velours sombre, la taille ceinte d'une *fascia*[1] rouge enroulée plusieurs fois sur elle-même, m'en imposait. Quand je n'avais pu l'éviter et que je me trouvais face à lui au détour d'un chemin, je baissais les yeux et tremblais de tous mes membres.

Il était doté d'un visage massif, taillé à coups de serpe, barré par une épaisse moustache et deux sourcils broussailleux sous lesquels filtrait un regard d'oiseau de proie. Une casquette sans forme et sans couleur couronnait son front bas et cachait tant bien que mal une tignasse grise dont les mèches rebelles et jaunâtres retombaient sur son cou puissant de taureau.

Les enclos dans lesquels Adolfu exerçait ses activités agricoles étaient de véritables fortins, en mesure de résister aux assauts des bêtes les plus féroces. Ils étaient entourés de murs montés en pierres sèches sur une bonne hauteur, au sommet desquels étaient hérissés et maintenus à l'aide de grosses pierres des buissons de ronces formant, avec leurs aiguilles acérées dirigées vers l'extérieur, une couronne d'épines difficilement franchissable. Mais les chèvres et certaines brebis particulièrement agiles parvenaient, si on ne les surveillait pas en permanence, à franchir ces obstacles et à faire des dégâts dans les cultures.

Adolfu le savait et il montait souvent la garde dans ses propriétés. Je l'imaginais tapi dans la végétation de ses plantations exubérantes, tel un chat guettant la souris au sortir de son trou, prêt à jaillir à la moindre de mes défail-

1. Ceinture en étoffe rouge portée par les hommes de ce temps-là ; taillole, en provençal prononcer « facha ».

lances. Je connaissais son emploi du temps et sa présence ne faisait pour moi aucun doute lorsque son âne était attaché à l'extérieur du petit portail d'entrée d'une pièce de terre. L'animal paisible me jetait un regard plus amical que celui de son cavalier, tout en mâchonnant des fanes de haricots, des feuilles de figuier ou des pampres de vigne, jetés par son maître.

C'est au moment où je m'y attendais le moins que la tragédie s'abattit sur moi comme la foudre sur l'arbre solitaire. Un jour, donc, alors que je passais à hauteur de la vigne d'Adolfu, au lieu-dit *Frassetu*[1], celui-ci surgit de sa propriété comme un diable sortant de son enfer. Le museau écumant, les naseaux fumants et le verbe haut, il se jeta sur moi tel un gypaète barbu fondant sur un faible agneau et me maîtrisa en moins de temps qu'il n'en faut pour le dire.

– Je t'y prends, hurla-t-il comme un fou en m'attrapant par le col et, après m'avoir soulevé de terre, il me poussa devant lui, vers son jardin, tel un vulgaire sac de son.

J'étais tétanisé par la peur et incapable de crier. Je ne pus esquisser le moindre geste, tenter la plus petite parade ni esquiver un contact avec cet homme que j'avais en horreur.

– Regarde, m'intima Adolfu qui, s'étant saisi de quelques crottes qui traînaient à terre, tout en me maintenant toujours fermement, me les montrait dans le creux de sa main restée libre. Tes brebis sont venues dans ma vigne et elles ont causé des dégâts.

1. Frênaie.

Je remarquai qu'il manquait quelques feuilles dans le bas d'un pied de vigne mais les grappes de raisin encore vertes n'avaient pas été touchées. Je trouvai quelque force pour répondre à cet homme courroucé :

– Adolfu, ça ne peut pas être mes brebis puisque ce que vous tenez là ce sont des crottes de chèvre.

Puis, apportant toute ma science en la matière, je lui fis remarquer qu'il existait une grande différence entre les résidus de la digestion de ces deux espèces de bêtes à cornes.

– Chèvre, bique, brebis ou mouton, c'est du pareil au même, hurla-t-il, et il me secoua brutalement comme un vêtement poussiéreux.

Je crus ma dernière heure venue et j'étais sur le point de faire ma prière pour demander à Dieu de m'ouvrir les portes de son paradis lorsque le portail du jardin s'ouvrit, poussé par un envoyé de mon ange gardien qui ce jour-là avait pris la forme de Ghiaseppu le chevrier. Alerté de toute évidence par les cris poussés par l'énergumène qui cherchait à m'anéantir, Joseph, qui gravitait dans les parages, était venu aux nouvelles et le spectacle qu'il avait sous les yeux lui sembla peu édifiant.

– Vous n'avez pas honte de traiter un enfant innocent de la sorte ? dit-il d'un ton résolu à Adolfu. Ce ne sont pas ses brebis qui sont entrées dans votre vigne, c'est une de mes chèvres et vu le peu de temps qu'elle y est restée, elle n'a pas dû y faire beaucoup de dégâts. Lâchez ce petit, je suis prêt à vous dédommager.

Je mis l'incident à profit pour prendre mes jambes à mon cou et réussis à m'éloigner à toute vitesse de cette zone de grande turbulence.

J'avais eu tellement peur que je restai toute l'après-midi

sans pouvoir uriner, au point d'avoir le ventre aussi gonflé qu'une outre en pénétrant, à la tombée de la nuit, dans notre modeste campement de bergers installé à flanc de colline, sous l'enseigne de la belle étoile.

Mon père, qui m'avait apporté la soupe comme chaque soir, s'aperçut de mon état de détresse. Ce n'est qu'après lui avoir raconté la façon dont j'avais été traité et avoir versé des larmes libératrices, que je parvins à reprendre mes esprits.

Contrairement à son habitude, mon père ne me fit aucun reproche mais il me demanda des détails sur ma mésaventure. Ce fut surtout Ghiaseppu qui les lui fournit en se joignant à nous pour passer la nuit.

A la manière des adultes, il exagéra son courage et embellit son rôle plus que de raison. Il raconta son intervention en ma faveur en se parant de l'habit du chevalier blanc terrassant le dragon. A l'entendre, il avait mis mon agresseur plus bas que terre avant de l'obliger à me faire des excuses.

Je n'en demandais pas tant et mon père non plus. Il avait gardé le silence pendant que Ghiaseppu racontait ses prouesses et cette attitude, j'étais bien placé pour le savoir, n'était pas de bon augure pour celui qui avait osé maltraiter son enfant innocent.

Mon père, Ghiuvani, était un homme robuste et courageux et, comme dit le dicton du pays : « Il ne permettait pas aux mouches de se promener sur son nez. » Il ne me parla plus d'Adolfu mais il avait de la suite dans les idées et, si j'en juge par la tournure des événements, la rancune tenace.

A quelque temps de là, un jour que j'allais chercher du bois avec mon âne, je tombai sur Adolfu. Je ne le reconnus qu'au bout d'un long moment car il avait plusieurs entailles à la tête et saignait comme un bœuf à l'abattoir. Son comportement étrange me frappa. Il était à pied, sans casquette, marchant en somnambule, le regard fixe et les yeux hagards. Pour une fois il n'avait pas sa pipe à la bouche. Il était sorti de sa vigne du Frassetu et, apparemment désorienté, il se dirigeait vers mon village en tournant résolument le dos au sien. Il ne m'avait manifestement pas reconnu et ne cessait de répéter :

– *Ghiuvani m'a minadu, Ghiuvani m'a minadu* (Jean m'a frappé).

Cette éventualité n'était pas pour me déplaire mais, en voyant Adolfu dans ce triste état, j'eus pitié de lui. Refusant d'admettre que ces blessures résultaient d'un acte délibéré commis par mon père, je pris le parti de croire que le blessé était vraisemblablement tombé d'un mur ou d'un arbre, et je mis ses divagations sur le compte des traumatismes causés par l'accident. Puis, laissant parler ma nature de bon Samaritain et mettant en accord mes principes et mes actes, je mis Adolfu sur mon âne et le ramenai chez lui à Muro.

Je racontai cette péripétie à mon père mais il ne fit aucun commentaire. J'en conclus que des choses s'étaient passées dans le monde des adultes mais que l'on s'efforçait de me tenir à l'écart de problèmes qui n'étaient plus de mon ressort.

Dans les jours qui suivirent, certaines personnes, qui se vantaient d'avoir assisté à la scène, ne se privèrent pas de raconter que, le lundi de la semaine précédente, Adolfu avait reçu une bonne correction, administrée de main de maître par mon père.

– Il l'aurait tué si Ghiaseppu le chevrier n'était intervenu à temps, disait-on un peu partout.

Les conversations allèrent bon train durant quelque temps et chacun jugea l'affaire à sa façon mais, de l'avis général, il ressortait qu'Adolfu n'avait eu que ce qu'il méritait.

En définitive, tout le monde se réjouissait du sort qui lui avait été réservé, en regrettant, un peu hypocritement il faut le dire, de ne pas avoir pensé à faire le nécessaire un peu plus tôt.

En écoutant ce qui se disait et en calculant sur mes doigts, j'en étais arrivé à la certitude que c'était ce jour-là qu'Adolfu s'était placé, bien malgré lui, sous ma protection, comme si la divine providence avait voulu me montrer que les coupables sont toujours punis, même quand ils comptent sur la mansuétude des victimes.

Pour ma part j'aurais eu tort de me plaindre, car j'étais maintenant persuadé que cet homme, remis de belle façon dans le droit chemin, me laisserait désormais tranquille.

Pourtant la suite prouva que les coups avaient amolli le vieux cuir chevelu d'Adolfu sans amender aucunement son caractère. Amoché mais imperméable à l'idée qu'il était quelque peu responsable de ce qui venait de lui arriver, il décida de poursuivre cette affaire. Comme à son habitude, il préféra, pour obtenir réparation du préjudice subi, les voies de la justice à un arrangement à l'amiable suggéré par des amis communs. Cependant les faits étaient trop graves pour être jugés à Muro et, s'agissant d'un délit pénal, l'affaire fut donc inscrite au rôle du tribunal correctionnel de Calvi.

Les gendarmes locaux firent une enquête poussée et ils tentèrent par tous les moyens, mais sans résultat, de faire reconnaître ses torts à l'auteur de mes jours. Ils lui conseillèrent d'avouer les coups qu'il avait portés volontairement à sa victime en lui promettant qu'il serait tenu compte de sa franchise lors du jugement.

Ils écrivirent des pages et des pages, sur leur carnet de déclarations, à l'encre noire et de leur belle écriture penchée, mais rien n'y fit. S'appuyant sur les difficultés de la langue française, qu'il prétendait ne pas bien maîtriser, mon père fit semblant de ne pas comprendre toutes les questions qui lui étaient posées et il réussit à s'en tirer avec des réponses évasives.

Des témoins potentiels furent également entendus mais, étant donné l'imprécision de leurs déclarations, il était difficile aux enquêteurs de savoir s'ils étaient à classer dans les témoins à charge ou dans ceux à décharge.

L'échauffourée avait été tellement confuse et les propos échangés tellement contradictoires qu'il était difficile de faire le point sur ce qui s'était réellement passé entre les deux hommes au moment de l'empoignade. Mieux valait, par conséquent, pour les enquêteurs comme pour l'opinion publique, laisser planer une certaine incertitude sur cette délicate affaire, en attendant la mise en lumière des faits devant des instances judiciaires de haut niveau.

A ce stade-là, il ne faisait aucun doute que les choses en étaient arrivées à un point de non-retour. L'orgueil insulaire ayant son mot à dire, il devenait pratiquement impossible aux belligérants d'afficher un quelconque sentiment de repentir ou de revenir à des sentiments plus pacifiques qui auraient permis un arrangement. D'où un dossier volumineux constitué par les gendarmes et la menace d'un procès que nul ne pouvait ou ne voulait éviter.

Mon père reçut, trois mois avant l'audience, une convocation en bonne et due forme lui intimant de se présenter avec un avocat de son choix tel jour à telle heure, pour s'entendre juger comme auteur de coups et blessures volontaires ayant entraîné plus d'un mois d'incapacité de travail.

L'auteur de mes jours ne savait ni lire ni écrire et tout ce qui était écrit ou imprimé lui procurait une sainte peur. De mon côté, je n'étais pas assez aguerri pour comprendre les subtilités de la prose des tribunaux. D'avocat mon père n'en connaissait point et, de toute façon, l'état de sa bourse ne lui permettait pas de faire appel à un maître du barreau réputé. Restait notre brave juge de paix de Muro. Il avait été mis hors circuit en raison de l'importance de l'affaire, mais il était le seul à connaître les arcanes d'un procès en correctionnelle et à pouvoir renseigner utilement les personnes impliquées dans la procédure.

Mon berger de père résolut d'aller lui demander conseil et je pense, si on considère la suite des événements, qu'il tira de cette entrevue non pas un réconfort quelconque mais une leçon sur la nature humaine qui lui fut profitable.

M. Lozari était au courant des ennuis du prévenu et il ne refusa pas de prêter sa science à l'infortuné berger qu'il connaissait comme un brave homme, certes un peu coléreux mais sans réelle méchanceté.

– Je ne voudrais pas vous faire la morale, mais votre affaire se présente mal, dit-il à mon père. Tout le monde connaît la façon dont Adolfu s'est comporté envers votre fils et chacun sait que cet affront ne devait pas rester impuni, mais, à la réflexion, vous avez eu la main un peu trop lourde et le tort d'agir à force ouverte. Les faits se sont déroulés devant témoins et le mobile est tout trouvé.

» Aujourd'hui, comme vous avez choisi des voies peu légales, il est normal que vous supportiez les conséquences de vos actes. A mon avis, vous devriez reconnaître votre faute et demander l'indulgence du juge. Je connais Quercioli, qui préside habituellement le tribunal correctionnel de Calvi. C'est un homme sévère, intransigeant mais juste et d'esprit équitable. Il tiendra compte, j'en suis persuadé, de votre situation matérielle et l'excuse de provocation pourra être retenue en votre faveur.

– Et si je lui faisais un cadeau ? répliqua mon père. Un agneau de lait, quelques salcicce, lonzi et figatelli, un peu d'huile d'olive, de la farine de châtaigne. Je peux les lui envoyer par l'autocar et même les lui porter lorsque j'irai à Calvi et si je gagne, je compte…

– Malheureux ! gardez-vous-en bien ! le coupa net le juge Lozari. Le président Quercioli est l'être le plus intègre que je connaisse et sa réputation de magistrat incorruptible a franchi les frontières de la Corse. Agir comme vous vous proposez de le faire est la meilleure manière de vous faire condamner au maximum de la peine prévue, sans compter les frais de justice qui seraient alors à votre charge. Surtout ne faites pas ça. Suivez mon conseil : avouez ! avouez ! et reconnaissez vos torts.

« Il est bien bon, le juge Lozari, se dit mon père en le quittant, et il parle tellement bien que j'ai du mal à le comprendre. Il peut toujours discourir, ce n'est pas lui qui va être confronté aux rigueurs de la loi. Il m'a parlé d'un avocat. Un avocat ? Pourquoi un avocat ? Et d'office encore ? Qu'est-ce que ça veut dire : d'office ? Ces gens-là sont payés pour dire des mensonges. Je n'ai rien fait de mal en corrigeant ce malotru d'Adolfu comme il le méritait, et maintenant on me demande des comptes. Je ne vois pas pourquoi le président Quercioli me jugerait plus sévèrement et m'en voudrait si je lui faisais un beau cadeau au lieu d'arriver les mains vides devant la barre de son tribunal. »

Faire un présent en Corse pour obtenir un droit, une faveur, une dérogation, une autorisation, un document administratif n'a jamais été considéré comme une mauvaise action ni une manœuvre dilatoire. Refuser ce présent est au contraire reçu comme un affront par celui qui offre et le poids des coutumes intervient, là comme ailleurs, pour expliquer certains comportements humains. En l'occurrence, la dialectique subtile déployée par un homme instruit et cultivé comme l'était le juge Lozari était incompréhensible pour mon père dont la nature s'accommodait fort mal de tout ce qui s'écartait de la réalité.

La tête basse, pensif et silencieux, mon père reprit le chemin de notre village en échafaudant des plans pour se sortir de ce piège dans lequel il s'était laissé enfermer pour venger ce qu'il appelait l'honneur de sa famille.

Le jugement eut lieu à la date prévue et, à la stupéfaction générale, mon père fut acquitté. Est-ce la plaidoirie d'un avocat d'office talentueux ou les déclarations de témoins à décharge convaincants qui firent pencher le plateau de la justice du bon côté ? Est-ce la mauvaise réputation d'Adolfu qui joua contre lui ou la prestation brillante de l'accusé qui lui permit de s'en tirer à si bon compte ? Nul ne le sut jamais mais cette histoire resta, je vous l'assure, dans les annales du tribunal correctionnel de Calvi.

– Alors Ghiuvani, vous l'avez gagné ce procès ? demanda, intrigué, le juge Lozari, la première fois qu'il rencontra mon père. Comment diable avez-vous fait ? Tout était contre vous dans cette affaire, votre culpabilité était établie et je dois vous l'avouer, connaissant la rigueur du président qui vous a jugé, le verdict prononcé à votre avantage m'a fortement surpris. Comment diable avez-vous fait ? répéta-t-il plusieurs fois avec force, comme s'il voulait arriver à se persuader lui-même de cette inconvenance que sa logique refusait d'admettre.

– Avant l'audience j'ai envoyé un cadeau au président Quercioli, répondit mon père sur le ton de la confidence et, se penchant à l'oreille du juge Lozari, il lui donna le détail de son envoi.

Le juge parut réellement offusqué par cette affirmation et il pâlit, visiblement choqué, comme s'il avait du mal à se faire à l'idée que le président Quercioli pouvait être faillible comme n'importe quel autre être humain.

– Ce n'est pas vrai, vous auriez été condamné à coup sûr si vous l'aviez fait, reprit-il vivement. Je connais le président Quercioli. C'est un magistrat in-cor-rup-tible, vous m'entendez ? martela le juge Lozari avec force en détachant bien les syllabes de ce mot qui, pour lui, voulait tout dire. Vous mentez, se permit-il d'affirmer ensuite en faisant, emporté par son élan, une entorse aux règles du langage châtié qu'il employait d'habitude.

Mon père ne releva pas l'impolitesse. Il sourit malicieusement et, toujours à voix chuchotée, il répondit au juge :

– Je ne mens jamais, monsieur le juge, sauf quand je suis obligé de le faire. J'ai bien envoyé un cadeau au président Quercioli mais je l'ai fait au nom d'Adolfu. C'est sans doute pour cette raison qu'il a été débouté de sa plainte et condamné aux dépens. N'en dites rien à personne, monsieur le juge, ça pourrait se répandre et faire du tort à la bonne renommée des magistrats. Si les mauvaises langues s'en mêlaient, on pourrait croire que la justice est influençable dans un sens comme dans l'autre, ajouta, avec beaucoup de bon sens, mon berger de père.

Il souleva sa vieille casquette d'un geste un peu désinvolte, murmura quelques mots d'adieu, esquissa un dernier sourire entendu à l'intention du juge Lozari et reprit paisiblement son chemin vers la vallée où l'attendait son troupeau.

Quant à Adolfu, il tomba, paraît-il, malade et perdit un peu la raison. De dépit, dirent les uns ; des coups reçus, affirmèrent les autres.

On racontait qu'il s'était enfermé chez lui où il tenait tout seul un tribunal, donnant la parole tantôt à l'armoire qui avait le rôle du juge, tantôt à la table qui représentait l'accusé, ou bien au lit où, couché, il jouait au plaignant, tandis que les rangées de chaises, serrées les unes contre les autres, figuraient les rangs du public assistant aux débats.

En raison de son mauvais état de santé, il cessa de cultiver ses vignes et ses jardins qui tombèrent rapidement en friche et furent envahis par le maquis.

A la grande joie des bergers dont beaucoup applaudirent chaleureusement à une décision de justice qui, pour une fois, les favorisait.

Une bonne vue

Il faut croire qu'à cette époque-là tout le monde avait de très bons yeux dans nos villages nichés au creux de la montagne bleue : presque personne ne portait de lunettes et nul ne se plaignait d'une vue déficiente. Dans notre petite communauté pastorale, seuls le curé, l'instituteur et quelquefois le secrétaire de mairie, quand il exerçait ses fonctions, arboraient cet accessoire qui, selon ce peuple de bergers, les classait d'autorité dans la catégorie des gens instruits.

Les travaux des champs et la surveillance des troupeaux nécessitaient toutefois une bonne vue mais, sauf en cas d'affection grave, chacun s'arrangeait à sa façon avec le degré d'acuité visuelle que le ciel lui avait octroyé à sa naissance. Nul ne cherchait à corriger les quelques imperfections apparentes comme le strabisme – qu'il fût convergent ou divergent – et les défauts naturels ou accidentels dont étaient affligés certains. La coquetterie était un sentiment totalement étranger à ces hommes et ces femmes.

Est-il besoin de le dire ? Les ophtalmologues et autres praticiens de la sphère oculaire ne couraient pas les rues.

Cette profession était pour ainsi dire inconnue dans notre milieu et ce mot ne figurait pas dans notre vocabulaire. Les bilans médicaux, résultant de l'activité de ces hommes de science, n'entraient pas dans la liste de nos soucis quotidiens et il ne serait venu à l'idée de personne de se préoccuper de leurs aptitudes professionnelles ou de leur qualification dans ce domaine délicat.

Quand quelqu'un avait vraiment besoin de verres correcteurs, il allait directement chez un marchand de lunettes sans subir des examens médicaux compliqués dans des officines qui n'existaient d'ailleurs que dans les hôpitaux des grandes villes insulaires ou continentales.

Un opticien par département suffisait amplement à corriger la vue de ceux qui se donnaient la peine de se rendre dans sa boutique et, à lui seul, il parvenait à satisfaire sa pratique sans en passer au préalable par des intermédiaires coûteux.

Les choses se déroulaient toujours de cette façon : grâce aux indications fournies directement par le sujet volontaire pour l'expérience, et après de multiples essais de verres, le spécialiste finissait par dénicher dans ses rayons la paire de lunettes adéquate.

Cette activité lucrative nécessitait non seulement de grandes qualités professionnelles mais aussi beaucoup de discernement et de finesse de la part du commerçant. Aussi, pour poser un diagnostic sûr et déceler rapidement les myopies et autres déficiences oculaires des malvoyants qui se plaçaient entre ses mains et lui faisaient entière confiance, l'homme de l'art se mettait en quatre, à toute heure du jour, sans ménager ni son temps ni sa peine.

Comme toujours en pareil cas, sa renommée était fonction de ses capacités à satisfaire sa nombreuse clientèle. Il n'en manquait pas car sa bonne réputation s'était répandue par le bouche à oreille qui jouait efficacement son rôle promotionnel au sein de toutes les couches sociales de la population.

Cependant, le plus souvent, on n'avait recours à ce spécialiste que contraint et forcé. Les frais n'étaient pas remboursés faute de couverture sociale et, de ce fait, seuls les gens aisés disposant de moyens financiers importants pouvaient se payer la fantaisie de porter besicles.

Le seul opticien qui existait dans le nord de l'île exerçait à Bastia, à plus de cent kilomètres de chez nous et, il faut le préciser, à cette époque les moyens de communication étaient rares et chers. Ce n'était pas tous les jours que l'on se rendait dans cette grande ville. Certains habitants du village, parmi les plus âgés, n'y étaient jamais allés mais ils ne s'en portaient pas plus mal. Ce n'est qu'à l'occasion d'un voyage ou un déplacement imposé par d'autres obligations que l'on allait, si le besoin s'en faisait vraiment sentir, consulter ce spécialiste de la correction visuelle.

Il était très connu pour son affabilité et sa compétence et il s'appelait, si mes souvenirs sont bons, M. Stortoni. Alors que je n'étais qu'un enfant, il me souvient de l'avoir aperçu, trônant dans sa boutique ouverte sur le boulevard Paoli, dans le centre de la ville. Il portait lui aussi lunettes mais les mauvaises langues disaient qu'il n'en avait pas besoin et n'en usait que pour attirer l'attention du public sur le domaine dans lequel il exerçait ses talents.

La devanture vitrée de son magasin, donnant sur la

grande artère, superbement garnie de lunettes de toutes tailles, attirait en effet, immanquablement, l'œil du passant.

L'entrée était libre, comme l'annonçait une pancarte placée en évidence, et il n'était pas rare que quelqu'un se laisse tenter et décide de visiter les lieux, soit en curieux soit dans l'intention de vérifier ses capacités visuelles.

C'est par conséquent le hasard qui, dans l'histoire que je vais vous conter, avait amené le vieux berger Camellu à consulter M. Stortoni dont il connaissait évidemment l'existence et la notoriété.

Un beau jour du mois de mai, il était venu dans cette cité pour témoigner à la barre de la cour d'assises dans une affaire d'homicide volontaire, consécutif à une rivalité d'intérêts qui avait opposé deux familles de notre village et s'était soldée par la mort d'un homme.

La déposition de Camellu fut brève. Il dit au président qui l'interrogeait qu'étant donné son âge il ne souvenait plus de rien et qu'il préférait se taire plutôt que de dire n'importe quoi et d'aggraver un drame dont il était à prévoir qu'il aurait des suites.

Il s'était fait morigéner vivement par l'avocat général qui s'était permis des réflexions désagréables sur la mémoire sélective de certains individus et des doutes sur la sincérité des témoins insulaires. Profitant de sa position, il n'avait pas manqué d'exprimer, en pleine audience, quelques considérations générales personnelles sur cette loi du silence qui rendait muets les habitants de ce pays.

Ces propos avaient laissé Camellu plutôt froid. D'une part parce qu'il n'avait pas compris la moitié de ce que l'homme en rouge, qui parlait français, avait dit et, d'autre part, parce qu'il n'avait jamais attaché une grande importance à l'opinion des gens trop savants. Dans son idée d'homme simple, ces esprits forts ont toujours le sentiment d'avoir raison parce que leur niveau intellectuel élevé les empêche de se mettre à la portée du peuple. De là à les classer dans la catégorie des individus qui passent à côté des vérités les plus élémentaires en toutes circonstances, il n'y avait, dans ce cas précis, que l'épaisseur de la barre du tribunal à franchir et Camellu ne s'en était pas privé, tout en gardant ses pensées pour lui.

Quoi qu'il en soit, étant donné la brièveté de sa prestation à la barre du tribunal, le vieil homme avait eu, en attendant l'autorail du soir, presque toute la journée à baguenauder dans les rues de Bastia et à se remplir les yeux, comme on dit, du contenu des vitrines plus alléchantes les unes que les autres.

Et voilà comment il était venu à celle de M. Stortoni, dont la vue, c'est le cas de le dire, avait fait naître une idée dans son esprit.

– Bonjour, monsieur Stortoni, avait-il dit en corse en entrant dans la boutique, je voudrais acheter une paire de lunettes (*un pagghiu di spicchiètti*).

– Certainement, je suis à votre service, cher monsieur, avait répondu, très empressé, M. Stortoni. Donnez-vous la peine d'entrer. Je vais me faire un plaisir de vous servir. Ce sera vite fait, avait-il poursuivi d'un ton déférent.

L'opticien, qui supputait déjà le gain qu'il pourrait tirer de ce client dont l'apparence était celle d'un paysan cossu, avait arboré son plus beau sourire et son air le plus amène. « Asseyez-vous, asseyez-vous », avait-il proposé en montrant une chaise paillée à haut dossier à Camellu. Le vieux berger ne s'était pas fait prier pour prendre la pose de l'essayeur de lunettes, pendant que Stortoni commençait sans désemparer à dégarnir ses rayons dans l'intention de mettre la main sur la merveille qui corrigerait la vue de son client en un clin d'œil.

– Est-ce que vous avez un journal ? avait demandé fort poliment Camellu en chaussant sa première paire de lunettes.

– Bien entendu, cher ami, avait répondu M. Stortoni, de plus en plus convivial, en tendant à son client *Le Petit Bastiais* du jour.

La une du quotidien était justement consacrée à l'affaire judiciaire qui motivait la présence de Camellu en ville et de grands titres s'étalaient sur toute la première page.

Tout en ornant le nez de son client de lunettes, Stortoni avait fait allusion au procès et Camellu lui en avait conté les principales péripéties, ajoutant force détails.

L'analyse rapide et spontanée de l'affaire par Camellu, après avoir parcouru le journal, avait suscité l'admiration de l'opticien qui s'était permis de complimenter son client pour la pertinence de ses remarques, la sûreté de son jugement et la clarté de son point de vue.

Le ballet avait continué pendant un long moment. Une paire de lunettes pour myope profond, une pour presbyte léger, une pour corriger l'astigmatisme, une pour voir de loin, l'autre pour voir de près, et ainsi de suite. Tous plus négatifs les uns que les autres s'il fallait en juger d'après la mimique de Camellu. A chaque nouvel essai, le patient regardait son journal, hochait la tête d'un air contrit, puis dirigeait son regard vers l'opticien pour lui faire comprendre que la paire de lunettes qu'il avait sur le nez ne convenait toujours pas à sa vue.

Tout le stock du magasin y était passé et l'angélus du

soir avait déjà sonné au clocher de l'église voisine sans que la moindre solution se dessine à l'horizon.

M. Stortoni, toujours aussi affairé, ne savait plus à quel saint se vouer car jamais, au grand jamais, il n'avait été confronté à pareil échec. Il avait passé en revue toutes les suppositions qui lui étaient venues à l'esprit et toutes les hypothèses possibles, mais aucune ne l'avait mis sur la bonne voie.

S'il n'osait pas mettre en doute les capacités intellectuelles de cet homme qui paraissait équilibré et plein de bon sens, à la fin il ne put s'empêcher de lui poser la question fatidique :

– Vous savez lire au moins ?

– Monsieur Stortoni, avait répondu Camellu d'un ton qui n'admettait pas de réplique, si je savais lire je n'aurais pas besoin de vos lunettes.

Dépité, le vieux berger s'était levé d'un bond de sa chaise et il était parti, sous l'œil éberlué de l'opticien, sans même dire au revoir.

Le soir même Camellu était de retour au village, convaincu que, malgré sa réputation, ce boutiquier ne possédait pas la science dont on le gratifiait puisqu'il était incapable de résoudre un problème aussi simple que le sien en lui fournissant la paire de lunettes qui lui aurait permis de lire.

Les escargots

– Je suis inquiet, me dit un jour Eugénio, le vieux jardinier à qui j'étais allé dire bonjour un peu par hasard. Ça fait au moins un mois que je n'ai pas vu le facteur alors que, d'habitude, il passe me voir assez souvent. J'espère qu'il ne lui est rien arrivé de fâcheux. C'est un continental mais il est gentil. Je n'ai jamais de courrier mais de temps en temps il vient pêcher dans la rivière et me rend visite par amitié. Il nous arrive de causer pendant des heures de choses et d'autres, moitié en corse, moitié en français pour compenser nos lacunes, lui dans la langue de mon pays et moi dans celle du sien.

Je connaissais bien Eugénio. Personnage hors du commun, sa fréquentation alimentait la curiosité du petit berger de dix-sept ans que j'étais alors. Plus que nonagénaire, il vivait en solitaire, au milieu de ses plantations, dans une petite bâtisse construite en pierres sèches, que nous appelons un *pagliaghiu*, c'est-à-dire un endroit où on entrepose habituellement de la paille.

De petite taille, massif et solide, il avait les gestes lents et mesurés des personnes qui maîtrisent le temps qui passe.

Son visage, surmonté d'une auréole de cheveux poivre et sel et encadré d'une barbe blanche, respirait la bonté. Son regard candide d'un bleu clair tirant sur le gris et ses traits fins donnaient à sa physionomie quelque chose de bienveillant et d'affable.

Eugénio s'occupait principalement de son jardin et tirait ses ressources de la vente des légumes que venaient lui acheter les habitants des localités environnantes. Il ne venait chez nous, au village, que lorsqu'il avait besoin de se ravitailler en pain, en sucre, café et autres denrées d'origine exotique, tout ce qu'il était incapable de produire sur sa propre terre.

Pour assurer son quotidien, il avait les légumes et les fruits de son jardin, le vin de sa vigne, l'eau de la source et le soleil à profusion. Sans être de nature sauvage il était néanmoins très réservé et n'engageait la conversation qu'avec un interlocuteur en qui il avait confiance.

Il avait une manière bien à lui d'appréhender l'existence et il était arrivé à construire sa vie autour d'une sorte de philosophie personnelle toute simple, dont l'essentiel était constitué par un respect inné et profond de la nature et un amour immodéré pour les êtres vivants quels qu'ils fussent.

Il avait dressé son âne, qui vivait en liberté dans son jardin, à ne manger que l'herbe des allées et à respecter ses légumes et ses arbres et cet animal ne passait jamais outre à cette consigne. Eugénio ne faisait aucun mal aux couleuvres qui venaient se chauffer au soleil devant sa porte ni aux souris qui venaient parfois manger les reliefs de ses modestes repas.

Ecologiste avant l'heure, il n'était pas loin de considérer les plantes sur le même pied d'égalité que les hommes et les animaux et, sauf nécessité absolue, il refusait d'arracher les mauvaises herbes et de tuer les insectes dits nuisibles.

Lorsque ses légumes étaient réellement menacés par des prédateurs, il employait toujours des méthodes douces et naturelles pour défendre son bien. Ainsi, il ne consentait à protéger ses cultures qu'en détruisant manuellement les insectes malfaisants, ou à empêcher leur prolifération en badigeonnant ses plants avec un jus noirâtre provenant de la décoction de feuilles de tabac corse.

Poussé par la nécessité, il arrivait cependant à Eugénio de passer à l'action violente. Un jour je l'avais surpris alors qu'il était lancé dans une chasse féroce contre les vers qui dévoraient à belles dents les feuilles tendres d'une planche de choux. Courbé en deux, le vieil homme cueillait une à une les chenilles velues qui poussaient la malice jusqu'à prendre la couleur de leur légume préféré pour échapper à l'œil, pourtant exercé, du jardinier. Quand il en avait une bonne poignée il les jetait à terre et les écrasait d'un talon vif et rageur.

– Ô Eugénio ! lui ai-je dit, ce n'est pas ainsi que l'on détruit les vers du chou aujourd'hui. Il existe une poudre (*una pulvaretta*) [1] qui, répandue sur les feuilles, tue jusqu'au dernier ces hôtes indésirables et vous en débarrasse sur-le-champ et pour toujours.

Eugénio s'est relevé et m'a jeté un regard dans lequel j'ai cru déceler un peu d'agacement puis il a continué sa tâche en silence. Au bout d'un moment, arrivé au bout d'un sillon, il m'a dit :

1. Je voulais parler du DDT introduit en Corse par les Américains lors du débarquement des troupes alliées dans notre île.

– Tout est équilibre dans la nature, et si le bon Dieu a mis sur terre certaines créatures, ce n'est pas pour donner à l'homme le pouvoir de les faire disparaître à jamais. Les bestioles que je vois, je les tue parce que j'ai planté les choux pour moi et non pour elles, mais celles qui arrivent à se cacher, je leur laisse une chance.

» Vois-tu, ta *pulvaretta*, moi je n'en veux pas. D'abord je ne sais pas ce qu'il y a dedans et ensuite, je préfère continuer à capturer les insectes, comme je l'ai toujours fait, plutôt que de bousculer l'ordre de la création.

Je ne dis rien pour ne pas vexer le vieil homme mais je restais persuadé qu'esclave d'une sorte de routine il refusait d'évoluer et de s'ouvrir à des méthodes plus modernes dans le domaine de l'agriculture et de la protection des végétaux.

Pour en revenir au facteur, Eugénio paraissant sérieusement inquiet, je lui promis de me renseigner à Muro, où se trouvait la recette postale.

Pendant quelques jours je n'eus guère le temps de me rendre au chef-lieu pour m'enquérir de la santé du facteur. Il est vrai que ma famille ne recevait pas plus de courrier que n'en recevait le jardinier. Il faut dire aussi que je n'allais pas volontiers dans ce chef-lieu prospère, bâti aux abord d'une plaine fertile et sis à cinq kilomètres de notre village de montagne. Les habitants de ce bourg, imbus de leur supériorité, nous regardaient avec mépris et condescendance et nous considéraient comme des citoyens de deuxième zone.

A Muro, je tombai sur Siméone, le garde champêtre du canton, et je dois avouer que c'était la première fois que je considérais cette rencontre comme une heureuse circonstance. Le plus souvent je cherchais à éviter ce représentant de la loi qui, pour moi, symbolisait le glaive et la balance. J'avais eu maintes fois à l'affronter dans l'exercice de ses fonctions, et quand je n'étais pas parvenu à l'esquiver, il m'avait fallu subir ses tracasseries. De ce fait, son image n'évoquait pour moi que des mauvais souvenirs et il en était de même pour tous les bergers de la contrée.

Sa tâche consistait, pour l'essentiel, à constater les délits de pacage dont nous les petits pâtres nous rendions souvent coupables en menant nos troupeaux se gaver sur les terrains appartenant à autrui, soit sur ordre de nos parents, soit de notre propre initiative. Il arrivait aussi à nos ouailles de provoquer des dégâts dans les cultures vivrières par suite d'un manque de surveillance de notre part. Au grand dam des propriétaires qui ne manquaient pas une occasion de nous faire poursuivre devant les tribunaux du ressort si nous ne les dédommagions pas après un arrangement à l'amiable.

Poussé par eux ou de sa propre autorité, Siméone ne se privait pas de nous faire la chasse et nous avions bien du mal à échapper à sa vigilance et à nous soustraire à son regard accusateur quand il surgissait des fourrés où il se dissimulait pour nous surprendre en flagrant délit.

Le garde champêtre – *u guardia campestra*, comme nous l'appelions – était un homme entre deux âges, plutôt grand et très maigre, à longues moustaches, mal rasé et peu soigneux de sa personne. Il était toujours habillé d'un vieux costume de velours à grosses côtes, de couleur sombre, et coiffé d'un vieux chapeau informe et luisant de crasse. De l'avis général, il n'était pas très instruit mais sa roublardise naturelle et des appuis politiques influents compensaient largement ce déficit intellectuel.

Il était aux environs de midi et il commençait à faire chaud. Connaissant le penchant de Siméone pour le vin rosé du pays, je l'invitai à boire un verre et nous nous attablâmes dans la fraîcheur de la pièce voûtée du plus grand café du village.

Nous sommes restés un moment silencieux puis, après avoir passé en revue les incidents de la vie quotidienne, j'en suis venu au vif du sujet en demandant, comme par hasard, des nouvelles du facteur.

A ma question Siméone a levé les bras au ciel et, paraissant sérieusement inquiet, il m'a répondu que le facteur était bien malade.

Il s'est lancé ensuite dans une charge verbale violente contre Eugénio qui, selon lui, était un être malfaisant, pour ne pas dire un assassin en puissance. Devant ma stupéfaction, le garde m'a précisé que le jardinier s'était rendu coupable d'une tentative d'homicide délibérée en empoisonnant l'employé des postes avec des escargots frelatés provenant de son jardin.

Sans sa constitution robuste, ce brave fonctionnaire des PTT serait passé de vie à trépas et, si des mesures énergiques n'avaient pas été prises à temps, il serait déjà sous terre. Il était encore en traitement à l'hôpital de Bastia, ses jours n'étaient plus en danger mais son état général restait préoccupant.

J'écoutais, bouche bée. Comment Eugénio, la crème des hommes, lui qui n'aurait pas fait de mal à une mouche, même en cas de légitime défense, s'en était-il pris au facteur dont il était l'ami et pourquoi s'était-il comporté si méchamment envers un être inoffensif au point de mettre sa vie en danger ?

Sur ma demande, Siméone me donna force détails sur cette sordide affaire dont il avait à s'occuper dans le cadre de ses prérogatives en matière de police judiciaire.

En clair, le facteur avait ramassé des escargots dans le jardin d'Eugénio et, après en avoir consommé une grande quantité, une heure ou deux après son repas il était tombé dans un état comateux. Il avait fallu l'intervention d'un médecin qui, vu l'urgence, avait fait transporter le malade en camionnette jusqu'à l'hôpital de Bastia.

Les médecins, qui n'étaient pas arrivés à déterminer avec certitude les substances nocives absorbées par le facteur, s'en étaient tenus, comme ils en ont l'habitude, à des suppositions. Cependant, l'avis général émis par ces hommes de science, dont la compétence ne pouvait être mise en question par des non-initiés comme nous, était que l'empoisonnement était formel et, d'après eux, il ne pouvait être que d'origine chimique.

Leurs conclusions faisaient ressortir que des pesticides utilisés par le jardinier mis en cause, pour activer ou protéger ses cultures, avaient été ingérés par les escargots puis, par voie de conséquence, par le facteur placé au bout de cette chaîne alimentaire.

Cette théorie n'était pas dénuée de tout fondement, et le raisonnement des praticiens, qui s'appuyaient dessus pour motiver leur diagnostic, tenait debout. Surtout si le mangeur de mollusques n'avait pas pris la précaution de les faire jeûner et dégorger pendant quelques jours avant de les accommoder à sa façon, comme ç'avait été sans doute le cas.

Inutile de vous dire que je n'étais pas prêt à abonder dans le sens du corps médical, ni de celui du garde qui, à mon humble avis, ne faisait que suivre la rumeur publique en accusant Eugénio sans preuves.

Je défendis mon ami Eugénio du mieux que je le pus. Je me permis de lui faire remarquer qu'il n'employait absolument aucun produit chimique pour ses récoltes. De notoriété publique, il avait en horreur tout ce qui n'était pas naturel et, pour ma part, je mettais au défi quiconque de prouver le contraire. Là, je racontai l'histoire des vers du chou et la réaction du jardinier quand je lui avais parlé de la *pulvaretta*.

Par ailleurs, au vu et au su de tous les habitants de mon village, qui pourraient en témoigner si besoin était, Eugénio était l'homme le plus pacifique de la terre et le plus respectueux des traditions ancestrales, dans tous les domaines, y compris celui des cultures maraîchères.

– Sauf votre respect, ai-je ajouté, d'un ton faussement déférent, pour influencer favorablement Siméone à mon égard, j'ai entendu dire que les escargots sont un mets dur à digérer, pour ne pas dire indigeste.

Puis, estimant qu'il fallait profiter de la situation favorable pour enfoncer le clou, j'ai attiré l'attention de Siméone sur le fait que si nous, les gens du pays, n'en consommions pas, il devait y avoir une raison.

Le vin rosé aidant, le garde champêtre, un peu somnolent, parut ébranlé par mon raisonnement qui, par certains côtés, devait rejoindre maintenant le fond de sa pensée rendue brumeuse et perméable aux bons sentiments par les vapeurs soporifiques des crus locaux.

Il est vrai, toute plaisanterie mise à part, qu'il ne nous

serait pas venu à l'idée d'avaler ces bestioles pleines de bave et répugnantes à la vue comme à l'odeur, que même les cochons ne mangeaient pas.

De là à dire que le facteur s'était empoisonné tout seul parce qu'il était continental et que les escargots étaient corses, il n'y avait qu'un pas que je ne m'autorisai pas à franchir.

Je me gardai, par conséquent, de développer cet aspect particulier du problème et, avant de prendre le chemin du retour, je commandai une dernière tournée.

Au moment de partir, je m'engageai envers le garde à faire connaître à Eugénio les soupcons qui pesaient sur lui et à lui demander instamment de venir en personne s'en expliquer auprès du facteur, de sa famille et des autorités, si besoin était, lorsque le malade reviendrait dans ses murs.

Siméone parut s'accommoder de mes affirmations mais son attitude resta évasive quant à la suite qu'il entendait donner à son enquête. Un peu hypocritement je lui fis néanmoins des compliments pour la qualité de son écoute et son ouverture d'esprit. Cependant, malgré cette concession à mon orgueil, je le quittai sans avoir obtenu la promesse formelle de la cessation des hostilités déclenchées contre mon ami.

Le lendemain je me rendis chez Eugénio et lui racontai par le menu ce que j'avais appris sur cette fâcheuse affaire en mettant l'accent sur les accusations qui étaient portées contre lui.

N'ayant jamais eu affaire avec la justice, Eugénio parut très contrarié par la mauvaise posture dans laquelle la maladie du facteur l'avait placé. Il n'était pas au courant du ramassage des escargots de son jardin par le facteur pour la bonne raison que celui-ci ne lui avait demandé aucune autorisation.

Ce n'était pas un détail de ce genre qui le tracassait car, évidemment, il n'aurait pas refusé au facteur de se livrer à cette récolte insolite. Pour le vieil homme qui n'aurait jamais eu l'idée de manger de cette cuisine, cette façon de se nourrir le dépassait. Son étonnement d'apprendre que ces bestioles pouvaient être consommées par des humains n'était pas feint.

– Ces continentaux, me dit-il, ils mangent n'importe quoi, et après ils s'étonnent d'être malades ! De toute façon, ajouta-t-il, tu le sais, toi, je ne mets aucun produit sur mes cultures, et lorsque des escargots viennent dans mes légumes je ne les tue même pas, je les ramasse et je les jette au fond du jardin.

Eugénio resta un moment silencieux. Visiblement il avait été touché d'apprendre les ennuis de santé de l'employé des postes et il réfléchissait sur les causes inexplicables de cette intoxication.

Nous étions assis sur le banc de pierre, devant sa modeste demeure, à l'abri du soleil, en ce beau jour de printemps. Autour de nous la nature resplendissait de beauté, et n'auraient été ces mauvaises nouvelles tout semblait en ordre dans cette vision idyllique de la création.

Comme pour troubler ce tableau rustique grandeur nature, le garde champêtre fit une brutale apparition et rompit le charme de cette scène bucolique. Il avait repris son air furieux et, les vapeurs du rosé s'étant dissipées, il n'était plus – son attitude belliqueuse l'indiquait clairement – dans d'aussi bonnes dispositions à mon égard. C'est surtout à Eugénio qu'il en voulait et qu'il s'attaqua d'entrée.

– Tu as empoisonné un innocent avec toutes les saloperies que tu mets sur tes plantes et maintenant tu dois rendre compte de tes actes devant la justice. Ta réputation du jardinier qui produit les plus beaux légumes de la contrée va en prendre un coup et, je te le dis tout net, plus personne ne viendra t'acheter quoi que ce soit.

Sous l'invective, Eugénio avait blêmi. Lui, si pacifique d'habitude, semblait avoir perdu son sang-froid et être prêt à se livrer à des violences. Il s'empara de sa houe et, se dirigeant vers le garde, l'outil haut levé, il cria :

– Sors de mon jardin, crasseux, ou je te tue ! On te l'a assez dit que je ne mets rien sur mes légumes et mes plantes. Si le facteur s'est empoisonné en mangeant des escargots qu'il a ramassés chez moi, je n'y suis pour rien.

Faisant front, le garde s'était muni d'un piquet en bois, qui traînait par là, et il le brandissait au-dessus de sa tête comme une massue, prêt à frapper le jardinier avec cette arme improvisée.

Témoin involontaire de l'algarade, je ne savais quelle solution choisir entre prendre la fuite et m'interposer entre les deux adultes qui devenaient de plus en plus menaçants l'un envers l'autre. Je tremblais de tous mes membres et j'adressai une prière urgente à qui de droit pour qu'il vienne à mon secours.

Est-ce mes suppliques ou les cris de fureur poussés par les deux belligérants qui touchèrent le ciel en premier ? Je l'ignore. Toujours est-il qu'au moment où la situation atteignait son point critique, un renfort inespéré s'est présenté.

En effet, très certainement attirés par les bruits de la dispute, deux ou trois bergers dont les troupeaux paissaient à proximité sont accourus presque aussitôt sur les lieux et, à leur vue, la lutte armée a cessé comme par enchantement.

C'est Natale, le plus vieux berger du village, dont la réputation d'homme sage avait franchi les limites de notre circonscription, qui, en quelques mots, ramena les deux antagonistes à la raison. Il dit au garde qu'il se portait garant de l'honnêteté d'Eugénio dont tout le monde savait qu'il était incapable de faire du mal à quelqu'un même involontairement. Il jura ses grands dieux qu'à sa connaissance le jardinier n'employait que des méthodes naturelles pour cultiver ses légumes et qu'en aucune façon les malaises du facteur ne pouvaient lui être imputés.

Il intima ensuite à Eugénio de respecter les lois de l'hospitalité et de se comporter comme l'honnête homme qu'il était car tout le monde savait qu'il était blanc comme neige dans cette affaire. Les autres firent chorus et chacun raconta une anecdote ou mit en évidence un détail de la personnalité d'Eugénio qui ne laissait aucun doute sur ses qualités de jardinier intègre et respectueux de la nature.

Pour ma part, je repris la narration de l'histoire de la *pulvaretta* qui fit son petit effet sur l'assistance.

– Regarde, dit Natale au garde, la vérité sort de la bouche du plus jeune d'entre nous.

U zitéllu[1], dit-il plus précisément. Etant donné mon âge, et me considérant déjà comme un adulte, je fus vexé par le terme employé pour me désigner mais ne dis rien pour ne pas détruire le bon effet que cette réflexion avait produit sur le garde. Devant cette belle unanimité le garde capitula en rase campagne, et on signa sur-le-champ un traité de paix générale à durée illimitée.

Ne perdant pas de vue la consolidation de l'état de paix,

1. Grand garçon, enfant.

Natale proposa au garde de jeter un coup d'œil dans la cabane d'Eugénio pour voir s'il y avait des produits toxiques et Siméone, après l'avoir suivi, fut obligé de convenir qu'Eugénio ne détenait aucune substance nuisible pour les humains comme pour les animaux.

Le calme étant revenu, Eugénio sortit une bouteille de derrière ses fagots et, à tour de rôle, nous bûmes au goulot une grande lampée de vin pour célébrer la réconciliation des parties en présence et l'instauration d'une ère d'entente cordiale.

Cependant Natale, dont le sens pratique n'était jamais mis en défaut, n'avait pas perdu la réalité de vue.

– Si les ennuis de santé du facteur ont commencé dans ce jardin et si, comme nous le savons, les produits chimiques n'en sont pas la cause, il faut chercher d'autres raisons à cette histoire, dit le vieux sage.

Chacun émit une hypothèse, plus ou moins farfelue. L'un disait que ça pouvait être le soleil ou la consommation d'un abricot trop chaud, l'autre l'eau de la rivière, un autre la malaria. Quant à moi, respectant la priorité des adultes, je ne dis rien, car Eugénio, plongé dans ses pensées, n'avait pas encore donné sa version.

Par respect pour sa méditation, il y eut un petit silence. Tout à coup le vieux jardinier leva la tête et, au même moment, un grand sourire vint éclairer son visage ridé, jusque-là soucieux.

– Suivez-moi, dit-il en marchant d'un pas ferme vers les limites de son terrain.

Nous nous levâmes et en file indienne, sur l'allée herbeuse, nous nous dirigeâmes vers le fond du jardin. Je fermais la marche pour respecter l'ordre de préséance.

– Regardez, dit Eugénio en arrivant devant un énorme massif de lauriers-roses, en pleine floraison au bord de la rivière qui chantait au pied d'un grand talus rocheux. Qu'en pensez-vous ?

– Ils sont superbes, répondit Natale, tandis que le garde et les autres hochaient la tête en se demandant où Eugénio voulait en venir.

En effet, sous nos yeux éblouis par tant de beauté, une haie massive de lauriers-roses arborescents étalait sa splendeur sous la lumière du mois de mai. Il y en avait des roses, des rouges, des blancs, des mauves, des violets. Le tout mélangé dans une grande harmonie de couleurs, de verdure et de soleil.

– C'est là, dit le vieil homme, que se trouve la solution, car c'est là que je jette mes escargots pour les empêcher de manger mes plantes cultivées. Tout le monde sait que je ne tue pas les petites créatures de Dieu ! Pourquoi, dites-le-moi, aurais-je empoisonné les escargots et le facteur qui les a mangés ? Maintenant j'ai compris, ce n'est pas moi qui ai rendu le facteur malade, c'est lui qui s'est empoisonné tout seul, parce qu'il ne connaît rien à la nature des plantes et ne sait pas distinguer les bonnes des mauvaises.

» Avez-vous remarqué, poursuivit Eugénio, qu'aucun animal herbivore ne mange ni les feuilles ni les fleurs du laurier-rose ? Ni les ânes, pourtant gourmands, ni les brebis dont la bêtise est connue, ni, à plus forte raison, les chèvres dont l'intelligence est aiguë, sans parler des vaches qui ne sont pas difficiles et mangent de tout. Au contraire de l'homme, qui n'agit que par raisonnement, tous les animaux, qu'ils soient domestiques ou sauvages, savent d'instinct ce qui est bon ou ce qui est mauvais pour eux.

» Moi, il y a longtemps que je sais que cette plante est néfaste pour la santé et qu'il vaut mieux éviter de s'en approcher. Mon père me disait qu'il ne fallait pas dormir à l'ombre de certains arbres comme le figuier, le noyer, et surtout le laurier-rose qui donne des migraines terribles si on s'abrite sous son feuillage. Il ne viendrait à l'idée d'aucun jardinier de tailler des échalas dans ces arbres pour servir de support aux haricots grimpants. Alors, pour expliquer ce qui s'est passé, les escargots ont mangé soit le feuillage de ces maudites plantes, soit l'herbe qui pousse à leur pied, soit encore ils ont évolué à l'ombre de ces végétaux dont les émanations les ont contaminés.

» Tu rapporteras à ceux qui t'ont mandaté, dit-il au garde, ce que je viens de te raconter afin que cessent les rumeurs non fondées qui circulent contre moi. Tu préviendras aussi la famille du malade. Une fois en possession des renseignements concernant la nature du poison, les médecins sauront quel antidote employer pour le remettre sur pied. Et Dieu sait qu'il en a besoin, le facteur, de ses pieds, pour faire sa tournée, ajouta malicieusement Eugénio.

Impressionné par la démonstration, le garde se confondit en excuses et, après avoir tiré une bonne goulée de la bouteille, il partit séance tenante en direction de Muro pour remplir sa tâche de messager et, pour une fois, semer la bonne parole.

Pour être sûr de l'acheminement de la bonne nouvelle, le lendemain, dès potron-minet, je me rendis au chef-lieu où je fus accueilli à bras ouverts par tous ceux qui, de près ou de loin, étaient touchés par cette histoire empoisonnante à plus d'un titre. Le garde s'était acquitté de sa tâche comme il convenait et les médecins avaient été informés par télégramme de l'identification de la substance incriminée.

Quelques semaines plus tard, le facteur, soigné énergiquement avec les médicaments appropriés, reprit ses activités et sa première visite fut pour le jardinier qui, en fin de compte, lui avait sauvé la vie. Eugénio fut heureux de voir son ami en si belle forme et sa relation avec lui ne fut pas affectée par l'aventure malheureuse qui avait failli tourner au drame.

Elle fut classée d'office dans la catégorie des incidents mineurs et, au fil des jours, devint même un bon souvenir commun. Le facteur ne mangea plus jamais d'escargots et, dorénavant, se conforma aux usages de son pays d'adoption pour se nourrir correctement.

Pour ma part, j'étais en admiration devant la science d'Eugénio, ce vieux jardinier pourtant illettré, qui connaissait si bien les plantes et tout ce qui touchait à l'ordre de la nature et à la diversité du règne végétal et animal.

A l'époque je lisais beaucoup mais ce n'est que beaucoup plus tard que j'ai appris que le laurier-rose est vénéneux et mauvais pour l'homme comme pour les animaux. L'auteur du texte rapportait une anecdote sur l'armée de Napoléon pendant la campagne d'Egypte, au cours de laquelle un mal mystérieux avait frappé beaucoup de combattants dont certains avaient frôlé la mort.

Les médecins militaires, n'arrivant pas à déterminer les causes de la maladie, avaient émis diverses hypothèses. Des recherches médicales avaient été entreprises et des expériences tentées mais aucune n'avait abouti. Un médecin-major, plus futé que les autres, avait remarqué que tous les soldats ayant ressenti des troubles avaient installé leur bivouac dans le lit d'un torrent à sec, où poussaient en abondance des lauriers-roses.

Tous ceux qui avaient dormi à l'ombre des massifs et s'étaient servis du bois de ces plantes pour se réchauffer ou faire cuire leur pitance étaient atteints de troubles divers. Il en avait déduit que ces végétaux dégageaient des émanations toxiques néfastes pour la santé. Il fut interdit aux militaires de s'approcher de ces arbustes maudits et les malaises cessèrent comme par enchantement.

Par la suite, une communication fut faite à l'Académie impériale de médecine et les faits consignés dans des traités médicaux de l'époque et les manuels du soldat en campagne.

Les facéties du printemps

– En Corse, me dit un beau jour de printemps Natale, le vieux berger, tous les mois de l'année ont une histoire et parfois la légende s'en est emparée.

La réputation, bonne ou mauvaise, attribuée à certains d'entre eux est souvent le fruit d'une observation faite par les bergers comme toi et moi.

Je ne passerai pas en revue tout le calendrier, cependant, pour l'histoire que je vais te raconter aujourd'hui, il convient de commencer par le commencement. Ainsi, janvier est qualifié comme le mois le plus froid de l'année, cela va de soi, mais février, qui est plus court, est considéré comme étant aussi mauvais, sinon plus, que son prédécesseur. *Faraghiu, faraghiettu cortu è maladettu* (Février, petit février court et maudit), dit le proverbe. Mars, lui, est ambigu, peu stable et changeant et nous le connaissons comme quelqu'un qui ne sait jamais sur quel pied danser. Le dicton *Marzu un péde calzu è l'altru scalzu* (Mars, un pied chaussé et l'autre non) dit bien ce qu'il veut dire pour un esprit averti.

Comme il a l'habitude de se promener dans les champs

ainsi attifé, une épine s'est fichée dans la plante du pied nu. Cette mésaventure est illustrée par une statuette sculptée en ronde-bosse sur le fronton de la belle chapelle construite en pierres polychromes, qui s'élève au milieu du cimetière d'Aregno [1].

En raison de ses sautes d'humeur, ce mois a mauvaise réputation auprès des bergers qui lui préfèrent avril plus souriant. Mais seulement à partir du 4 puisqu'il fait toujours mauvais les premiers jours de ce mois du renouveau, dans son ensemble assez doux.

En fait, les trois premiers jours d'avril n'appartiennent pas à ce mois et je vais te dire pourquoi.

L'histoire, qui remonte à des siècles en arrière, est parvenue jusqu'à nous par la voie orale. Il est bon que des jeunes comme toi en prennent connaissance pour transmettre aux générations qui viennent les richesses de notre culture. On ne peut construire un avenir si on ne connaît pas son passé, ce n'est pas à toi, qui sais lire et écrire, que je vais l'apprendre.

En ce temps-là, commença-t-il, il y avait dans notre campagne un berger laborieux du nom de Peppu qui faisait vivre sa famille, tant bien que mal, avec le produit de son petit troupeau de brebis. La saison hivernale avait été très dure cette année-là, l'herbe était rare, les bêtes souffraient de malnutrition et le troupeau était en mauvais état.

Mars, qui entamait sa dernière semaine, avait été, jusque-là, assez clément. Cependant, dans ses derniers jours,

1. Village de Balagne.

les éléments s'étaient déchaînés. Pluie, grêle, vent, froid, brouillard, rien ne manquait à la panoplie de ce fourbe de Mars qui voulait anéantir le troupeau de Peppu. Mais notre berger avait de l'expérience et, malgré les airs trompeurs des premiers jours, il avait pris ses précautions. Aussi, quand les choses s'étaient envenimées, avait-il réussi à sauver ses ouailles de la tourmente en les mettant rapidement à l'abri dans une bergerie en dur.

Dépité de ne pas être parvenu à ses fins, c'est-à-dire mettre le troupeau de Peppu en danger, Mars, dont le règne était arrivé à son terme, jura de se venger.

Le 1er avril, le temps était revenu au beau et Peppu, tout fier d'avoir leurré son ennemi, s'en alla se promener dans les pâtures en tête de son troupeau. A dessein, il choisit de passer devant le cimetière d'Aregno pour narguer Mars devenu inoffensif.

« Je t'ai eu. Tiens ! Prends ça ! dit-il en s'adressant à la statuette représentant ce mal-aimé de Mars et, dans le même temps, il fit un geste obscène de toute l'ampleur de son bras droit.

– Je t'aurai l'année prochaine, dit Mars.

– D'ici là, de l'eau passera sous les ponts et beaucoup de choses auront changé dans le ciel et sur la terre », répondit du tac au tac Peppu en meilleure forme que jamais, puis il disparut au premier tournant.

Sombre comme un jour d'hiver, Mars rumina sa déconvenue un moment puis, son caractère belliqueux reprenant le dessus, il se mit en devoir d'ourdir un piège pour y faire tomber Peppu, le punir de son insolence et, par la même occasion, laver son honneur dans un bain glacial d'intempéries.

Cependant, Mars savait bien que, son règne étant passé, la chose ne pouvait se réaliser sans la complicité du mois qui suivait le sien. En l'occurrence le doux Avril qu'il fallait convaincre de se découvrir d'un fil.

Il alla le trouver et lui dit d'une façon fort civile, et en vers comme il convient pour un mois digne de ce nom, ce qu'il avait sur le cœur :

Aprile ! Aprile !	Avril ! Avril !
Prestami trè die	Prête-moi trois jours
Per morir	Pour mourir
Chi à pasturellu mattu	Pour faire se repentir
Lu vogliu fa pentir.	Le berger fou.

Autrement dit, donne-moi le temps de faire revenir le mauvais temps pour punir le berger qui m'a insulté.

Avril donna un accord de principe mais il posa une condition préalable : garder la première journée pour lui afin de ne pas être amputé, comme ce benêt de février qui s'était laissé berner par Mars en se faisant voler deux jours.

Voyant l'intérêt qu'il pourrait tirer de la situation, Avril demanda :

« Que me donneras-tu en échange ?

– Le chant du coucou, répondit Mars. Jusqu'à présent il commençait à chanter le premier jour du printemps, pendant mon règne. A partir de maintenant, si tu acceptes mon offre, il chantera à date fixe, et pour être plus précis le 8 avril, sous peine de disparaître à jamais. Et les jours que tu me prêteras, soit les 2, 3 et 4 avril porteront toujours ton nom mais ils seront désormais connus sous le nom d'*in'prestaticci* (les jours prêtés) jusqu'à la fin des temps.

– Tope là, dit Avril. Je te cède ces trois jours. Fais-en ce que tu voudras. »

Mars ne se le fit pas dire deux fois, dès le lendemain 2 avril le temps se gâcha. Pluie, vent, grêle, neige, bourrasques, rafales, giboulées, brouillard glacial se succédèrent. Le sac de Pandore était ouvert et le berger, pris dans la tourmente, disparut dans la crue d'un torrent devenu subitement furieux.

Voilà pourquoi il fait toujours beau le 1er avril et mauvais les trois jours suivants, dit Natale pour terminer.

J'avais bien aimé cette histoire mais je restais un peu sur ma faim.

– Comment se fait-il qu'il n'y ait pas de morale à votre histoire ? me permis-je de demander.

– Si, si, il y en a une et même deux, répondit Natale, jamais gêné pour ajouter un détail ou une conclusion à ses récits. La première est qu'il faut respecter la tradition qui nous apprend que l'hiver ne finit pas en mars et la seconde est qu'il ne faut jamais provoquer la colère du ciel par des gestes ou des actes inconsidérés.

Il parlait d'or, Natale. Couché dans l'herbe verte du printemps, il me semblait que le temps était aboli et que les personnages du vieux berger prenaient vie devant moi à l'instant où il les créait à jamais par la seule magie du verbe.

Les facéties du printemps l'avaient mis en verve et il s'était déjà lancé dans une autre histoire riche de dictons et de proverbes.

– Comme tous les bergers, poursuivait Natale intarissable, je n'ignore pas qu'il ne faut jamais prendre à la lettre tous les dictons, même les plus sensés et les plus sentencieux. Surtout quand ils sont d'origine continentale, comme celui qui dit : En avril ne te découvre pas d'un fil.

Par contre, j'ai toujours été persuadé qu'il fallait se fier à la sagesse des maximes locales parce qu'elles sont basées sur l'expérience des hommes de chez nous.

Nous, par exemple, ce n'est pas avril, c'est mai que nous suspectons de refroidissements intempestifs. Intervenant à la période des saints de glace, dont l'un d'eux, saint Pancrace, est fêté le 12 mai de chaque année dans les nombreuses chapelles qui lui sont consacrées en Corse. Ces sautes de température sont connues de ceux qui apprécient la valeur des signes célestes et des proverbes dont la sagesse populaire dit que leur justesse vient immédiatement après celle des Evangiles.

Pour prévenir gentiment ceux qui se placent sous sa protection, saint Pancrace a donné naissance à un proverbe qui dit : *Maghiu Maghiarone un ti caccia u to piliccione* (En mai, grand mai, ne t'enlève pas ta grosse pelisse).

Les bergers ont toujours tenu compte de ces avertissements venant du ciel. Par mesure de précaution, ils ne font jamais fait tondre leurs brebis avant cette date, de peur de les exposer à une température qui peut devenir subitement glaciale lorsque le ciel obéit à certains caprices d'une saison instable par nature.

En plus de son inconstance dans le domaine de la température, mai, qualifié de joli mois sous d'autres latitudes, a été affublé chez nous d'un sobriquet comme celui qui est donné à un individu de grande taille : *Maghiu u Longu* (Mai le Long).

Certes, ce mois n'est pas plus long que les autres en durée réelle mais, comme ses trente et un jours sont les plus longs de l'année et qu'il faut travailler davantage, et aussi manger davantage pour tenir le coup, nous l'avons appelé ainsi.

Bien que d'apparence inoffensive, ce surnom a failli provoquer un drame dans notre village.

Or donc il y avait dans notre *paesè*[1] un couple de cultivateurs, ni plus pauvre ni plus fortuné que beaucoup d'autres, qui vivait du produit de son travail.

Lui, Ghiuvani, laboureur de son état, partait chaque matin à l'aube pour travailler ses modestes lopins de terre et ne rentrait qu'à la nuit déjà tombée, tandis qu'elle, répondant au nom de Catalina (Catherine), mais que tout le monde appelait Lilina, élevait ses trois enfants, vaquait aux soins du ménage, s'occupait de son jardin, soignait ses poules, faisait cuire son pain et sa soupe, sans compter les commérages qu'elle entretenait quotidiennement avec ses voisines.

Comme toutes les femmes du village, elle allait aussi, matin et soir, donner à manger à ses deux cochons voraces, parqués dans la soue située à plus de trois cents mètres des habitations pour respecter certaines règles d'hygiène.

Aux environs de Noël, ces bêtes étaient sacrifiées, conformément à la tradition, et transformées en charcuterie dont l'essentiel était réservé à la consommation familiale. Dans cette intention, les cochonnailles étaient suspendues au plafond de la cuisine où elles acquéraient, au fil des jours, un parfum de terroir et un bon goût de fumé incomparable.

Les temps étaient durs et chacun, conscient qu'il fallait économiser cette nourriture pour qu'elle dure presque

1. Littéralement : pays ; employé chez nous dans le sens de « village ».

toute l'année, prenait ses dispositions en conséquence. Au sein du couple dont je t'ai parlé, c'est le mari, plus clairvoyant, ou plus économe, que son épouse, qui gérait ce petit stock de denrées alimentaires de première nécessité.

On mangeait d'abord les boudins, les plates-côtes, les figatelli, enfin toute la menue charcuterie de conservation limitée. Venaient ensuite les saucissons, les *cope* et les *lonzi*, enfin les grosses pièces nobles : épaules et jambons mis en réserve dans un lieu frais pour résister aux chaleurs du printemps et de l'été.

« Je t'interdis de toucher ce qui est ici, dit un jour de fin d'hiver le mari à sa femme en suspendant un grand jambon dans la cave ; il faut le garder pour Maghiu u Longu. »

Respectueuse, comme à l'accoutumée, et soumise à la volonté de son mari par respect des traditions, la femme hocha la tête en signe d'assentiment mais elle ne dit rien.

En cette saison de disette, Catalina avait du mal à garnir journellement la musette de son époux qui mangeait à midi sur les lieux de son travail. Alors que l'hiver était terminé, Ghiuvani devait se contenter, le plus souvent, de pain et de fromage mais, habitué à une vie frugale, il ne se plaignait pas.

Souvent Lilina lui demandait :

« Tu ne crois pas qu'il faudrait entamer le grand jambon de la cave pour améliorer notre ordinaire ?

– Ah non ! répondait invariablement l'homme. Surtout pas ! Je te l'ai dit et je te le répète ce jambon est réservé pour Maghiu u Longu. »

Catalina avait pris ce jambon en grippe. Le voir tous les jours et ne pouvoir y goûter la rendait malade. Elle ne demandait qu'à s'en débarrasser puisqu'il était interdit de le manger et se demandait pourquoi son mari ne l'avait pas déjà fait.

Le plus tôt serait le mieux, se disait-elle, et si j'étais sûre que Maghiu u Longu ne vient pas encore, j'irais le trouver, si seulement je savais où.

Quelques semaines passèrent et, à un moment donné, se produisirent, à l'insu du mari et de beaucoup de gens, des événements qui changèrent la face des choses dans cette histoire.

Enfin, tout arrive ! Un beau soir Ghiuvani rentra tout guilleret et dit à sa femme :

« Catalina ! va chercher le jambon. Maghiu u Longu est arrivé et il est temps de lui donner son dû. Il avait déjà son couteau à la main et l'idée de manger un morceau de cette charcuterie savoureuse lui avait fait déjà venir l'eau à la bouche.

– Mais dit Catalina toute souriante, c'est déjà fait. Ça t'évitera la fatigue d'aller chez lui. Maghiu u Longu est venu et je lui ai donné son jambon. »

Ghiuvani crut devenir fou. Le couteau à la main, il se demanda s'il allait tuer sa femme ou lui faire grâce pour sa naïveté et sa candeur. Il parvint à garder une partie de son sang-froid et, remettant à plus tard ses intentions homicides, il flanqua séance tenante une bonne raclée à sa femme puis la mit en demeure de lui raconter ce qui s'était réellement passé.

En fait, les choses étaient simples. Quelques jours avant cet épisode, un *bancarotta*[1] était passé avec son baluchon

---

1. Marchand ambulant vendant le plus souvent des colifichets et de la petite mercerie. Le nom a été formé à partir du mot « banqueroute », sans doute en association avec l'idée que ces colporteurs vendaient à bas prix des produits provenant de liquidations judiciaires.

chez Catalina dans l'intention de lui proposer du fil, des aiguilles et de la petite mercerie. C'était un homme grand et maigre comme un échalas, l'air souffreteux, le visage anguleux et la mine sombre.

« Êtes-vous Maghiu u Longu ? avait demandé Catalina, impressionnée par cet homme très grand et au physique ingrat.

– Oui, avait répondu à tout hasard l'individu devant l'air ingénu de cette femme sincère et spontanée.

– Alors je vais chercher votre jambon car j'en ai assez de le garder sans pouvoir y toucher. »

Sitôt dit, sitôt fait, elle était allée décrocher le jambon dans la cave et l'avait remis à celui qu'elle considérait comme le légitime propriétaire de cette charcuterie de haute volée.

Le bancarotta avait remercié chaleureusement cette personne qui lui faisait un si beau cadeau, puis, se doutant qu'il y avait quelque chose qui clochait dans cette histoire, il avait quitté rapidement le village sans demander son reste.

« Je vais la tuer, répéta le mari en serrant les dents. Elle est trop bête pour s'être laissé berner de la sorte. »

Puis il réfléchit et se dit que, le mal étant fait, rien ne ferait revenir son beau jambon. Il avala sa rancœur, rentra sa colère et rengaina son couteau.

Cet événement fâcheux l'ayant rendu méfiant, il alla vite commander une serrure chez le forgeron du village pour pouvoir, à l'avenir, fermer la porte de sa cave à clé. Et, pour commencer, il y enferma sa femme pendant quinze jours pleins au pain sec et à l'eau claire.

Cette mésaventure resta secrète pendant quelque temps

mais Catalina, qui avait la langue aussi longue que son esprit était court, ne put s'empêcher de confier ses malheurs aux commères du village qui en firent des gorges chaudes et transmirent l'histoire à leurs filles qui se chargèrent de passer le relais aux générations suivantes.

Les jumelles

– Pendant la guerre de 14, me dit un jour Natale au cours d'une de nos pauses sous les oliviers, j'ai servi dans un régiment composé uniquement de Corses. C'était le 173ᵉ d'infanterie et nous avons évolué de l'Argonne à Verdun, toujours en des lieux exposés, jour et nuit, au feu de l'ennemi qui ne nous laissait aucun répit.

Natale était encore parti dans une de ces longues histoires dont il avait le secret, et il ne me serait pas venu à l'idée de l'interrompre, même si je préférais quand il parlait de sujets plus légers. Il est vrai que ce conflit mondial l'avait marqué, comme il avait marqué beaucoup de nos compatriotes.

Mon enfance a été bercée par les récits faits à la veillée par les anciens combattants qui avaient eu la chance de revenir, parfois grièvement blessés ou gazés mais vivants et pleins d'espoir dans un avenir qui, en comparaison des heures atroces vécues dans la peur, la boue et la vermine, promettait d'être radieux.

Certains historiens attribuent, le plus sérieusement du monde, le déclin démographique de la Corse aux conséquences de la guerre de 1914-1918. Des statistiques historiques nationales font ressortir, dit-on, que le nombre de tués a été plus élevé chez les militaires originaires de l'île que chez ceux venant d'autres régions.

Beaucoup de villages ont été décimés, au sens littéral du terme qui veut dire : un tué sur dix soldats. Aujourd'hui encore, on peut lire, sur les quatre faces de certains monuments commémoratifs des villages de la Corse profonde, des listes d'une centaine de morts sur une population totale qui n'atteignait pas à l'époque mille habitants. Et parfois, circonstance plus tragique, parmi ceux qui ont fait le sacrifice de leur vie on peut dénombrer jusqu'à trois frères, disparus dans la fleur de l'âge, à quelques mois d'intervalle.

Beaucoup de raisons ont été avancées pour expliquer cette hécatombe. Les Corses étaient tous mobilisés dans les régiments de marche et, par conséquent, dans l'infanterie. Or, si cette arme est la reine des batailles, elle est aussi la plus exposée au feu de l'ennemi. Pendant la guerre de 1914-1918, on a mobilisé en Corse, ce qu'on n'a jamais osé faire sur le continent, jusqu'aux pères de six enfants.

Cette injustice avait fait naître un sentiment de révolte et il y a eu des cas d'insoumission et de désertion. Ainsi, lorsque des Corses venaient en permission dans leur famille, certains ne repartaient pas et prenaient le maquis. Le commandement avait donc décidé de ne plus accorder de permission aux Corses, ce qui fait que certains d'entre eux sont restés plus de quatre ans sur le front sans se voir accorder un jour de détente.

Voilà pourquoi toutes les astuces étaient bonnes pour se faire libérer ou déclarer inapte au service. Quand il n'existait pas de raisons valables on essayait d'en inventer, mais c'était très difficile.

Devenu méfiant à la suite de quelques cas devant lesquels il avait été obligé de s'incliner, le commandement, très pointilleux sur l'examen des droits des combattants demandant à être dégagés de leurs obligations militaires, soit pour charges familiales, soit pour d'autres raisons tenant au travail ou à la santé, passait dorénavant tous les dossiers à la loupe.

– Rares étaient ceux qui parvenaient à rompre les liens avec l'armée, reprit Natale. Pour ma part, le seul cas dont j'ai eu connaissance est celui d'un de mes camarades de régiment, originaire de la Castagniccia[1], qui est parvenu à ses fins d'une façon qui mérite d'être racontée.

Toi tu ne l'as pas connu, mais Carlu-Francè Pinzuti, dit Scubetta[2], parce qu'il était sec et noueux comme une racine de bruyère, était un homme de ressources. Tous deux père de six enfants, nous étions à l'époque sur le front de l'Argonne lorsqu'un heureux concours de circonstances permit sa libération au moment où la bataille faisait rage.

Quelque temps auparavant, il avait réussi, je ne sais comment, à obtenir une permission de quinze jours pour aller dans sa famille alors que, pour la majorité des Corses, toute absence était interdite.

Je crois me souvenir que c'était pour la mort de son père mais je n'en suis pas certain. Toujours est-il qu'il est parti en me jurant qu'il ferait tout son possible pour ne plus

---

1. Pays des châtaigniers. Région typique de la Corse située à quarante kilomètres au sud de Bastia.

2. *Scoba* : bruyère. *Scubetta* : petite bruyère.

revenir dans l'enfer que nous vivions depuis des mois, quitte à prendre le maquis jusqu'à la fin de sa vie.

Pourtant, à ma grande surprise, à la fin de sa permission il a débarqué un beau matin dans la tranchée que notre régiment tenait, et repris son fusil sans aucun commentaire sur son séjour en Corse. Les raisons qui l'avaient empêché de mettre son projet de désertion à exécution n'ont pas été évoquées entre nous, et j'en ai conclu qu'il avait changé d'avis et qu'il ne voulait se livrer à aucune confidence. Ce qui était son droit, après tout !

Il était cependant un peu anxieux et paraissait vivre dans l'attente d'un événement qui tardait à venir. Il guettait tous les jours le vaguemestre et semblait dépité de ne pas recevoir de courrier. Enfin, deux mois après son retour, il a reçu une lettre de sa femme lui annonçant qu'elle attendait un enfant. Il m'a alors donné quelques renseignements sur l'état intéressant dans lequel se trouvait son épouse et j'ai alors compris l'importance de cette nouvelle, tant attendue, car elle allait lui permettre d'être libéré par anticipation comme père de sept enfants.

D'après ce que me dit Scubetta, Mariaseppa, son épouse, était une femme de tête. Dès qu'elle avait ressenti les premiers symptômes elle était allée consulter un médecin à Bastia et, comme elle connaissait bien la question, elle avait fait état de troubles qui ne pouvaient tromper un homme de l'art sur la situation dans laquelle la patiente disait se trouver. Sur sa demande, le praticien lui avait délivré un certificat médical en bonne et due forme. Elle s'était alors empressée de l'adresser à son mari qui ne cacha pas sa joie à l'annonce de la future naissance.

Le jour même, nanti de ce document, Scubetta s'est

présenté au bureau de l'état-major de son régiment et il a demandé à être démobilisé par anticipation en sa qualité de futur père de sept enfants.

« Que nenni ! lui a répondu son commandant d'unité. Ce n'est pas un certificat médical de grossesse qu'il nous faut mais bel et bien l'extrait d'acte de naissance qui vous sera délivré lorsque votre enfant sera venu au monde. »

La chose se complique, s'est dit Scubetta qui, espérant être libéré séance tenante, avait fondé beaucoup d'espoir sur l'augmentation providentielle de ses charges de famille.

Etant illettré, comme la plupart d'entre nous d'ailleurs, il alla trouver un compatriote qui savait manier la plume et, par son intermédiaire, répondit à sa femme en langue corse et après l'avoir chaudement félicitée, il lui communiqua tous les renseignements voulus sur les exigences de ses supérieurs.

A la fin d'une période, qui dura le temps d'une gestation normale, Subetta reçut un télégramme officiel lui annonçant la naissance de jumelles prénommées Maria et Nunciada. Le texte précisait que l'accouchement s'était bien passé et que la mère et les filles se portaient bien.

Cette fois, le commandement fut obligé de s'incliner. Scubetta fut démobilisé sans délai, en vertu d'une décision militaire, et il ne s'attarda pas sur les champs de bataille, préférant regagner ceux plus calmes et plus paisibles de son île natale.

La guerre dura encore deux ans et demi mais j'eus la chance de passer à travers la mitraille. A la fin du conflit je regagnai mes foyers où la vie reprit son cours sans toutefois apporter, aux combattants comme moi, l'oubli et la paix de l'esprit qui nous auraient été nécessaires après cette dure épreuve.

Vers les années 1920, le hasard m'amena dans le village de Scubetta situé dans la verdoyante Castagniccia. Comme j'avais gardé un très bon souvenir de mon camarade de tranchée, je demandai son adresse et décidai de lui rendre visite. Scubetta, qui était berger comme moi, habitait, hors agglomération, une belle maison au centre d'une petite propriété bien cultivée dans laquelle se trouvait également la bergerie.

Nous étions à la fin du mois d'octobre et la nature resplendissait de beauté. Je fus reçu comme un roi. Rien n'était trop beau pour moi. Scubetta, comme on dit en corse, *mi misse à casa in corpu*[1]. Sa femme, honnête et travailleuse, était également bonne cuisinière. Je me souviens qu'elle nous prépara un ragoût d'agneau et une *pasta asciuta*[2] du tonnerre de Dieu. Le tout copieusement arrosé d'un bon vin rosé de Patrimonio[3], digne des plus grandes tables de l'île de Beauté, nous fit passer des moments inoubliables et disposa nos esprits aux confidences.

Avec mon camarade Scubetta, nous avons bien sûr parlé de la guerre et des durs moments passés ensemble. La boue, la saleté, le froid, la chaleur, les poux, les rats, la mitraille, la hargne des petits chefs, les hurlements des blessés, la puanteur de la mort présente à chaque instant, tout ce qui avait fait de notre vie un enfer pendant des années. Le vin

1. Littéralement : « il me mit sa maison dans le ventre », expression qui veut dire qu'on est bien reçu chez quelqu'un.

2. Pâtes assaisonnées avec le jus d'un ragoût d'agneau.

3. Cru réputé du nord-ouest de la Corse.

aidant, ce cauchemar, maintenant évoqué loin de tout danger, se transformait peu à peu en une somme de bons souvenirs presque plaisants à raconter. Sa femme, qui nous servait, écoutait attentivement la conversation en gardant le silence. Elle jetait de temps en temps un regard attendri à son mari qui en disait long sur leur attachement réciproque.

« Toi, tu t'en es bien tiré, dis-je à un moment donné à Scubetta. L'arrivée de tes jumelles est tombée à pic et, grâce à elles, tu as pu être libéré avant moi. Et qui sait ? cela t'a peut-être sauvé la vie. »

Là, je lui citai le nom de tous les camarades de notre régiment tombés à mes côtés après son départ, et Scubetta ému s'associa à moi au rappel de leur mémoire.

« Oui, j'ai eu de la chance, me répondit Scubetta, mais c'est grâce à ma femme car, sans elle, je n'aurais jamais pensé à faire venir au monde des enfants de façon pour ainsi dire irréelle. Même si je dois reconnaître que ces jumelles plus que providentielles se sont effectivement manifestées au meilleur moment en ma faveur, pour renverser la triste situation dans laquelle je me trouvais », ajouta mon camarade en poussant un soupir de soulagement.

Sa réflexion me surprit car je ne comprenais pas où il voulait en venir à propos de ces deux filles dont il parlait avec autant de désinvolture.

« A propos, repris-je, tu m'as présenté tes six garçons qui sont superbes mais où sont donc vos jumelles ?

– Elles n'existent pas », répondit Scubetta sans hésitation et, à ma grande surprise, il esquissa un léger sourire tandis que sa femme, qui ne le quittait pas des yeux, se contentait de hocher la tête en signe d'approbation.

Devant cette réaction bizarre de la part de parents qui

ont perdu deux enfants, je ne savais quelle contenance prendre pour rester naturel.

Ces gens ne sont pas normaux, me suis-je dit. En Corse, on ne se moque pas des morts comme ils le font et, quand on parle d'un disparu, on emploie le ton et les termes qui conviennent à une famille frappée par le malheur.

Le désarroi devait transparaître sur mon visage car Scubetta posa une main sur mon épaule en me disant fraternellement :

« Ô Nata ! Rassure-toi, les jumelles ne sont pas mortes, et c'est pour cette raison que je peux en parler d'un ton si léger. En fait, elles ne sont jamais nées ou, plutôt, elles n'ont jamais existé. Mais je te dois des explications.

» Quand je suis venu en permission pour la mort de mon pauvre père – Dieu ait son âme –, j'ai eu du mal à envisager mon retour dans cet enfer qui était le nôtre en première ligne. J'ai fait part de mes réticences à ma femme et je lui ai annoncé que j'allais prendre le maquis.

» Ma femme m'a fait remarquer qu'en agissant de cette façon je me rendrais coupable du crime de désertion et que je risquais d'être fusillé si j'étais repris. Pour rien au monde il ne faut te conduire ainsi, a-t-elle ajouté car l'opprobre rejaillirait sur toute notre famille jusqu'à la huitième génération.

» On ne déserte pas, chez nous. On fait face. J'ai une autre idée, me dit-elle, mais il faudra que Dieu nous aide. Premièrement, il est indispensable que je tombe enceinte et, deuxièmement, que l'enfant naisse viable. Avec sept enfants l'armée sera bien obligée de te démobiliser. Je vais prier. Si notre souhait se réalise, je serai la plus heureuse des femmes. Repars confiant, je t'avertirai dès que possible et j'attendrai ton retour le temps qu'il faudra.

» Elle se montra très douce avec moi et sa présence embellit les derniers jours que je passai avec elle. Finalement je me laissai convaincre et, faisant contre mauvaise fortune bon cœur, après cette seconde lune de miel je rejoignis notre régiment.

– Mais que s'est-il passé puisque la naissance des jumelles a été annoncée officiellement et que tu as été libéré ?

– C'est ma femme qui a tout manigancé. Elle avait mis sur pied un plan machiavélique et elle l'a réalisé de bout en bout. Ce que femme veut, Dieu le veut. Elle est allée voir un médecin de Bastia, un vieux praticien qui n'avait pas été rappelé sous les drapeaux en raison de son âge, et elle lui a joué la comédie. Le docteur est tombé dans le panneau et lui a délivré un certificat médical de grossesse. Elle me l'a adressé mais cela n'a pas suffi. Alors, pour se donner l'apparence d'une femme enceinte, elle s'est enveloppée dans des vêtements de plus en plus rembourrés au fur et à mesure de l'avancement de la grossesse supposée et elle a persévéré dans son comportement jusqu'à sa fausse délivrance.

» A la date présumée de l'accouchement, elle s'est présentée à la mairie du village et elle a déclaré avoir mis au monde deux jumelles prénommées Maria et Nunziada. Le maire, appartenant à notre famille puisqu'il était le frère de ma mère, n'a fait aucune difficulté pour enregistrer cette naissance. Ensuite il a établi un télégramme à l'adresse de mon chef de corps et le tour a été joué comme il convient.

» D'aucuns ont prétendu qu'il était au courant de la surpercherie et ce n'est pas tout à fait faux. En fait, il a marché dans la combine contre la promesse d'avoir toutes les voix des électeurs de notre clan familial aux premières élections qui auraient lieu après la guerre.

» Enfin, quoi qu'il en soit, le stratagème a fonctionné et, comme tu le sais, j'ai été renvoyé dans mes foyers.

– Comment avez-vous fait, par la suite, pour faire disparaître les jumelles du registre d'état civil de la commune ?

– Ce n'est pas difficile, me répondit Scubetta. Tout de suite après la guerre il y a eu des élections municipales. Je suis allé trouver mon oncle de maire et je lui ai dit : "Si vous voulez être réélu, il faut régulariser la situation de mes fausses jumelles." Il était vieux mais roué et il a vite compris où se trouvait son intérêt. S'il ne le faisait pas il risquait d'être poursuivi pour faux en écriture publique et traduit devant la justice. La semaine qui suivit, mes jumelles moururent de la grippe espagnole et leur décès fut enregistré dans les documents officiels de la commune. »

J'étais abasourdi, me dit Natale. C'est Scubetta qui avait parlé mais sa femme avait suivi le discours de son mari en souriant malicieusement, visiblement ravie du bon tour qu'elle avait joué à l'Administration.

L'amour conjugal avait triomphé et je me disais que tout était bien qui finissait bien dans cette histoire. Il me restait cependant une question à poser à cette femme pleine d'imagination :

« Pourquoi avez-vous déclaré la naissance de deux enfants ? Un seul suffisait pour faire bénéficier votre mari d'une libération anticipée.

– Avec l'Etat, me dit sentencieusement Mariaseppa, on n'est jamais assez prudent. Les pères de six enfants étaient mobilisables, mais rien ne dit, si la situation avait empiré, que les nécessités de la guerre n'auraient pas poussé les autorités à franchir ce seuil et à aller jusqu'aux pères de sept enfants. Ce qui aurait réduit à néant notre ruse de guerre. C'est pour cette raison que j'ai pris mes précautions et donné naissance à une paire de jumelles plutôt qu'à une seule fille. »

J'en convins, dit Natale pour terminer, et même si je considérais que cette histoire n'était pas très morale, je ne fis aucun commentaire devant mes hôtes. Le lendemain je quittai ces braves gens en me disant que mon ami Scubetta avait bien de la chance d'avoir une femme qui, grâce à cette preuve d'amour, lui avait peut-être sauvé la vie.

L'héritière

– La guerre de 14-18 a donné lieu à un affrontement général entre les nations mais elle a été aussi à l'origine d'aventures individuelles dans lesquelles ont été impliqués certains de nos compatriotes, me dit un jour le vieux berger Natale alors qu'il se chauffait au soleil en tirant de longues bouffées de sa pipe bourrée d'âcre tabac corse.

Si l'histoire des sœurs jumelles dont je t'ai parlé il y a quelques jours fait ressortir les efforts déployés par la femme de l'un des nôtres pour soustraire son mari à la rigueur des durs combats, d'autres ne manquent pas d'intérêt pour dépeindre les profonds bouleversements qui nous ont marqués pendant et après la guerre. Même ceux qui n'ont pas été meurtris dans leur chair ne sont pas sortis indemnes de ces épreuves inhumaines et la conduite irrationnelle de certains d'entre nous, pour faire face aux circonstances de la vie courante, est à porter au passif de ces années sombres.

Le comportement de mon camarade de régiment Luiggi Bianconi illustre parfaitement les problèmes qui se sont posés aux anciens combattants pour passer de l'état de guerre à celui de paix.

Luiggi était un jeune homme calme et pondéré au comportement irréprochable. Durant toute la guerre, qu'il avait faite à mes côtés avec le grade de caporal, il s'était conduit avec un courage et un sang-froid remarquables, tout en restant profondément humain. Il était l'auteur de brillants faits d'armes dont l'éclat avait rejailli sur notre unité, au point de faire de lui un véritable héros à l'échelon du régiment et même du corps d'armée. Il était entouré de la confiance de ses chefs, de l'estime de ses camarades et de la considération de ses compatriotes.

Berger avant sa mobilisation, il était originaire de San-Pedrone, un village de quelque cinq cents habitants du centre de la Corse. Il appartenait à une famille que l'on pourrait qualifier d'aisée étant donné qu'elle possédait une maison, un grand troupeau de brebis, des vaches, deux paires de bœufs de labour et des terrains de pâture, en superficie suffisante pour cultiver les céréales et nourrir son cheptel. Il me parlait souvent de son père, un homme à l'ancienne, sévère mais juste, régnant sans partage sur son épouse et toute sa descendance composée de six frères et sœurs dont il était l'aîné.

Nous ne nous étions pratiquement jamais quittés durant notre présence sous les drapeaux. Nous parlions souvent de la Corse et notre vœu le plus cher était de revenir en ces lieux bénis des dieux. L'éloignement idéalisait dans nos esprits le souvenir de nos plus jeunes années et rendait notre exil âpre et dur. Nous avions hâte de voir cesser le feu et la mitraille pour fouler à nouveau le sol natal, reprendre nos occupations pastorales et renouer certains liens fragiles et tendres que la séparation avait distendus.

J'étais déjà marié mais Luiggi, encore célibataire, me parlait souvent d'une jeune fille de son village qui présentait toutes les qualités pour devenir sa future épouse. Il ne l'avait pas encore demandée en mariage, attendant, pour franchir cette dernière étape, d'être revenu chez lui pour se soumettre aux règles d'un accord préalable entre les familles.

Il était d'usage, à l'époque, de se plier à la volonté des parents et, même pour une affaire aussi intime que l'amour entre un homme et une femme, la décision leur appartenait, surtout au père à qui revenait le dernier mot.

Nous étions en train d'élaborer de beaux projets pour notre avenir lorsque notre ciel, sombre jusque-là, s'éclaircit d'un coup avec la fin des hostilités et la signature d'un armistice. Cet événement, qui célébrait notre victoire sur l'ennemi, mit fin à notre calvaire, ramena l'espoir dans nos esprits et fit naître la joie dans nos cœurs.

Dans les jours qui suivirent le 11 novembre 1918, après avoir quitté les champs de bataille, nous avons pris le chemin du retour, vers Paris où s'effectuait la démobilisation des régiments.

En raison des encombrements provoqués par la cohue et le mauvais état des voies ferrées, nous avons mis plusieurs semaines. Nous étions un peu désemparés en arrivant dans cette grande ville où régnait une pagaille indescriptible. En attendant d'être démobilisés, nous avons été parqués des jours durant dans des salles d'attente improvisées, sans hygiène ni confort.

Luiggi était sombre et soucieux. Lui, habituellement enthousiaste, paraissait dépassé par les événements et avoir du mal à s'adapter aux aléas de notre nouvelle existence. Paradoxalement, maintenant que nous étions sur le point de réaliser nos rêves, l'idée de revenir dans ses foyers semblait ne plus l'enchanter.

C'est un soir, alors que nous étions couchés à même le sol dur d'une gare parisienne, qu'il se confia à moi et me donna les raisons de son humeur.

« Je ne veux pas revenir à la maison, me dit-il tout à trac. Mon père est un despote domestique. Tout le monde doit se plier à sa volonté et je sens, après ces années passées loin de la Corse, que j'aurai du mal à réintégrer la cellule familiale et à m'engager dans le travail de berger sous les ordres d'un homme autoritaire à l'excès. J'ai peur qu'à ce régime obligatoire mon mariage, forcé lui aussi, ne soit pas heureux, et qu'en fin de compte mon retour à la vie civile ne soit un échec.

– Tu veux te rengager ? lui demandais-je, étonné.

– Non, me répondit-il en riant, subitement détendu. Ce que je veux c'est rester sur le continent et mener ma vie comme je l'entends. »

J'étais surpris mais ne poussai pas plus avant ma curiosité. Je pensais que la nuit porterait conseil à Luiggi et qu'il aurait repris ses esprits le lendemain. Fatigués comme nous l'étions, nous nous endormîmes tout de suite, malgré la dureté de notre couche.

Un jour pâle se leva sur notre campement improvisé. Nous n'avions pas repris notre conversation de la veille et nous nous dirigions vers une cuisine roulante dans l'espoir d'un peu de café lorsque Luiggi me dit en me montrant un tortillard en attente de départ :

« Tiens, voilà où je veux aller. A Orléans ! C'est le nom de la gare de destination qui est inscrit sur ces wagons. »

Je regardai dans la direction qu'il m'indiquait mais, étant illettré, je ne vis qu'une plaque couverte de signes incompréhensibles. Luiggi, lui, sans être très instruit, savait lire et écrire. C'est pour cette raison qu'il avait repéré le nom de la ville d'Orléans dont j'ignorais jusqu'à l'existence, et qu'à tout hasard il avait choisie.

Dans la matinée, Luiggi monta, avec son barda, à bord de ce train de l'aventure et je le perdis de vue. Quant à moi, je retournai dans mon village où je repris ma vie de berger dont je n'ai pas changé depuis.

Je ne connus la suite du parcours de mon camarade Luiggi que des années plus tard. Le hasard conduisit mes pas jusqu'à San-Pedrone. Je cherchais un troupeau de brebis à acheter et quelqu'un m'avait dit qu'il y en avait à vendre en ce lieu. A ma grande surprise, je tombai sur Luiggi qui, maire de son village, était venu assister le vendeur du troupeau pour lui servir de témoin comme c'était l'usage à l'époque, dans le milieu pastoral.

Malgré les années qui nous séparaient de notre dernière entrevue, nous nous reconnûmes tout de suite. Il avait gardé ses traits fins et sa belle prestance et je ne devais pas avoir trop changé non plus car, dès qu'il me vit, il tomba dans mes bras et nous nous embrassâmes comme des frères.

Pour sceller nos retrouvailles nous nous sommes rendus au café du village et c'est là qu'il m'a raconté son odyssée.

« Bien avant d'arriver aux abords de la ville d'Orléans, commença-t-il sur le ton de la confidence, je suis descendu du train dans une petite gare et j'ai marché sur la route. A quelques jours de là, aux environs de midi, j'ai pénétré dans la cour d'une grande ferme. J'ai été interpellé par le maître des lieux à qui j'ai demandé du pain et de l'eau. Sans doute rassuré par ma tenue militaire, l'homme m'a fait entrer dans la salle commune et m'a offert un repas que j'ai trouvé somptueux après les semaines de privations que je venais de subir. Mis en confiance par la qualité de l'accueil, je n'ai pas caché au fermier que, venant d'être démobilisé, je cherchais un travail et un toit. C'est ainsi que j'ai trouvé le vivre, le couvert et un emploi de valet de ferme.

» Ce propriétaire aisé, qui venait de perdre son fils de vingt ans à la guerre, m'a ouvert sa maison en me disant qu'il avait besoin d'un homme dur à l'ouvrage et qu'il m'engagerait définitivement si je lui donnais satisfaction après une période d'essai de deux mois.

» Je n'ai jamais rechigné à l'ouvrage, tu le sais, et après les dangers et les fatigues du front, les tâches pacifiques de la ferme étaient pour moi simples et faciles et elles convenaient, de plus, à ma nature d'homme de la terre. Elles facilitèrent ma réinsertion dans la vie civile et m'apportèrent la paix de l'esprit dont j'avais tant besoin. J'ai dû faire du bon travail car je fus engagé pour une durée illimitée bien avant l'échéance de la période probatoire.

» Basile Chartier était un homme de quarante-cinq ans, grand, solide et robuste. De caractère taciturne il donnait l'impression d'être difficilement abordable mais, sous des dehors bourrus, c'était le meilleur des hommes. Il adoptait un profil bas devant sa femme, une personne de petite taille, sévère d'aspect mais bonne et généreuse, véritable bourreau de travail qui menait sa maison d'une main ferme. Tous deux avaient reporté leur affection sur leur fille Marguerite, âgée dix-sept ans, d'une grande beauté et d'un caractère agréable, qui était devenue, pour eux, le centre de l'univers après la disparition tragique de leur fils.

» M. et Mme Chartier m'adoptèrent véritablement et, en quelques mois, je fus considéré comme un membre de leur famille. Je vivais dans leur intimité tout en gardant les distances que m'imposaient les convenances envers mes employeurs.

» Ce qui devait arriver arriva, continua Luiggi, Marguerite me fit les yeux doux et je ne restai pas longtemps insensible à son charme. Après les durs moments de la guerre, mon ciel était redevenu bleu, les bras de la jeune fille étaient doux, son sourire accueillant, son corps resplendissant, son caractère agréable et nous devînmes amants très rapidement.

» Chaque soir j'allais la rejoindre dans sa chambre où nous nous aimions avec la fougue de notre jeunesse.

» Les parents remarquèrent rapidement notre manège et notre secret fut éventé. Ce qui nous obligea à dévoiler le tendre sentiment qui nous unissait et à nous engager sur la voie des promesses durables. Je ne représentais sans doute pas le parti qu'ils espéraient pour leur fille mais M. et Mme Chartier firent preuve d'indulgence envers les pécheurs et, malgré le jeune âge de leur fille, acceptèrent ma demande en mariage sans faire aucune réserve sur la modestie de ma condition.

» Ils m'aimaient bien, et comme j'étais travailleur et que je remplaçais le fils qu'ils venaient de perdre, ils me donnèrent spontanément le titre affectueux de gendre, sans attendre la cérémonie du mariage.

» Les difficultés se présentèrent quand, pour pouvoir convoler en justes noces, il me fallut demander des papiers d'identité, et notamment un extrait d'acte de naissance, à la mairie de mon village. Ma famille, ne me voyant pas revenir de la guerre, avait signalé ma disparition aux autorités locales. De ce fait, les formalités furent longues et délicates. Tout en gardant l'espoir de voir nos projets se réaliser, nous commencions à nous impatienter car les jours succédaient aux jours sans apporter aucune solution. Nous n'étions pas, hélas, au bout de nos ennuis.

» Ma demande à la mairie de San-Pedrone avait fait son chemin. La réponse arriva sous la forme de deux gendarmes moustachus qui, ayant localisé mon point de chute, se présentèrent un beau matin et ne se montrèrent pas tendres envers moi. Avant de m'emmener manu militari, ils me signifièrent que j'étais recherché dans l'intérêt des familles par les services de la Préfecture et pour désertion par les autorités militaires qui ne m'avaient pas encore démobilisé.

» J'étais furieux car je m'attendais à plus d'égards, étant donné mes états de service. Je quittai ma bien-aimée en lui promettant de revenir au plus vite pour la conduire à l'autel et devant M. le maire.

» Les événements en décidèrent autrement. Obligé de revenir à San-Pedrone, pour les motifs que l'on sait, je tombai sous la coupe de ma famille et sous l'autorité de mon père qui, ne voulant rien savoir de mes amours continentales, me mit en demeure de demander la main de la fille qu'il avait choisie pour moi. C'est ainsi que je fus obligé d'épouser celle qui avait attendu le retour du guerrier en restant fidèle aux engagements que sa famille avait pris pour elle.

» Et voilà pourquoi tu me trouves berger au pays des bergers. Après avoir renoncé à mon bel amour impossible, j'ai épousé mon amie d'enfance sans l'aimer véritablement et notre couple n'a pas été très heureux. Nous n'avons pas eu d'enfants et ma femme ne s'est jamais consolée de ne pas m'avoir donné un héritier. Elle est morte d'une pneumonie il y a une dizaine d'années et je ne me suis jamais remarié.

– Mais, Luiggi, lui dis-je, pourquoi n'es-tu pas revenu à Orléans puisque tel était ton désir ?

– Comment peux-tu me demander ça, Natale, toi qui connais le poids des traditions ? J'ai essayé de lutter contre la puissance paternelle et la mainmise de mon entourage mais, soit à cause de la crainte que mon père m'inspirait, soit par souci du qu'en-dira-t-on, soit par faiblesse, je n'ai rien tenté pour me dégager des liens de ce carcan familial.

» Aujourd'hui je le regrette mais j'en ai pris mon parti. Mon père est mort et il m'a laissé une belle maison, des troupeaux de vaches et de brebis et des propriétés de grande valeur.

» Heureusement que j'ai une héritière, ajouta Luiggi en souriant malicieusement.

– Tu t'es remarié ? lui demandai-je.

– Non, me répondit Luiggi. C'est un secret. Viens à la maison. Tu vas tout comprendre. Ton troupeau attendra bien quelques jours sur mes terres. Quand vous serez reposés, lui et toi, tu pourras reprendre la route du retour. »

Luiggi me conduisit chez lui. Il habitait une belle maison de maître dans le haut du village et je fus reçu comme un prince. Dès que je franchis sa porte, je fus ébloui par la présence d'une jeune femme blonde, belle comme le jour, qui me fit mille grâces. Elle était grande et mince et ses cheveux vaporeux encadraient un visage de madone dans lequel brillaient des yeux clairs d'une infinie douceur.

Eh bien ! me dis-je, il ne s'est pas gêné pour remplacer sa femme, le coquin !

J'étais encore sous le charme de cette apparition lorsque j'entendis Luiggi me dire : « Natale, je te présente ma fille. Tu peux l'embrasser », ajouta-t-il en riant et, s'adressant à elle en français, il lui dit qui j'étais et la profonde amitié qui nous liait.

– Comment ? dis-je à Luiggi. Tu m'as dit que tu n'avais pas d'enfants ?

– C'est un véritable miracle puisque c'est un événement merveilleux qui m'a donné un enfant au moment où je touchais le fond de la solitude, repartit Luiggi. Il faut que je te raconte. Lorsque je me suis retrouvé seul, après la mort de ma femme et celle de mes parents, j'ai été plongé dans un véritable désarroi. Après les années terribles de la guerre et les événements qui avaient suivi, j'étais désemparé. J'étais à la tête d'un patrimoine important et je n'avais personne à qui le léguer. Mon travail ne m'intéressait plus et je n'avais plus goût à rien. Heureusement qu'il me restait les affaires municipales pour m'occuper l'esprit. J'ai été élu maire à la fin de la guerre et depuis, mon mandat ayant été chaque fois renouvelé, cette occupation m'a permis de garder un bon contact avec la population du village et une certaine stabilité.

» Un jour, il y a deux ans environ, une jeune femme s'est présentée à la mairie et a demandé à parler au maire. On est venu me chercher à la maison et je me suis rendu sur place pour recevoir cette personne.

» Dès que je suis entré dans la salle de la mairie, j'ai failli tomber à la renverse. Mon émotion était si forte que je fus obligé de m'asseoir sur le premier siège venu. Devant moi se tenait Marguerite, dans toute la gloire et la beauté de sa jeunesse. Or les années avaient passé et, étant donné son âge, la personne que j'avais devant moi ne pouvait être celle que j'avais connue, aimée puis trahie, il y avait presque trente ans.

» Le dialogue s'est engagé ainsi entre nous :

– Monsieur le maire, dit l'apparition, je suis originaire de la région d'Orléans et je suis venue en Corse pour rechercher quelqu'un de ma famille, plus précisément mon père qui est originaire de ce village et doit s'appeler Bianconi Louis.

– Tu es la fille de Marguerite Chartier, lui dis-je à brûle-pourpoint.

– Oui, dit la jeune femme profondément troublée, comment le savez-vous ?

– Tu es le portrait fidèle de ta mère. Je l'ai connue et nous nous sommes aimés. Je suis ton père, il n'y a pas l'ombre d'un doute. Je suis Louis Bianconi. J'ignorais qu'elle était enceinte quand je l'ai abandonnée lâchement.

– C'est vrai que je ressemble à ma pauvre mère, dit la jeune femme en éclatant en sanglots. Je me prénomme Maria-Madalèna. C'est le prénom que portait votre mère, je crois. Ma mère me l'a dit avant de mourir, alors que j'avais quinze ans et que je m'étonnais de porter un prénom à consonance corse. Vous aviez fait promettre à ma mère de donner ce prénom à votre fille si un jour vous en aviez une. Elle a tenu parole. Elle ne s'est jamais mariée et je suis restée fille unique. Elle vous aimait beaucoup. Elle ne vous a jamais oublié et vous est restée fidèle jusqu'à sa mort, ajouta Maria-Madalèna à travers ses larmes. Elle vous a souvent écrit après votre départ, notamment pour vous annoncer ma naissance, mais elle n'a jamais reçu de réponse à ses lettres.

» Je n'ai pu répondre car l'émotion m'avait paralysé. A la lumière de ce que je venais d'apprendre, je me suis rappelé que mon père tenait, à une époque de ma vie, de longs conciliabules avec le facteur qui repartait chaque fois de chez nous chargé de charcuteries, fromages, vins et autres présents. Conscient du danger que pouvaient présenter ces lettres, dont il devait se faire lire le contenu par le facteur, mon père avait sûrement soudoyé ce fonctionnaire vénal et tous deux s'étaient entendus pour détourner le courrier qui m'était destiné.

» Mon passé me revenait en plein visage, comme une gifle infamante, et la lâcheté de ma conduite m'apparut dans toute son horreur. Je tremblais comme une feuille et mon cœur se mit à battre à coups douloureux dans ma poitrine. Bourrelé de remords, je fondis en larmes à mon tour et cela me calma un peu. Heureusement qu'il n'y avait plus personne à la mairie pour assister à la scène car je devais être pâle et défait comme un mort et offrir un triste spectacle.

» Maria-Madalèna avait fort heureusement repris son sang-froid. Elle me serra dans ses bras et, avec son mouchoir, essuya mes larmes sans un mot. Ce geste eut l'effet d'un baume sur mon cœur à vif et apaisa un peu mon esprit.

» Je réussis à me maîtriser et à conduire Maria-Madalèna chez moi. Dès le lendemain, j'ai entrepris les formalités pour la reconnaître officiellement comme ma fille légitime. Depuis, elle a liquidé ses affaires du continent et ne m'a plus quitté.

» Ce qui s'était passé, tu le devines, dit Luiggi. Quelques années après la mort de sa mère, Maria-Madalèna avait ressenti le besoin de rechercher son père et c'est de cette façon qu'elle est venue à San-Pedrone, dont elle avait lu le nom dans ses papiers de famille. Elle ne savait pas que j'étais encore en vie et qui j'étais réellement. Elle s'est adressée à la mairie et c'est par le plus grand des hasards qu'elle est tombée directement sur moi.

» Pour une fois, je crois que le hasard a bien fait les choses, reprit, songeur, Luiggi. Le hasard ou la Providence ? Oui, même si je me suis un peu éloigné de la foi, je considère que les circonstances qui m'ont permis de découvrir que j'avais un enfant tiennent du miracle. Dans mon cas et à mon âge, ma fille est véritablement un cadeau tombé du ciel au moment où j'en avais le plus besoin. Son affectueuse présence embellit maintenant ma vie », conclut mon ami en adressant un sourire de connivence à Maria-Madalèna.

A la table du soir, nous parlâmes de la guerre et Luiggi se montra prolixe pour évoquer cette dure période de notre existence commune. Par contre, il me sembla plus réticent pour aborder les difficultés qui avaient surgi lors du retour en Corse. Je compris qu'il voulait rester discret sur cette période, peu glorieuse, de sa jeunesse et oublier les événements qui l'avaient conduit à renier ses engagements, à trahir la femme qu'il avait aimée et, en définitive, à passer à côté du bonheur.

Quelques jours après cet aveu, je quittai San-Pedrone

avec mon troupeau et je perdis définitivement de vue mon ami Luiggi Bianconi.

Je sais qu'il est mort quelques années après nos retrouvailles. Sa fille, Marie-Madalèna Bianconi, a hérité de tous les biens de son père, elle s'est établie dans le village où, après une intégration réussie, elle jouit de l'estime de ses concitoyens qui l'ont élue maire.

Le feu de la Saint-Jean

– Puisque l'histoire des deux jumelles t'a intéressé, me dit le vieux berger Natale, je vais te conter celle de deux frères appartenant eux aussi à notre peuple de bergers.

Elle n'a cependant rien à voir avec la guerre. Elle s'est passée non loin d'ici, à Mausoléo, dans cette belle région du Giunssani que nous appelons la haute Balagne et qu'une grande et unique montagne, le San-Partéo, qui culmine à mille six cents mètres, sépare de Féliceto, notre village.

Comme tu dois le savoir malgré ton jeune âge, même aujourd'hui, Mausoléo, bien qu'érigée au rang de commune, est un hameau comptant une vingtaine de feux tout au plus, bâti au fond d'une vallée encaissée, loin de toute agglomération et à l'écart de toute voie de communication importante.

Ce lieu, qui offre un cadre somptueux à mon histoire, est superbe. Deux immenses forêts, la Mélaghia et la Tartaghine, composées d'essences parmi lesquelles domine le pin lariccio, couvrent les pentes abruptes des grandes montagnes qui, en se rejoignant sur trois côtés, forment une sorte de cirque entouré de roches et de verdure d'une infinie beauté où coulent des rivières claires et limpides qui chantent d'une voix cristalline.

A l'époque dont je te parle, la plus grande partie de la population de Mausoléo était composée de bergers[1] et de chevriers qui pratiquaient la transhumance. A l'automne, les troupeaux, sous la houlette de leurs maîtres, gagnaient les régions littorales de la Balagne, où hommes et bêtes passaient la mauvaise saison. Au printemps ils revenaient dans leur pays d'origine où les brebis et les chèvres, bénéficiant d'une température plus clémente et de verts pâturages persistants en haute altitude, allongeaient d'autant leur production laitière annuelle et procuraient des avantages non négligeables.

Etant donné leur isolement, ces familles avaient développé des liens affectifs très forts. Tout événement se produisant dans une maison parvenait rapidement à la connaissance de l'ensemble de la population et toute nouvelle, en se répandant rapidement à l'extérieur, devenait un événement collectif. Les joies et les peines de chacun étaient partagées en égale mesure par tous ceux d'une même localité et il en était de même pour les travaux de la terre, qui nécessitent parfois un grand nombre de bras et un effort soutenu durant une courte période.

Grâce à cette coutume, toute famille était assurée de disposer d'une main-d'œuvre abondante et gratuite pour accomplir, au moment voulu, une tâche urgente : rentrer des foins, sauver une moisson de l'orage, faire une provision de bois pour l'hiver, cueillir des glands ou des châtaignes,

1. Le titre de berger n'est accordé qu'aux propriétaires ou aux gardiens de brebis, Le terme de chevrier désigne uniquement un gardien de chèvres.

suivant la saison et les conditions atmosphériques. A charge pour elle d'aider ceux qui l'avaient aidée spontanément et de leur rendre, en qualité égale, un service de même nature et de même importance dans le cadre d'une solidarité de groupe et en vertu de la charité chrétienne qui liait Dieu et les hommes.

Le partage des travaux allait de pair avec celui des moments de joie collective comme les mariages, les baptêmes, le retour d'un exilé et tous les événements qui, sauf circonstances exceptionnelles, donnent lieu à des réjouissances. Toutefois, c'étaient les fêtes religieuses votives et solennelles qui, par principe, tenaient la plus grande place et rythmaient les mois et les saisons de tout un village et parfois d'un canton lorsque la notoriété et les mérites d'un saint dépassaient les limites de la paroisse placée sous sa protection et donnaient lieu à des pèlerinages.

En ce temps-là, comme dit l'Evangile, le respect de la religion s'imposait à tous les esprits et les règles qui en découlaient, parfois teintées d'un peu de paganisme, il faut le reconnaître, conditionnaient aussi bien la vie spirituelle que la vie matérielle de ce monde un peu à part et dont l'ouverture sur l'extérieur ne se réalisait que très lentement.

Vivant repliées sur elles-mêmes, sous le poids de certaines coutumes et soumises à des règles non codifiées mais très exigeantes, ces petites communautés de fidèles se transmettaient ces valeurs ancestrales de génération en génération sans chercher souvent à en comprendre le sens ni en mesurer la portée. Peu ou prou, personne ne s'écartait d'une certaine ligne de conduite et, soit sous l'influence d'une foi profonde, soit pour obéir aux forces de l'habitude, les pratiques religieuses étaient généralement suivies et scrupuleusement observées.

Dans ce contexte social et religieux, les fêtes paroissiales exprimaient toujours une grande piété, elles donnaient également lieu à des manifestations joyeuses, populaires et familiales, plus profanes qui ne s'écartaient cependant jamais du cadre fixé par les convenances.

Ce jour-là, personne ne manquait la grand-messe, les vêpres ni les différents offices célébrés en l'honneur du saint patron que chaque paroisse, quelle que fût son importance, entourait d'une vénération sans bornes et invoquait avant d'affronter une épreuve ou un péril, et à toute occasion pour demander des grâces et des faveurs.

Chaque année, à date fixe, les familles se réunissaient, toutes générations confondues, autour d'une bonne table, et ce peuple de bergers, plutôt frugal d'habitude, faisait ripaille en l'honneur de l'élu du Ciel. Les débits de boissons ne désemplissaient pas de la journée et les hommes – les femmes n'entraient pas dans ces lieux – buvaient et chantaient toute la journée dans la pièce enfumée par les pipes et où le vin coulait à flots. Du moins pendant les heures situées en dehors des offices religieux car, alors, le patron du café fermait ses portes pour s'associer à la ferveur des paroissiens et éviter des critiques de la part des bien-pensants, et surtout des membres du clergé dont la puissance était incontestable.

La procession, qui consistait à promener la statue du saint à travers le village, était organisée rituellement à la fin de l'après-midi, soit au début, soit à la fin des vêpres. Nul ne se serait risqué à la manquer sous peine d'être montré du doigt par toute la population et de subir une réprobation unanime qui pouvait devenir pesante au fil du temps.

Pour que la joie fût parfaite, il fallait, tout de même, que certaines conditions soient réunies. Quand la mise au point de détails dépendait de la volonté humaine, tout était mis en œuvre pour que les éléments de la réussite soient au rendez-vous. Pour le reste, on demandait au Ciel d'intervenir et, la plupart du temps, il ne se faisait pas prier, si j'ose m'exprimer ainsi, pour accorder ce qu'on lui demandait si gentiment.

La mort d'un paroissien survenant le jour ou la veille de la fête était particulièrement redoutée. Un événement de ce genre, quel que fût l'âge du disparu, jetait le désarroi dans tout le village et la fête patronale était compromise pour une année et même au-delà. Le deuil d'une famille, à Mausoléo comme ailleurs en Corse, était partagé par tous et il eût été inconvenant de se livrer à des manifestations de joie alors que certains étaient frappés par le malheur.

La paroisse de Mausoléo, il faut le préciser, car le lieu, la date et le nom du bienheureux ont une certaine importance dans mon histoire, était placée sous la protection de saint Jean le Baptiste, fêté, comme chacun sait, aux environs du solstice d'été, plus précisément le 24 juin. A cette occasion, des feux de joie étaient allumés sur la place principale et ils permettaient, à travers un rituel connu, de se jurer une foi réciproque d'amitié et d'assistance.

Les choses se déroulaient de la façon suivante : deux personnes se serraient la main au-dessus de la flamme et prononçaient un serment de fidélité qui les liait pour toute leur vie. Elles devenaient alors *cumpàre* et *cummàre*, parrain et marraine, et se donnaient désormais ce titre entre elles.

Lorsqu'il s'agissait d'un jeune homme et d'une jeune fille, ce pacte prenait une dimension plus tendre et tous deux se considéraient comme fiancés en attendant d'unir leurs destinées sous l'expresse condition que ce choix soit entériné par les parents des deux familles.

Les événements dont je veux te parler ont pour cadre la fête de la Saint-Jean et ils se sont produits exactement le 23 juin. C'était le début de l'été et la nature en fête resplendissait de gloire et de beauté. Tous les bergers étaient revenus de la plaine et les bêtes avaient pris leurs quartiers sur les flancs des montagnes dominant Mausoléo.

En ce temps-là, vivait, au milieu des belles forêts de Tartaghine et Mélaghia, une famille de bergers qui comptait quatre enfants, dont les deux frères Dolovicu et Brancaziu Antonelli, objets de mon récit.

A cette saison, le troupeau de brebis était lâché chaque jour dans les sous-bois environnant la bergerie, après la traite du matin, et il évoluait en liberté jusqu'à celle du soir. Parfois il allait assez haut, mais toujours il revenait au bercail suivant le comportement grégaire des moutons qui ne s'écartent jamais d'un itinéraire connu.

Or, un soir de la fin juin, le 23, alors qu'un orage assez violent sévissait sur les pentes escarpées du mont San-Partéo, le troupeau de la famille Antonelli, apeuré, avait perdu le sens de l'orientation et s'était égaré sur des crêtes lointaines.

Après l'office du soir, Dolovicu, qui surveillait ses bêtes de loin, était parti immédiatement pour les rassurer et les faire revenir à la raison. Comme la fin du jour n'allait pas tarder à tomber, et que le troupeau était plus loin que d'habitude, le jeune berger avait décidé, pour gagner du temps, de passer par un raccourci qui nécessitait le franchissement d'un piton rocheux bordant un précipice très dangereux pour les bêtes comme pour les hommes, au lieu-dit E Sponde[1].

Dolovicu avait seize ans. C'était un jeune homme doux et réservé, doté d'une bonne constitution physique. De taille moyenne, bien découplé, il avait gardé un regard et un visage d'enfant mais ses muscles, grâce à la vie en pleine nature et à la marche en montagne, étaient déjà solidement formés.

C'est par conséquent en connaissance de cause et confiant dans ses possibilités qu'il décida de passer par les sponde. Il attaqua avec courage la paroi rocheuse, réussit à franchir la moitié de l'obstacle qui se présentait à lui et il savourait par avance sa victoire, quand, voulant attrapper une saillie rocheuse, il perdit pied et tomba dans le vide.

Son frère Brancaziu, qui, comme convenu avec Dolovicu, s'était rendu à la bergerie dès la fin de l'office religieux, s'était placé dans un endroit élevé pour l'attendre avec l'espoir de le voir arriver comme d'habitude avec le troupeau. Cette attente, normale au début, se transforma vite en angoisse au fil des minutes qui s'écoulaient dans la tristesse du soir. La nuit était maintenant tombée et son frère aurait dû déjà être au bercail. Cependant, de peur d'influencer le sort, il n'osait s'avouer que ce retard était tragique. Au bout d'un long moment de réflexion, il fit

1. Rive d'un cours d'eau, d'un rocher, etc. En principe, endroit escarpé et dangereux.

taire son appréhension, renonça à sa première idée d'aller chercher du secours au village et prit la direction de la montagne. Brancaziu s'était muni de torches en bois gras de pin lariccio que nous appelons *déda*. De temps en temps il en allumait une mais, connaissant bien le chemin, il se fiait surtout à son sens de l'orientation et à la petite clarté venant des étoiles qui brillaient dans un ciel redevenu pur.

Il marcha pendant deux bonnes heures et arriva au pied des sponde où il s'arrêta un moment. Il était en train de réfléchir pour savoir s'il passerait par le chemin le plus périlleux ou celui, plus sûr, qu'il prenait d'habitude, quand il entendit le chien de Dolovicu qui hurlait à la mort. Il se dirigea vers l'endroit d'où venait la voix du chien, c'est-à-dire vers le fond d'un précipice.

Ayant tendu sa torche, il vit un spectacle sinistre : couché sur le ventre, les pattes antérieures tendues devant lui, la tête relevée, le fidèle Turco lançait sa plainte poignante comme un chant de deuil. A ses côtés, étendu sur le dos, Dolovicu, les yeux fermés, semblait dormir d'un sommeil paisible. Brancaziu s'approcha et constata, en embrassant son front glacé, que son frère avait cessé de vivre.

Le jeune homme ne portait aucune blessure apparente, son visage était livide mais serein. Brancaziu s'assit sur une pierre plate et, la tête entre les mains, sentit une immense douleur l'envahir par tous les pores de sa peau. Le chien s'était arrêté de hurler et un grand silence régnait au pied de la montagne dont on sentait la masse minérale agir de tout son poids sur la fragilité des destinées humaines.

Brancaziu était un homme fort, solide et déterminé. Sa

décision fut vite prise. Tendrement, il chargea son frère en travers de ses larges épaules et prit le chemin du retour.

Il marcha pendant des heures, car le fardeau ralentissait ses pas. Quand il arriva en vue du village de Mausoléo, la position des étoiles indiquait le lever du jour.

La première idée qui était venue à Brancaziu avait été de transporter le corps de son frère jusque dans la maison familiale et d'avertir ensuite la population du village du drame qui venait de les frapper, lui et les siens. C'est seulement quand il vit les toits du village et celui, plus haut, de l'église et qu'il entendit l'angélus du matin qu'il mesura le malheur que ce deuil allait semer dans le village le jour de la Saint-Jean-Baptiste.

De caractère altruiste et de nature un peu fataliste, comme beaucoup de nos compatriotes, Brancaziu se dit qu'un jour de plus ou de moins n'avait plus aucune importance pour son frère qui était mort. Il n'en était pas de même pour la population. S'il ne retardait pas l'annonce publique de la mauvaise nouvelle au moins jusqu'au lendemain, la fête patronale serait marquée de l'empreinte du deuil non seulement cette année-là, mais peut-être à tout jamais.

Sa décision prise, il s'arrêta au lieu-dit Castagnedu et se mit en devoir de trouver un lieu sûr pour y cacher le corps de Dolovicu. Il y avait justement à cet endroit une grotte formée par la cavité naturelle d'un grand rocher dans laquelle il s'était souvent abrité des intempéries au cours de sa vie de berger. Il s'y dirigea, déposa son précieux fardeau sur un lit de fougères, joignit les mains et récita une prière. Ensuite il ferma l'entrée de la grotte avec des branchages et des pierres et regagna le village qui commençait à s'éveiller au souffle du matin.

Il attendit un bon moment avant de se décider à affronter les vivants. Alors que le soleil était déjà haut, il pénétra dans la localité. Les hommes endimanchés se dirigeaient vers la place de l'église, une bonne odeur de cuisine flottait dans les ruelles, des enfants se poursuivaient sur la place en poussant des cris joyeux et les cloches de la Saint-Jean sonnaient à toute volée pour appeler les paroissiens à la fête.

Le cœur en lambeaux mais la conscience en paix, Brancaziu regagna sa maison en pensant qu'il avait agi en bon chrétien. Sur le chemin il salua tous ceux qu'il rencontra et leur raconta que Dolovicu était resté près du troupeau car les bêtes étaient nerveuses après l'orage qui avait sévi sur les hauteurs. Il tint le même raisonnement aux gens de sa famille et garda sa douleur pour lui seul. Après la messe, prétextant une rage de dents, il se retira dans sa chambre et, enfin, pleura pour se libérer du poids qui l'oppressait depuis la veille.

Il assista à la procession de la statue et, avec trois autres gaillards, la porta sur le parcours. La statue de saint Jean de Mausoléo taillée dans un bois d'olivier par un artiste local était d'un poids plus que respectable et cette tâche de porteur dans les ruelles escarpées de son village, après une dure nuit de veille, lui fut pénible. Il dédia ses souffrances au Seigneur et le pria de recevoir l'âme de son frère qui, n'ayant jamais fait de mal à personne, devait être maintenant au pays des justes.

A la fin de la cérémonie, et avant que les fidèles quittent

l'église, Brancaziu s'approcha du prêtre et lui glissa quelques mots à l'oreille.

Préte[1] Sabianu, curé de Mausoléo, était un vieil homme solide au physique comme au moral, rempli de sentiments profonds de mansuétude et d'indulgence pour ce peuple de bergers dont lui-même était issu. Menant une vie austère, de mœurs irréprochables, il était conciliant sur les péchés véniels mais sévère pour toute incartade grave aux lois de Dieu et de l'Eglise.

Très estimé de ses paroissiens, il partageait leurs joies comme leurs peines. Il connaissait bien les Antonelli et avait baptisé tous les enfants de cette famille dont Dolovicu. Il écouta Brancaziu, tressaillit légèrement en recevant la mauvaise nouvelle et, avant de donner la bénédiction à ses ouailles, leur transmit ce qu'il venait d'entendre.

« Brancaziu Antonelli, notre frère, s'est comporté comme un chrétien, ajouta le prêtre. Il n'a pas voulu troubler notre joie et a gardé sa souffrance au fond de lui, sans le partage qui aurait allégé son fardeau. Les circonstances exceptionnelles de la fête paroissiale justifient amplement son comportement et le Seigneur ne peut manquer de tenir compte de ces actes accomplis dans le respect de notre communauté et pour la grandeur de sa gloire. Nous allons reprendre la procession, dans le même ordre mais sans la statue de notre saint patron, et nous allons chercher le corps de Dolovicu. »

Ainsi dit, en silence, toute la communauté de Mausoléo se mit en marche vers Castagnedu.

Les jours de juin étant très longs, la nuit était encore

1. Prêtre, titre par lequel on désigne un prêtre du clergé séculier. En Corse, le titre de *padre* n'est donné qu'aux moines.

loin et une douce lumière éclairait la vallée. Le prêtre et Brancaziu en tête, la petite colonne de paroissiens prit la direction de la montagne. Personne ne disait mot et les cœurs étaient tristes.

En arrivant devant l'entrée de la grotte, Brancaziu constata avec stupeur que les branchages et les pierres qui la bouchaient avaient été écartés. La peur que des animaux sauvages ou des chiens errants se soient attaqués au corps de son frère fit courir un frisson de terreur dans son échine. Il courut à toute allure sur la distance qui le séparait de la cavité et, au moment de pénétrer à l'intérieur, il vit son frère assis sur sa couche qui le regardait avec un grand sourire.

« J'ai fait un rêve extraordinaire, dit-il en se levant. J'ai été imprégné de beaucoup de lumière et j'ai vu des choses inouïes. Je suis allé très loin, dans un lieu merveilleux, avant de revenir ici-bas. »

Tout le monde cria au miracle et certains se prosternèrent devant Dolovicu qu'ils considéraient déjà comme un saint ressuscité d'entre les morts.

Le curé Sabianu ramena les esprits à la raison.

« Dieu est grand, dit-il, et peut-être, à travers une de ses manifestations en faveur de l'un des nôtres, nous remercie-t-Il de l'avoir honoré aujourd'hui comme il convient. Cependant les voies du Tout-Puissant sont insondables et il faut toujours se garder d'une interprétation hâtive et superficielle de la volonté divine. Il n'a pas rappelé Dolovicu à lui parce qu'il ne l'a pas voulu mais Il l'a fait dormir pendant quelques heures pour nous permettre de célébrer notre saint patron Jean le Baptiste en toute sérénité.

» L'esprit de Dieu souffle où il veut et quand il veut.

Aujourd'hui, il a ouvert le cœur de Brancaziu et, en lui montrant son devoir de chrétien, Il lui a inspiré sa décision de cacher l'accident de son frère pour ne pas troubler notre fête. Vouloir, à tout prix, pénétrer les desseins de Dieu conduirait inévitablement à l'erreur et persévérer dans cette voie alimenterait l'escarcelle du Diable. »

Là, il dit quelques mots en latin que personne ne comprit puis il ajouta : « Prions pour remercier notre Créateur. »

Il entonna un chant de grâce qui fut repris par toute l'assistance dont le chœur fervent s'éleva harmonieusement sous les frondaisons touffues des châtaigniers centenaires.

Le lendemain Dolovicu se rendit au presbytère et il y resta enfermé pendant de longues heures avec préte Sabianu. Nul ne sut jamais ce que les deux hommes se dirent. A partir de ce jour-là, le curé prit cependant le jeune berger en amitié. Il lui apprit à lire et à écrire et l'encouragea vivement à persévérer dans la voie du bien. Le jeune homme ne parla plus jamais de son aventure et des heures qu'il avait passées loin de cette terre.

Sa majorité acquise, Dolovicu se maria avec une jeune fille du village, nièce du curé Sabianu, et tous deux quittèrent le pays natal pour s'établir en Afrique où ils fondèrent une grande et belle famille en mettant cinq enfants au monde. Ayant tous deux embrassé la carrière de l'enseignement, ils menèrent une vie exemplaire au service des plus pauvres et des plus démunis et donnèrent en toutes circonstances le meilleur d'eux-mêmes.

Dolovicu et son épouse revinrent au pays quelques années avant la fin de leur belle existence. Avec leurs économies, ils firent bâtir une chapelle à l'endroit de la grotte du Castagnedu et une école à Mausoléo.

Lorsque Dieu les rappela à Lui, à peu de jours d'intervalle, ils laissèrent un souvenir impérissable dans le pays où leur nom, perpétué par la tradition orale, est encore très connu aujourd'hui. Selon leurs dernières volontés, ils furent enterrés dans l'enclos de la chapelle où s'élevait déjà l'humble tombeau du curé Sabianu.

Parfois, discrètement, le jour de la Saint-Jean, quelques personnes, fidèles aux valeurs du passé, et confiantes dans la bonté du Seigneur, vont s'incliner en ce lieu pour demander aux mânes de Dolovicu de leur montrer le chemin du Ciel.

Les cloches de Mausoléo

– Puisque nous sommes à Mausoléo restons-y, me dit Natale. Ce pays béni des dieux est propice aux belles histoires, même si elles sont parfois un peu tristes. Cependant celle que je vais te raconter aujourd'hui est plus légère. Disons qu'elle s'apparente aux faits divers, même si cette expression n'était guère usitée à l'époque dont je te parle.

Comme à l'accoutumée, nous étions, Natale le vieux berger et moi le jeune pâtre, assis à l'ombre d'un olivier et j'ouvrais toutes grandes mes oreilles pour recueillir en héritage un nombre presque incalculable d'histoires, dont chacune avait un sens et dépeignait parfaitement ce monde, ni meilleur ni pire qu'un autre, mais qui avait le mérite d'être le nôtre, après avoir été pendant longtemps celui de nos aïeux.

– Or donc, poursuivit Natale, comme toujours intarissable quand il s'agissait de partager les trésors inestimables de sa mémoire, chose bizarre pour une église, celle de la paroisse de Mausoléo n'avait pas de clocher.

Cette belle chapelle, qui serait, m'a-t-on dit, la plus

ancienne de tout le Giunssani, aurait été construite vers l'an 1500 pour être dédiée à saint Jean-Baptiste.

Pour concrétiser l'objet de la vénération de toute une population envers son protecteur, une statue en bois d'olivier, due au ciseau d'un artiste du pays resté inconnu en raison de sa modestie, trône depuis les origines dans le chœur du modeste édifice religieux. Considérée comme un chef-d'œuvre de l'art local, cette représentation symbolique du bienheureux a, par sa notoriété, attiré les paroissiens pendant longtemps car, faute de campanile, la voix des cloches était limitée à une zone assez restreinte.

Pour appeler les fidèles à l'office ou annoncer les joies comme les peines à l'ensemble de la communauté chrétienne, deux cloches étaient suspendues à une poutre en bois scellée, en plein air, dans le mur de la confrérie jouxtant l'édifice du culte. Elles étaient actionnées de l'extérieur à l'aide de deux cordes fixées à l'extrémité des battants et manquaient, de ce fait, d'amplitude sonore.

Cette particularité exposait les sonneurs locaux de cloches aux intempéries, assez fréquentes dans ce pays de montagne, et elle ne rehaussait pas le prestige de la communauté paroissiale aux yeux des habitants des autres villages du canton qui, disait-on, se gaussaient sans retenue de leurs infortunés voisins.

Les curés qui se succédaient se désolaient de cette situation et, à chaque occasion qui se présentait, ils s'adressaient au Seigneur pour lui demander de trouver une solution à ce douloureux problème qui, estimaient-ils, Le concernait directement. Sans nul doute absorbé par d'autres priorités, le Créateur ne semblait pas entendre ces appels au secours et, de toute évidence, ne se préoccupait pas outre mesure de la détresse de ces braves gens qui, devant ce silence prolongé, commençaient à perdre patience.

Les choses demeurèrent en l'état des années durant et elles auraient pu en rester là si le père Santarelli, dit Cambrura[1], parce qu'il avait de grands pieds, n'avait décidé de donner, justement, un grand coup de pied dans la fourmilière.

Fort de l'axiome universel qui dit : « Aide-toi, le ciel t'aidera », il avait réussi à toucher du doigt le point faible de la politique locale et mis le conseil municipal de Mausoléo en demeure de s'engager à faire édifier un campanile dans les meilleurs délais sous peine de représailles. « Si rien n'est entrepris dans l'année, avait-il précisé, je me charge de détourner mes paroissiens des urnes à la prochaine élection municipale et même de les faire voter contre la municipalité en place. »

Le maire de la commune, un riche propriétaire que tout le monde appelait U Sgio Dumè[2], connaissant la grande influence du clergé dans ce domaine particulier des orientations politiques, comme dans beaucoup d'autres d'ailleurs, ne se le fit pas dire deux fois et il comprit immédiatement où se trouvait son intérêt.

De sa propre autorité, il fit inscrire d'office, au chapitre des travaux communaux, la construction du clocher puis il convoqua ses dociles conseillers, les incita à approuver

1. Partie de la tige du soulier.

2. Sgio (prononcer « Jo ») : titre qui s'employait devant un prénom – ici Dominique –, jamais devant un nom, pour marquer une certaine déférence à quelqu'un qui possédait beaucoup de biens (riche propriétaire), une position sociale élevée (médecin, avocat) ou une fonction importante (maire, curé, juge, etc.).

comme un seul homme cette décision et les obligea à signer le registre des délibérations.

Ce qu'ils firent volontiers et la plupart en traçant une petite croix sur le papier car presque tous étaient illettrés. Ensuite, conscient de l'importance de l'enjeu, cet élu du peuple, qui avait le sens de la politique locale, se démena comme un beau diable – si on peut employer une telle expression concernant un problème de clocher – et il réussit à réunir, dans un temps record, les fonds nécessaires pour la réalisation de cette œuvre pie.

La population fut mise à contribution. Personne ne refusa de participer à une si belle action collective qui allait dans le sens de la communion des esprits et de la solidarité chrétienne. Chaque famille du village donna son obole et, grâce à l'argent ainsi recueilli, ajouté aux fonds publics, un clocher en pierre attenant à l'église fut construit en un délai raisonnable de deux ans.

Pour parachever cette belle œuvre, avec l'argent qui restait, et les dons des particuliers en espèces, sous la forme d'objets en cuivre et en bronze et même de pièces de monnaie, un four fut construit dans le jardin de la famille Sachetti et trois belles cloches furent fondues sur place.

L'histoire nous dit que c'est un fondeur italien émérite, du nom de Ferri, qui se chargea de cette tâche délicate dont l'aboutissement, quand il est conforme à ce qu'on en attend, consiste à obtenir de chaque pièce une note de la gamme et surtout l'expression d'un timbre particulier, pour permettre à l'ensemble de sonner, harmonieusement et en parfait unisson, les bons comme les mauvais moments de l'existence.

Ce qui, apparemment, fut réussi, puisque, aujourd'hui

encore, la réputation de grande qualité du carillon de Mausoléo a franchi largement les limites de ce canton pour parvenir jusqu'à nous.

Ce stade terminal de la fabrication ayant été atteint dans les délais fixés, les cloches furent mises en place au début du printemps comme prévu. Cependant, pour donner plus de solennité à cette affaire importante, on attendit les fêtes de Pâques pour les baptiser, les inaugurer en grande pompe et soumettre leur premier concert aux appréciations des fidèles.

Jusqu'à cette date il fut interdit expressément d'y toucher et, pour plus de sécurité, on les immobilisa, au niveau du mouton, avec de grosses cordes en poils de chèvre et on les enveloppa, à hauteur de la chape, dans des toiles de jute.

Le jour dit, tout était fin prêt. Le maire, ceint de son écharpe tricolore, suivi de son conseil municipal au complet, le curé vêtu de ses habits sacerdotaux des grands jours, les enfants de chœur en surplis rouge, les pénitents de la confrérie revêtus de longues aubes blanches, avec bannières et oriflammes, les enfants de Marie couronnées de fleurs, les porteurs de l'enseigne d'*a morte secca*[1], enfin toute la population du village et des environs étaient massés sur la place centrale, ruisselante de couleurs, de lumière et de soleil.

Les hommes et les femmes étaient séparés, suivant la coutume et les convenances. Les riches, les Sgio et leurs

---

1. Enseigne en toile sur laquelle était brodé un squelette humain, symbole de la mort, sans doute pour rappeler aux hommes qu'ils ne sont ici-bas que de passage.

épouses, se tenaient devant et les pauvres derrière comme dans toute société bien organisée au sein de laquelle chacun garde son rang et ne cherche pas à bouleverser l'ordre social établi. Les enfants turbulents et indisciplinés couraient d'un groupe à l'autre en poussant des cris joyeux et en chantant des chansons, composées pour la circonstance, par des poètes locaux, à la gloire des cloches.

Tous les hommes étaient armés de fusils pour faire l'*Eviva*[1] comme c'était l'usage. Leur regard était fixé sur le sacristain, personnage grand et maigre, vêtu d'un costume sombre à qui revenait de donner le signal d'ouvrir le feu aux tireurs d'élite. Comme convenu, la sonnerie des cloches devait suivre de près la salve d'honneur.

Dumènicu-Andria, le sonneur attitré de Mausoléo, celui que tout le monde appelait Ciccona, était déjà à pied-d'œuvre en compagnie de son aide Francescu, affublé, lui, du surnom de Tintènnula[2], qui ne le quittait pas des yeux, prêt à répondre au moindre signe de son maître.

Tout à coup le sacristain leva son bâton le plus haut possible et lui fit faire plusieurs mouvements rapides, verticaux et saccadés.

Une unique et violente détonation, résultant du geste parfaitement maîtrisé et coordonné des tireurs, ébranla la petite valllée et elle se répercuta longuement dans la montagne sous forme de pétarade. Celle-ci renvoya un écho lointain mais fidèle à toute l'assemblée qui le reçut à bras ouverts comme un signe d'accord et d'approbation. Tout

---

1. Salve de coups de feu tirés en l'air pour célébrer un événement ou honorer une personne. Cette coutume s'est perpétuée jusqu'à nos jours.

2. *Ciccona* : cloche maîtresse ; *tintènnula* : clochette.

le monde comprit, à ce moment-là, qu'il était temps d'actionner les cloches et les yeux se levèrent spontanément dans leur direction.

Dumènicu-Andria se précipita sur la corde reliée au levier de la ciccona et, au signal du maître, Francescu fondit sur les liens des cloches secondaires. La mise en branle fut instantanée et les cloches pansues, graissées à souhait et préalablement libérées de leurs liens, s'élancèrent dans une belle envolée et se balancèrent gracieusement dans leurs arches respectives. Mais de son, point ! Rien. Pas un murmure de bronze, pas un tintement de cuivre, pas une note d'airain, pas un bruit, grave ou cristallin, ne sortit du clocher qui resta étonnamment muet. A tel point que tous les assistants se demandaient s'ils n'étaient pas devenus subitement sourds.

Seul le curé Santarelli, atteint de surdité profonde, trompé par le mouvement des cloches, entonna un Alléluia que personne ne reprit en chœur, et pour cause.

Dumènicu-Andria se pencha dans le jour du clocher et, pâle comme un pain mal cuit, il cria en corse : « *Manchènu i battaglioli di è campanè* », ce qui voulait dire que les cloches étaient démunies de battants.

A l'énoncé de cette mauvaise nouvelle, une grande stupeur s'abattit sur l'assemblée des paroissiens et la déconvenue collective atteignit son comble. Au bout d'un moment de silence, pendant lequel quelqu'un avait essayé de faire entendre au curé que les cloches étaient muettes, le maire monta sur une estrade improvisée et harangua la foule :

« Cet acte n'a pas de nom. Nous sommes victimes d'un mauvais coup de l'opposition qui cherche à me nuire par tous les moyens, même les plus scélérats, formula-t-il d'un ton très courroucé. Les choses n'en resteront pas là et je fais le serment de donner la suite qui convient à cette triste affaire pour faire découvrir et châtier ceux qui se sont livrés à cette infamie.

» Je fais immédiatement appel à la gendarmerie pour demander au commandant de brigade de rechercher sans désemparer les coupables de cette action indigne et vile. Le comportement délictueux de quelques trublions patentés, qui cherchent à m'atteindre de la façon la plus basse qui soit, lèse la population dans son ensemble et offre une triste image de notre communauté. Les auteurs de ce crime sans nom seront punis sans aucune faiblesse et la loi passera dans toute sa rigueur », ajouta-t-il pour terminer sa déclaration martiale en fanfare.

Le curé prit la parole à son tour, mais comme il n'avait pas bien compris ce qui se passait en raison de son infirmité, il parla, comme à son habitude, des voies de Dieu qui sont insondables et de la mansuétude du Créateur envers ses enfants. Entraîné par sa péroraison, il ajouta qu'à partir de ce jour, tous, pauvres ou riches, jeunes ou vieux, vivraient heureux sous Sa divine protection, bercés, matin, midi et soir, par les sonneries pieuses et régulières de l'angélus.

A tout hasard, il étendit sa bénédiction aux futurs paroissiens qui viendraient à naître à l'ombre de ce clocher qui, grâce au Ciel et au travail des hommes, dressait maintenant sa fière silhouette dans cette vallée du bonheur et répandrait désormais sa voix divine aux confins d'un pays à la beauté incomparable.

Sur ces entrefaites, les gendarmes, plus prompts qu'à l'accoutumée car ils assistaient à la cérémonie d'inauguration, se manifestèrent en nombre et la chasse aux battants de cloche fut déclenchée sur-le-champ. Grâce à l'aide bénévole de toute la population dont l'esprit était galvanisé par la grandeur de la tâche à accomplir et la noblesse du but à atteindre, la manœuvre fut exécutée à la perfection et, en deux temps trois mouvements, elle déboucha sur une solution concrète.

Dans l'après-midi, le corps du délit fut retrouvé sous la forme des trois battants manquants qui gisaient, sains et saufs, dans un fossé bordant la ruelle conduisant à l'unique café du village. Ils furent rapidement remis en place par Dumènicu-Andria, le maître sonneur, expert en la matière, aidé dans sa tâche par son fidèle adjoint qui ne fit rien durant toute l'opération mais le soutint ardemment du regard.

On ne connut jamais le nom du mauvais plaisant qui avait mis sur pied cette farce subtile en subtilisant le battant des cloches, et c'est dommage, car son nom serait sûrement passé à la postérité.

Pour certains, la disparition des battants était l'œuvre des opposants du maire qui cherchaient à le ridiculiser par tous les moyens. D'autres, plus machiavéliques, allèrent jusqu'à dire que, face à une opposition qui devenait de plus en plus menaçante à l'approche des élections municipales, le méfait avait été commandité directement par le maire en personne, qui avait trouvé cette astuce pour se placer en position de victime innocente et se faire valoir aux yeux de ses concitoyens.

D'aucuns avancèrent l'hypothèse qu'à la suite d'un pari stupide, des clients facétieux du café du village, ayant abusé du bon vin rosé de Corse, pouvaient en être à l'origine.

D'autres que les battants avaient été cachés par des habitants de villages proches, jaloux de la bonne fortune des Mausoléens, nantis maintenant d'un clocher plus beau que le leur.

D'autres encore que les enfants de chœur avaient voulu jouer un mauvais tour au curé qui, non seulement sourd, mais avare, leur subtilisait, chaque année, les étrennes en sous et en œufs qui leur revenaient de droit lors de la bénédiction des maisons à l'occasion des fêtes de Pâques.

La liste des suppositions n'ayant pu être épuisée, et les investigations menées par les gendarmes, en vue de découvrir le ou les auteurs du détournement de ces objets de première utilité n'ayant donné aucun résultat positif dans les temps réglementaires, les autorités compétentes décidèrent de classer l'affaire jusqu'à plus ample informé.

A l'échelon local, on se contenta de cette mesure sans chercher à entendre tous les sons de cloche, ni examiner toutes les versions, plus ou moins fantaisistes, qui continuèrent à circuler, en s'embellissant de jour en jour sous le souffle puissant de la rumeur populaire.

Cependant, le jour même des faits, tout rentra dans l'ordre en temps voulu et les cloches, rétives le matin mais dociles et harmonieuses l'après-midi, annoncèrent les vêpres et celles-ci se déroulèrent, en fin de soirée, en présence de toute la population du village et des autorités locales. Unis pour une fois dans la paix et la concorde, les paroissiens, rassemblés dans une ambiance chaude et fraternelle, entonnèrent un Magnificat retentissant, tandis que la voix du clocher allait annoncer la bonne nouvelle des battants retrouvés aux quatre coins de l'horizon.

Cette histoire de clocher, que l'on pourrait qualifier de

rocambolesque si on ne craignait de manquer de respect à la dignité du sujet, donna lieu à maints commentaires dans les jours qui suivirent. Les chansonniers locaux, qui, comme d'habitude, étaient à l'affût de tout événement et ne perdaient jamais l'occasion de mettre en exergue les menus faits de l'existence de cette communauté laborieuse, ne se privèrent pas de traiter le sujet avec humour et de brocarder avec talent les forts et les puissants du jour et tous les gens en place.

D'autres allèrent jusqu'à se moquer gentiment des institutions civiles et religieuses, sans chercher toutefois à porter atteinte à l'honneur des hommes, comme il convient dans toute bonne démocratie digne de ce nom.

Encore aujourd'hui on parle de cette affaire de battants, et nous pouvons juger de son retentissement sur le plan local par la verve et la pertinence des bardes locaux qui savaient mettre chacun à sa place, les points sur les *i* et les rimes où il faut. Pour preuve, une trace de leurs cogitations que je me permets de vous retranscrire fidèlement, et de traduire du corse en français en respectant, autant que faire se peut, la rime et la syntaxe des deux langues :

A dumènica la mane	Le dimanche matin
Ghiurnada di dèce aprile,	Dans la journée du dix avril,
Per sonnare le campane	Pour sonner les cloches
So culladi in campanile	Ils sont montés dans le clocher
Ma burladi si so trovi	Mais ils ont été bernés
In c'éra piu bataglioli.	Il n'y avait plus de battants.
U mère facè furore,	Le maire fait fureur,
L'aggiuntu sparghi les mani,	L'adjoint ouvre les mains

Barba in lancia, cun' ardore,	Barbe en avant, avec ardeur,
Va à chiama li guardiani.	Va appeler les gardes champêtres

Arrive le curé malentendant :

Fra tempu è arrivatu	Entre-temps est arrivé
U paragu calcaghione	Le parangon au grand pied
C'un lu cappelu in calfatu	Avec son chapeau enfoncé
U mantellu su l'armone	Et le manteau sur l'épaule
E videndu sta bisbisglia	Qui voyant ce remue-ménage
Disse : M' a chi vi si piglia ?	Dit : Que vous arrive-t-il ?

Alors le maire, ceint de son écharpe, explique :

Un sabète, ô Sgio curatu	Vous ne savez pas, monsieur le curé
(ô tamenta barbaria !),	(ô quelle grande barbarie !),
Oghiè hanu privatu	Aujourd'hui on a privé
U paèse di sunnaria.	Le pays de sonnerie.

C'est de cette façon poétique que cette histoire burlesque est parvenue à notre connaissance, me dit Natale pour mettre fin à son propos imagé.

Le trésor du cordonnier

Natale le berger, le conteur cher à mon cœur, n'est plus. Il est parti aussi simplement et aussi discrètement qu'il a vécu et il a rejoint le pays des justes. Il conduit maintenant des troupeaux de petits nuages, aussi blancs que ses moutons, qui annoncent toujours le beau temps dans le ciel infiniment bleu de mon île de Beauté.

C'est un autre, un homme presque centenaire, qui a tenu à me raconter une histoire remontant à ses jeunes années pour l'empêcher de tomber dans l'océan des mots perdus.

– En ce temps-là, me dit le vieil homme – que j'appellerai Nicolaï, pour la commodité de mon propos –, les mariages étaient le plus souvent arrangés par les parents et ils dépendaient plus des situations matérielles respectives des familles et des circonstances que de la ferveur des sentiments des futurs époux.

Les choses ont changé, c'est heureux, mais à l'époque de mes jeunes années, l'union d'un homme et d'une femme n'était pas guidée par la recherche du bonheur et, à quelques exceptions près, on ne demandait pas à l'amour de venir présider aux destinées d'un couple.

Comme dans toute société bien organisée, et la nôtre l'était, les unions se faisaient dans le même milieu social et dans les limites d'une même communauté, dont aucun membre ne cherchait à transgresser l'ordre moral instauré par les générations précédentes.

En conséquence, personne ne pouvait sortir de sa condition ni bousculer les coutumes et les traditions, sans porter gravement atteinte à l'équilibre délicat d'une hiérarchie sommaire qui maintenait les clivages sociaux en l'état et permettait aux différentes couches de la population locale de cohabiter et de communiquer de façon, certes conventionnelle, mais sans problème majeur.

Cette situation, fruit d'une mentalité fataliste, était librement acceptée par la population qui, toutes catégories confondues, y voyait une manifestation de la volonté divine et une forme de sagesse plutôt qu'un régime de faveur accordé par la nature à une classe sociale.

Depuis toujours, les jeunes filles riches épousaient les jeunes garçons riches et vice versa et, ainsi, tout était bien dans le meilleur des mondes. Cette façon de procéder, qui avait l'avantage de transformer un mariage de raison en mariage d'intérêt, permettait à chacun d'y trouver son compte et à tous de vivre dans une certaine harmonie.

L'union réalisée en conformité avec la volonté délibérée des possédants qui agissaient en vertu de ces principes de base évitait l'éparpillement des patrimoines, favorisait le cumul des fortunes et affermissait l'influence morale et politique de deux familles jouissant déjà d'une certaine notorité sur le plan local.

Quant aux pauvres, qui n'avaient aucun bien matériel à partager, ils donnaient obligatoirement le pas aux sentiments et s'offraient, à bon compte, l'illusion d'être plus heureux que les nantis et les puissants.

Faute d'échanges, véritablement humains, entre les couches de la population, la société, écrasée par le poids des traditions, se sclérosait et, en ne s'ouvrant pas sur l'extérieur, demeurait repliée sur elle-même et sans aucune perspective d'avenir.

Dénués de tout sens critique pour analyser correctement la situation, les représentants des classes dirigeantes, imbus de leur supériorité, ne s'apercevaient pas qu'en conservant certains privilèges, ils se condamnaient eux-mêmes au déclin et qu'en se conduisant ainsi, ils précipitaient leur propre chute.

Les mésalliances étaient rares car les enfants respectaient la volonté des parents et, en général, chacun restait à la place que la destinée lui avait assignée.

Parfois, très exceptionnellement, il arrivait qu'un jeune garçon pauvre tombe éperdument amoureux d'une jeune fille riche et belle, héritière en puissance de biens fonciers importants et parvienne à lui faire partager ses sentiments. Faute de pouvoir la conduire à l'autel sans le consentement de ses parents, il ne lui restait plus qu'à la persuader de quitter son père et sa mère pour le suivre aveuglément et de se prêter au simulacre de l'enlèvement.

Cette coutume de l'enlèvement, qui remontait à la nuit des temps, avait toujours été pratiquée quand il s'agissait de faire fléchir la volonté de parents riches mais intransigeants. Un beau matin les parents de la belle s'apercevaient que la porte était ouverte et que la cage était vide. La nouvelle se répandait comme une traînée de poudre et tout le monde, riant sous cape, commentait les événements.

Il ne restait, l'irréparable accompli, que deux solutions aux parents de la belle fugitive : soit accorder un pardon immédiat suivi d'un mariage simple et sans faste – d'autant plus que, très souvent, un baptême s'annonçait à l'horizon –, soit renier purement et simplement leur fille au risque de s'exposer à la réprobation de tout le village et même au-delà, lorsque leur influence s'étendait sur plusieurs cantons.

Quant au jeune homme, dont on pourrait penser qu'il n'avait rien à perdre dans l'affaire, il était sévèrement critiqué par les siens, rejeté par ses amis, et, parfois, mis à l'index de sa propre communauté. Nombreux étaient ceux qui considéraient que son comportement avait apporté un trouble aux règles ancestrales et qu'il méritait l'hostilité qui lui était témoignée. Sans compter qu'il n'était jamais réellement accepté dans son nouveau milieu où on le considérait, presque toujours, comme un intrus.

L'histoire que je vais te raconter aujourd'hui est peu banale, poursuivit le vieil homme, et elle illustre parfaitement ce que je viens de te dire.

Or donc il y avait dans le beau et grand village de Santa-Réparata-de-Balagna, une famille de riches propriétaires terriens : les Santelli, dont l'influence était grande dans toute la région. Lui, U Sgio Delfinu, un homme bilieux, grand et sec, toujours habillé de sombre, comptait parmi ses ancêtres des membres éminents de la noblesse locale. Elle, A Signora Filomèna, une petite femme effacée, plutôt maigre, tirée à quatre épingles, avait dans sa famille un grand nombre de dignitaires de la société civile, militaire et religieuse, et, dans cette dernière branche de l'arbre généalogique, un oncle prélat à la cour pontificale de Rome.

Ils avaient uni leurs destinées en même temps que leurs biens fonciers et vivaient discrètement mais dans une grande aisance, entourés de la considération populaire. Dans notre monde clos, cette attitude de soumission inspirée aux pauvres par la crainte révérencielle des maîtres ne devait pas être très spontanée mais, comme tous les exécutants faisaient semblant de courber la tête, les apparences étaient sauves.

Toujours bien mis, ne se salissant pas les mains dans l'exécution des travaux manuels, les Santelli étaient servis par une nombreuse domesticité qui ne ménageait ni son temps ni sa peine pour les satisfaire. Leurs revenus étaient confortables et réguliers. Une foule de bergers, journaliers, laboureurs, travaillant sur leurs terres, leur devaient tout et en particulier une partie du fruit de leur labeur sous forme de parts de métayage, droits de pacage et autres redevances traditionnelles, en nature ou en argent.

Pour ne pas disperser leurs biens en les partageant entre de trop multiples héritiers, ce couple avait limité ses étreintes et arrêté sa descendance à une fille unique prénommée Anghiula (Angèle), que tout le monde appelait affectueusement, mais avec beaucoup de déférence, A Signurina Angélina.

Elle n'était pas d'une très grande beauté mais bien faite cependant. Elle avait un corps mince et cambré, une démarche aisée et une certaine classe dans le maintien et les manières. Son visage, il est vrai, présentait des traits un peu rudes mais ce léger handicap, compensé par sa brillante position sociale, n'était pas un obstacle au bel avenir qui lui était promis. Selon toute probabilité, tout finirait par un mariage avec un jeune homme de son rang, présenté par ses parents, après évaluation des fortunes respectives et entente préalable entre les deux parties concernées. Sa vie s'écoulerait, alors, comme celui d'une personne de son rang, à l'abri des murs de sa belle maison, suivant des prévisions et des règles établies à l'avance, en parfait accord avec les principes de ce milieu.

La signurina Angélina, toujours mise à la mode du temps, se faisait habiller, à domicile, par les meilleures couturières de l'Île-Rousse, petite ville située au bord de la mer, à cinq kilomètres de Santa-Réparata, distance que ces dames n'hésitaient pas à faire à pied pour satisfaire une cliente de cette qualité.

Comme chausseur, elle avait choisi le cordonnier le plus habile de la région. Pour respecter les convenances, qui voulaient que des hommes ne pénètrent pas dans l'intimité de l'habitation d'une jeune fille, elle se faisait véhiculer en calèche et se rendait en personne dans l'échoppe du savetier ouverte en permanence dans la rue principale du petit centre citadin.

Maestro Ghiuvan-Luca, *scarparu* (cordonnier) de son état, était connu à des lieues à la ronde. Il confectionnait les plus belles bottines du monde et son excellente réputation avait franchi les limites de la commune et même de la région.

Sa pratique était nombreuse et aisée et il ne manquait jamais de commandes. Il était aidé dans sa tâche par son fils Damiano, aîné de cinq enfants à qui il avait appris d'abord les rudiments du métier, puis les finesses de son art. Le talent du fils dans le domaine de la chaussure était sur le point de dépasser celui du père, ce qui n'était pas peu dire, étant donné la renommée dont jouissait le bottier.

Il est vrai que le jeune homme avait tout pour lui. Agé d'une vingtaine d'années, au moment où se déroule cette histoire, outre son habileté à manier le tranchet et le marteau, il était d'une très grande beauté. De taille élancée, brun, mince, bien bâti, il avait des traits fins et réguliers, des yeux de velours sombre aux longs cils, et les cheveux soyeux et naturellement bouclés du Latin de bonne souche qu'il était. Malgré les travaux manuels, ses mains étaient longues et fines et ses gestes d'une infinie douceur. De caractère réservé et plutôt timide, il avait de bonnes manières spontanées et un sens très développé du contact humain.

Il vivait professionnellement dans l'ombre de son père dont il respectait l'autorité pourtant excessive. Doté d'un esprit conciliant, il acceptait volontiers sa subordination et se pliait à des règles de discipline strictes, sans chercher à juger ni les actes ni les paroles de celui qui lui avait donné le jour.

Originaire d'un village des environs, le père, Ghiuvan-Luca, assez bel homme au demeurant, s'était vu imposer le métier de cordonnier parce qu'il avait un pied bot. A cette époque, on déterminait les capacités d'un individu à ses aptitudes physiques. Ainsi, tout enfant souffrant d'une infirmité congénitale ou acquise des membres inférieurs et ayant, de ce fait, des difficultés à se déplacer, était orienté d'office vers le métier de cordonnier, dont l'avantage était de pouvoir se pratiquer dans la position assise.

Cette difformité avait un peu aigri le caractère déjà peu facile de Ghiuvan-Luca, mais cela ne l'avait pas empêché d'épouser une très jolie femme et de lui faire cinq enfants magnifiques. Son comportement était celui d'un patriarche de l'époque. De caractère autoritaire, il exigeait de tous les membres de sa famille une soumission de chaque instant et une obéissance sans bornes. Il n'avait qu'à lever le petit doigt pour être servi et ses ordres étaient toujours exécutés à la lettre. C'est lui qui régentait la marche de sa boutique et celle de sa maison, et personne ne se serait avisé de contester ses décisions. Au chapitre des qualités on savait qu'il était dur à l'ouvrage, sobre et peu dépensier. Certains qualifiaient d'ailleurs cette dernière qualité d'avarice, car il était vrai que Ghiuvan-Luca aimait l'argent.

Sa femme, prénommée Culomba, était charmante et douce. Elle aimait l'époux que le sort lui avait donné et lui témoignait beaucoup de respect. Elle tenait sa maison avec soin et trouvait parfois le temps de se rendre dans l'échoppe de son mari pour recevoir la clientèle ou livrer des chaussures neuves ou ressemelées aux personnes qui venaient récupérer leurs commandes.

Elle élevait ses cinq enfants avec beaucoup d'amour, leur inculquait de bons principes et leur apprenait les règles du savoir-vivre de l'époque. Elle était fière de leur sagesse et de leur beauté et se sentait récompensée de ses efforts en les voyant grandir et s'épanouir sans manquer de rien.

Sans contestation possible, Damiano était le plus beau de tous. Toutes les jeunes clientes qui fréquentaient l'échoppe étaient attirées par son physique d'ange et elles demandaient à être chaussées exclusivement par lui. D'où la jalousie, non avouée, du père qui ne disait rien pour ne pas perdre des pratiques importantes.

Trop candide pour penser à mal, Damiano ne se rendait

pas compte de l'effet qu'il produisait sur la clientèle féminine. Toutefois, lorsqu'il se saisissait d'un pied nu sortant d'une robe longue pour le poser délicatement sur son établi afin de relever une pointure, il ressentait parfois un grand trouble et il lui semblait que cette émotion était partagée.

C'est ainsi qu'un beau jour la signurina Angélina était tombée follement amoureuse de ce jeune savetier sans fortune mais beau comme un dieu antique.

Ce fut véritablement un coup de foudre. Tout au moins pour la jeune fille car Damiano, qui connaissait la position sociale de sa cliente, n'aurait jamais osé lever les yeux sur elle s'il n'y avait été encouragé.

Voilà comment naissent parfois les beaux romans d'amour.

Pendant un certain temps la jeune fille commanda un nombre immodéré de paires de bottines. Chaque fois elle demandait à rencontrer Damiano et les essayages se prolongeaient plus que de raison. Ghiuvan-Luca, rusé comme un vieux renard, commençait à se demander s'il n'y avait pas anguille sous roche mais, cupide de nature, il laissait faire, et même favorisait les entretiens, pensant qu'il pouvait y avoir quelque intérêt à tirer de la situation si certaines choses se concrétisaient.

Par le plus grand des hasards, Damiano avait fréquenté un peu l'école locale et il aimait beaucoup la lecture. La signurina Angélina, l'ayant appris, lui avait prêté des livres, denrée rare à l'époque, et, autour de ces lectures, qui avaient enrichi leurs conversations, une tendre complicité s'était établie.

Ce fut la jeune fille qui, fine mouche et lassée d'attendre, sachant que le jeune homme n'oserait jamais, déclara sa flamme et se jeta spontanément dans les bras de Damiano. Elle lui offrit sa main et sa fortune et lui proposa un mariage en bonne et due forme, comme s'il s'agissait de la chose la plus naturelle du monde.

Le jeune homme fut sidéré. Certes il n'ignorait pas qu'il était beau et que la signurina Angélina était moins belle que lui, mais jamais au grand jamais il n'aurait pensé que cette humble qualité, dont le ciel l'avait doté, pouvait combler le fossé qui existait entre elle et lui.

Sans vouloir se l'avouer, il était attiré par la jeune fille qui représentait pour lui l'inaccessible. Elle était intelligente, instruite, raffinée et d'une politesse exquise. Surtout, elle était immensément riche. Pour lui, petit cordonnier dont l'avenir était limité à suivre les traces et à prendre un jour la place de son père, cette occasion inespérée de s'élever au-dessus de sa propre condition ne se représenterait sans doute jamais.

Le sentiment d'un amour sincère s'insinua doucement en lui et, devant l'insistance de la jeune et fougueuse jeune fille, il répondit favorablement à ses aspirations. Toutefois, animé d'une foi profonde, foncièrement honnête, d'une grande franchise et respectueux des convenances, il lui fit connaître qu'il ne se marierait avec elle que si le consentement de ses parents lui était acquis et si ceux d'Angélina ne s'opposaient pas à cette union qu'il appelait de tous ses vœux.

De caractère volontaire, fermement déterminée à franchir toutes les barrières, et à obtenir ce qu'elle voulait, la signurina Angélina abonda dans le sens de Damiano et échangea avec lui un long et tendre baiser pour donner plus de poids à leur serment.

Avant de quitter le jeune homme pour regagner son village, elle s'engagea à tout tenter pour faire fléchir la volonté de ses parents, à balayer leurs préjugés de caste et à vaincre leur opposition.

Avec l'énergie d'une femme amoureuse, tout en étant convaincue que l'exercice ne serait pas facile, le jour même de son entente avec celui qu'elle considérait maintenant comme son fiancé, Angélina, fidèle à sa nature combative, attaqua ses parents de front.

C'était au cours du repas du soir, qu'en corse nous appelons *a cèna* (la cène). Etant donné l'intensité du drame qui se préparait, il me semble que ce qualificatif s'accordait parfaitement au tragique de la situation.

« Voilà, leur déclara-t-elle sans ambages, j'aime à la folie Damiano le cordonnier que vous connaissez et je suis aimée de lui. Je veux l'épouser et, pour certaines raisons, le plus tôt possible. Je suis majeure et déterminée à aller jusqu'au bout de mon rêve. Si vous me refusez votre consentement je m'en passerai. Je sais que je vous dois le respect mais rien ne me fera revenir sur ma décision. »

La foudre s'abattant sur leur tête au moment où un gros astéroïde tombait sur leur maison n'aurait pas eu un effet plus désastreux sur U Sgio Delfinu et A Signora Filomèna.

Blessé cruellement dans son orgueil, sonné brutalement par le coup reçu, le Sgio Delfinu eut du mal à en croire ses oreilles. Il devint pâle comme un mort et aucun son ne sortit tout d'abord de sa bouche. Comment sa fille Angélina, celle sur qui reposait l'avenir de son illustre famille et l'espoir de sa descendance, pouvait-elle penser, ne serait-ce qu'un instant, qu'il allait consentir à cette infamie ?

Profitant d'une absence de la servante, tremblant de tous

ses membres sous l'affront subi, il s'était levé d'un bond et, raide comme la statue du Commandeur, il parvint à dire à sa fille, d'une voix rendue rauque par une colère difficilement maîtrisée :

« Sors d'ici, insolente, et va dans ta chambre ! Quand tu te seras rendu compte de l'extravagance de ton comportement, et que tu te seras sérieusement repentie, tu viendras me demander pardon à genoux et tu présenteras tes plus humbles excuses à ta mère. »

Il regarda en direction de sa femme pour quêter son approbation, mais celle-ci, en épouse soumise, avait déjà baissé le nez dans son assiette avant d'éclater en sanglots.

La signora Filomèna pleura un bon moment à chaudes larmes. Alors que son mari pensait qu'il s'agissait d'un sentiment de honte et d'une réaction somme toute normale provoquée par l'énormité des propos de sa fille, c'est, au contraire, au rappel douloureux de son propre passé que cette femme avait ressenti un grand trouble. La scène qui se déroulait sous ses yeux lui rappelait aujourd'hui, avec trop de brutalité, un épisode dramatique de son propre destin. Plus précisément, un incident au cours duquel elle avait été mise dans l'obligation de renoncer à une promesse de bonheur, offerte par le ciel, pour obéir à la volonté inflexible de ses parents.

Elle aussi avait connu un amour impossible au cours de ses jeunes années, et ce beau rêve était mort avant l'aube d'une nuit qui avait englouti tous ses trésors d'espoir en une vie pleine de lumière. Malgré les pleurs versés pour essayer d'attendrir des parents impitoyables, elle avait été sacrifiée sur l'autel des raisons familiales et vite remise dans ce que l'on appelait alors le droit chemin. De ce combat inégal et perdu d'avance, elle n'avait conservé qu'un amer goût de cendres.

Pendant quelques secondes, elle revit ce jeune berger, qui, lorsqu'elle avait vingt ans, était tombé follement amoureux d'elle et pour qui elle avait éprouvé, en retour, un même sentiment tendre, impérieux et violent. Cette grande passion, qui avait brûlé son âme, comme la flamme de la lampe brûle les ailes d'un éphémère, était restée à jamais gravée au fond de son cœur.

Elle avait tout tenté pour passer outre aux impératifs de son milieu, mais elle avait été incapable de lutter contre la volonté toute-puissante de ce monde imbu de certitudes et son esprit était trop timoré pour se libérer du poids des traditions.

Le piège s'était vite refermé sur elle et on l'avait promptement obligée à se marier avec un homme qu'elle n'avait jamais aimé.

Pourquoi ce beau sentiment de l'amour nous est-il interdit à nous les nantis alors qu'il est offert en partage à tous les humains ? se dit-elle en poussant un dernier sanglot.

Elle reprit contact avec la réalité en entendant Angélina qui tenait rudement tête à son père. Elle était fière de sa fille qui, grâce à un caractère bien trempé, savait défendre son rêve et son amour avec acharnement. Dans le fond de son cœur, elle approuvait son attitude qui représentait, pour elle, une revanche sur le sort. Là où la mère avait échoué, la fille remporterait, elle en était sûre, une grande victoire et cette perspective était loin de lui déplaire.

Elle garda cependant le silence, ce qui lui permit de réfléchir au parti qu'elle allait prendre. A la lumière de la triste expérience qu'elle avait vécue, elle jugea qu'elle devait soutenir sa fille dans sa lutte contre les règles injustes d'une société qu'elle-même jugeait machiste et féodale et se promit de l'aider à atteindre le but qu'elle s'était fixé avec les pauvres moyens dont elle disposait en sa qualité de mère.

Le père et sa fille étaient maintenant debout, face à face, comme deux vrais lutteurs et, depuis le début de l'affrontement, aucun n'avait cédé un pouce de terrain. U Sgio Delfinu avait fermé les portes des communs pour empêcher les domestiques, dont les oreilles étaient toujours aux aguets, d'entendre les éclats de voix de gens de haute condition qu'opposait un conflit des générations.

Surtout, pour prévenir tout risque de divulgation de la nouvelle dans le public, il fallait éviter qu'ils apprennent la conduite d'une fille éhontée, qui bafouait l'autorité paternelle et portait atteinte à l'honneur de sa famille.

Angélina avait refusé, tout net, de gagner sa chambre et elle continuait à se battre avec courage et pugnacité. Son père avait tout essayé, la douceur, la tendresse, l'affection, la menace, la colère, la prière, la supplication, mais rien n'avait pu faire fléchir la volonté de cette fille fière et indomptable.

De son côté, elle avait avancé tous les arguments possibles pour amener son père à de meilleurs sentiments. Elle avait parlé d'amour, d'affection, de partage, d'égalité des chances, d'ouverture de la société insulaire sur un avenir plus humain. Mais ce langage était totalement étranger à son père qui n'en comprenait même pas le sens. Il restait arc-bouté sur ses positions, peu disposé à plier l'échine et à faire des concessions au nom de l'amour, comme si ce mot et ce sentiment lui étaient inconnus.

Alors, jouant le tout pour le tout, Angélina l'avait

regardé dans les yeux en lui disant qu'elle attendait un enfant de Damiano, puis elle avait ajouté que le jeune homme était prêt à l'enlever si les familles s'opposaient à la réalisation du plus beau rêve de leur vie.

Elle jura ensuite que toutes les richesses du monde ne pouvaient remplacer cet espoir merveilleux, né en même temps que leur amour, et qu'aucune considération de rang ou de fortune ne pourrait jamais empêcher un rêve comme le leur d'éclater à la face du monde

U Sgio Delfinu regarda sa femme pour quêter un secours mais celle-ci se garda d'approuver la position prise par son mari. Au contraire, elle hocha la tête d'un air consterné, signifiant qu'elle était au courant de la situation. Puis, comme si cette affirmation allait la libérer d'un poids, elle finit par dire qu'il y avait des signes, connus des femmes, qui ne laissaient aucun doute sur l'état dans lequel se trouvait sa fille.

Vert de rage, U Sgio Delfinu quitta la pièce et claqua violemment la porte comme si le fait d'attirer l'attention des domestiques n'avait plus d'importance maintenant que le degré absolu de la honte était atteint.

Dès qu'elles furent seules, Angélina se jeta en pleurant dans les bras de sa mère et elle la remercia de l'avoir soutenue. Elle lui avoua qu'elle avait prétendu qu'elle était enceinte des œuvres de Damiano mais qu'il n'en était rien. Sa mère la serra fortement contre elle en lui disant qu'elle avait deviné la supercherie mais qu'elle garderait le secret. Elle ajouta, en embrassant encore une fois sa fille, qu'elle avait bien fait d'agir ainsi pour placer son père au pied du mur et l'amener à plus de compréhension.

Il n'était pas dans les habitudes d'Angélina de mentir et

elle y avait eu quelques scrupules. Cependant, dans un moment aussi critique, ce mensonge, qui lui avait été inspiré par l'urgence, était, à ses yeux, amplement justifié par la noblesse du but qu'elle voulait atteindre. De toute façon, sa rage de vaincre l'intransigeance de son père était telle qu'elle était prête à passer à l'acte pour atteindre un résultat dont elle avait anticipé l'annonce.

A la première occasion elle mit Damiano au courant de son mensonge et lui demanda d'être complice de la supercherie sous peine de voir leurs projets échouer. Le jeune homme tomba des nues mais, subjugué par la fougue d'Angélina, il promit de garder le silence sur la réalité de ses relations avec la jeune fille.

Les jours qui suivirent furent agités dans la belle maison des Santelli. Mais, encore une fois, le proverbe qui dit que « ce que femme veut, Dieu le veut » s'avéra juste. Forcé par les événements, U Sgio Delfinu fit taire ses sentiments de supériorité, avala sa rancœur et sa morgue et capitula en rase campagne.

Un beau matin, ayant revêtu son plus beau costume et sellé son plus beau cheval, il se rendit en personne dans l'échoppe du cordonnier.

Après s'être assuré que l'homme ne venait pas commander une nouvelle paire de chaussures, se doutant que quelque chose d'important se préparait, le rusé savetier avait reçu le riche propriétaire avec les honneurs dus à son rang, force courbettes et paroles mielleuses de bienvenue.

Il l'emmena dans son appartement, fit mettre une nappe blanche à sa femme, lui offrit du café et l'invita à décliner le but de sa visite. Ce que fit U Sgio Delfinu en attaquant le vif du sujet dès qu'ils furent tous deux tête à tête.

La séance fut houleuse. Contrairement à ce que l'on pourrait penser, ce fut Ghiuvan-Luca qui se montra réticent, émit des réserves sur la proposition et prit la chose de haut.

Il déclara au Sgio Delfinu que, malgré le respect qu'il lui devait étant donné sa haute position sociale, un mariage de Damiano avec sa fille ne l'arrangerait pas du tout. Le travail de son fils faisait vivre, en grande partie, sa famille et son départ prématuré provoquerait un trou dans le budget de son ménage.

Blême de dépit, constatant que l'offre mirifique faite à ce gueux de Ghiuvan-Luca n'avait pas été acceptée d'emblée, le Sgio s'était déjà levé pour repartir et il allait le faire quand le cordonnier, qui semblait revenu à de meilleurs sentiments, le retint par le pan de la jaquette.

Il lui dit platement qu'il s'excusait de son emportement mais qu'il fallait le comprendre. Il prétendit qu'il aimait tellement son fils que la crainte de perdre son affection, lorsqu'il aurait changé de monde, s'était imposée à son esprit.

En fait, le cordonnier, cupide de nature, et attaché aux biens matériels plus que de raison, avait une idée derrière la tête depuis le début de l'entretien. Se rendant compte de l'intérêt qu'il pourrait tirer de la situation, il avait déjà élaboré son plan et, à un moment donné, il sentit que l'heure était venue de le mettre à exécution.

« Voilà dit-il en substance, il faut mettre en parallèle les deux parties avec les défauts et les qualités que chacune présente au regard du simple bon sens. Mon fils est pauvre mais il a de l'or entre les mains. Votre fille est riche mais mon fils est plus beau qu'elle. Lui n'aura aucune difficulté à choisir une épouse, vous pouvez me croire sur parole. Vous me dites que votre fille attend un enfant et, ne serait-ce que pour cette raison, ce sera plus difficile pour elle de trouver quelqu'un qui la conduise à l'autel.

» Jusqu'à preuve du contraire, personne ne l'ignore, les garçons sont libres, les filles pas. C'est à elle, et non à mon fils, de subir les conséquences de sa faute, et la honte qui risque de rejaillir sur votre famille, si elle ne se marie pas avec le père de son enfant, sera sans commune mesure avec ce que l'on pourra penser de nous.

» Personnellement, je n'ai rien à gagner à ce mariage. Je vais perdre les fruits du travail de mon fils et il me semble raisonnable de vous demander un dédommagement. Mettons dix ans de salaire d'un ouvrier qualifié comme lui. C'est une durée de temps logique pour un fils qui s'était engagé à aider ses parents jusqu'à l'arrivée d'un de ses cadets à un âge suffisant et à une maîtrise du métier qui lui permettrait de me seconder. »

U Sgio Delfinu se dit qu'il n'était pas arrivé au bout de ses désillusions. La gorge sèche de colère rentrée, il dit à Ghiuvan-Luca :

« Vous n'avez pas honte de votre comportement ? Ni plus ni moins, vous vendez votre fils comme une vulgaire marchandise.

– Ô Sgio Delfinu, répondit le cordonnier, vous êtes riche, je suis pauvre. Là est toute la différence. Le départ de mon fils va aggraver ma pauvreté et cela mérite réflexion. Le dédommagement que je vous demande ne va pas vous ruiner ni entamer sérieusement votre fortune mais prévenir une injustice et, en fin de compte, faire le bonheur de votre fille. »

Profondément blessé dans son amour-propre, le Sgio Delfinu, qui n'entendait pas se plier à cette mascarade, se rebiffa et dit au cordonnier qu'il ne se laisserait pas humilier davantage. Encore plus pâle qu'à l'accoutumée, il se leva d'un bond et, sans ajouter un mot, quitta la pièce, laissant Ghuivan-Luca ruminer sa déconvenue.

Quelques jours passèrent et on pouvait penser que la cause était entendue, quand les choses se précipitèrent.

Le Sgio Delfinu avait été mis à rude épreuve en arrivant chez lui. Dès qu'il avait évoqué son refus en raison des conditions qui lui étaient imposées, sa fille s'était emportée violemment en lui disant que pour une banale histoire d'argent, elle allait rater la chance de sa vie et renoncer au bonheur qui lui était promis. « Avec la fortune que vous avez, cela ne vous aurait pas ruiné », avait-elle lancé à son père, se servant, sans le savoir, des mêmes arguments que ceux de Ghiuvan-Luca.

« Après tout, le cordonnier est pauvre et il a bien droit à une sorte de compensation puisqu'il subira un manque à gagner avec le départ de son fils. Rien ne dit qu'en lui donnant un peu d'argent vous ne faites pas une bonne action », avait-elle ajouté avec aplomb pour flatter le côté paternaliste de son père, surtout parce qu'elle était intimement persuadée de défendre une cause juste.

Ensuite elle avait tempêté, juré, pleuré, puis elle était tombée dans un état de prostration profonde. Elle n'était sortie de son silence que pour dire à son père qu'elle allait se détruire, elle et l'enfant qu'elle attendait. Les conséquences de cette faute grave, selon la loi de Dieu, retomberaient sur ceux qui étaient à l'origine de son malheur et en premier lieu sur lui puisqu'il était le principal opposant à son mariage.

Le Sgio Delfinu était croyant à la mode de ce temps-là, c'est-à-dire superstitieux et, comme beaucoup d'insulaires, très sensible aux mauvais présages. Il prit la menace de plein fouet et il sentait déjà les flammes de l'enfer lui roussir la barbe quand il se décida à changer de comportement. En quelques mots, voyant le monde s'effondrer sous lui, il capitula une nouvelle fois et promit de faire tout ce qui était en son pouvoir pour faire revenir le cordonnier à la table des négociations.

Il fallait renouer les liens rompus par la discorde et c'est là que se situe mon intervention, me dit Nicolaï.

Un beau matin, je vois le Sgio Delfinu en personne franchir le seuil de ma boutique. Je le connaissais de longue date car il venait souvent dans mon commerce de vins et liqueurs lors de ses passages à l'Île-Rousse. Il m'expliqua toute l'histoire et me demanda de faire connaître à Ghiuvan-Luca que son marché était accepté sous certaines conditions.

A savoir : la remise de l'argent devait s'effectuer en billets le jour du mariage sur le parvis de l'église, juste avant la cérémonie religieuse, et le secret absolu devait être observé sur cette transaction dont il n'approuvait pas, tint-il expressément à préciser, le côté immoral.

La date du mariage fut fixée au 3 juin de l'an de grâce 1912. Le père de la jeune mariée, maire de sa commune, refusant de célébrer l'union dans son village pour éviter le scandale provoqué par la mésalliance de sa fille et désirant n'assister à aucune festivité, tout devait se dérouler à l'Île-Rousse, dans la plus stricte intimité.

J'allai trouver Ghiuvan-Luca et lui soumis la proposition. La discussion fut âpre, mais hors d'atteinte d'oreilles indiscrètes et dans le plus grand secret. Ghiuvan-Luca accepta finalement ce qui lui était imposé mais refusa tout net de renoncer à inviter sa famille et ses proches au mariage de son fils.

En fin de compte, nous parvînmes à un accord respectant les grandes lignes des exigences de chacun, et un pacte verbal, dont je me portai garant, fut établi entre les deux parties.

Le jour dit, la mariée, dont l'embonpoint n'était pas trop visible, et pour cause, revêtit une superbe robe blanche et le jeune homme un costume de velours sombre. Plus beau que jamais, il attendit sa dulcinée devant sa maison au milieu d'une petite foule de voisins, de parents et d'amis qui l'applaudirent lorsqu'elle arriva.

Après leur passage devant le maire comme prévu par la loi, le petit cortège se présenta devant l'église de l'Assomption où les attendait le curé de la paroisse. Dans ce milieu imprégné de culture chrétienne, le mariage religieux avait plus d'importance que le mariage civil qui, lui, n'était considéré que comme une formalité. C'est au moment où le prêtre débitait un compliment de bienvenue à l'adresse des deux familles et des invités, qu'un incident grave faillit éclater entre Ghiuvan-Luca et Sgio Delfinu.

Décidément ils étaient faits pour se disputer, ces deux-là !

« Avez-vous l'argent convenu ? demanda le cordonnier à l'oreille du riche propriétaire.

– *Cristacciu* [1] *!* Je l'ai oublié à la maison, répondit celui-ci

1. Juron, blasphème. Littéralement : mauvais Christ.

en pâlissant autant qu'il était possible, étant donné son état de pâleur chronique habituel.

– Pas d'argent, pas de consentement », rétorqua fermement le savetier.

Les choses faillirent s'envenimer jusqu'à ce qu'un proche d'U Sgio Delfinu propose d'aller à cheval le chercher à Santa-Réparata.

La noce resta sur le parvis de l'église pendant deux bonnes heures, à attendre le retour du cavalier. Heureusement, le temps était splendide mais les invités commençaient à s'impatienter et certains à se demander si le festin n'allait pas leur passer sous le nez. Les mariés, main dans la main, se tenaient sagement assis sur un banc, sous l'œil soucieux de leurs parents.

Quant au curé, stoïque sous ses habits sacerdotaux d'apparat, il en profita pour faire une leçon de morale à ses chrétiens de circonstance qui ne venaient à l'église qu'à l'occasion des mariages et des enterrements.

Enfin le messager arriva et tout rentra dans l'ordre. Sans perdre une seconde, le Sgio Delfinu remit, discrètement, une enveloppe contenant une grosse liasse de billets à Ghiuvan-Luca. Celui-ci s'empressa de la faire disparaître dans la poche intérieure de sa veste, après une vérification sommaire à l'abri des regards avant de pénétrer dans le lieu saint.

Passons sur la suite des événements de la journée, me dit Nicolaï. Tout se déroula dans d'excellentes conditions. Les invités firent honneur aux gâteaux, accompagnés de bon vin rosé, qui leur furent distribués à profusion, dans la rue, devant la boutique du cordonnier.

Les parents de la mariée ne s'attardèrent pas dans ces

lieux où ils ne se sentaient pas à leur place. Ils regagnèrent leur belle maison de Santa-Réparata et attendirent un petit-fils qui mit plus d'un an à venir au monde. Le Sgio Delfinu subodora, avec juste raison, que sa fille lui avait menti en prétextant, avant le mariage, qu'elle était enceinte pour lui arracher son consentement. Comme on ne pouvait plus revenir en arrière, il fit contre mauvaise fortune bon cœur et finalement s'attacha à son gendre qui était un brave garçon. Quant au petit-fils, il devint la coqueluche de la maison. Tout le monde le trouvait beau comme son père, intelligent comme sa mère et riche comme ses grands-parents.

Le jour de la cérémonie religieuse, le cordonnier avait écouté distraitement le prêtre qui rappelait, aux jeunes mariés, les valeurs essentielles du mariage chrétien et exhortait les paroissiens à la vertu du renoncement aux biens matériels.

De temps en temps, Ghiuvan-Luca tâtait l'enflure de la poche de sa veste et il ressentait une sorte d'ivresse. Dans son esprit s'échafaudaient mille projets d'avenir. Avec cet argent, qui lui tombait pour ainsi dire du ciel, il allait rénover sa boutique et sa maison, se lancer dans le commerce des chaussures, devenir un notable et se faire un nom sur la place de l'Île-Rousse. Ses enfants seraient les mieux habillés de la petite cité urbaine, sa femme pourrait désormais porter toilette et être admise dans le milieu de la bonne bourgeoisie.

Dès que le curé eut prononcé un retentissant « *Ite, missa est* », le savetier avait couru jusqu'à sa maison, aussi vite que le lui permettait son pied bot, dans l'intention de cacher cet argent qui commençait à le hanter et qu'il craignait de perdre dans le tumulte de la fête.

En arrivant chez lui, il avait hésité car, n'ayant jamais eu de grosses sommes d'argent, il ne possédait ni coffre-fort ni meuble fermant à clé.

Il avait passé en revue tous les endroits où il pouvait déposer le magot mais, voulant laisser sa femme dans l'ignorance de la transaction, il n'avait trouvé, dans son logement, aucune cachette offrant toutes les garanties.

C'est dans son atelier qu'il vit enfin la solution à son problème. Il y avait sur une étagère, située en hauteur, une rangée de chaussures qui, après remise en état, attendaient que leurs légitimes propriétaires viennent les récupérer à l'occasion d'un voyage à l'Île-Rousse. Ce qui demandait parfois un certain temps car, à cette époque, les moyens de locomotion étaient rares et les personnes ne se déplaçaient que lorsque la nécessité s'en faisait sentir.

Toutes les chaussures étaient cirées et astiquées car Ghiuvan-Luca, cordonnier émérite et de haute volée, ne tenait pas à faire mentir sa bonne réputation.

Parmi les chaussures en dépôt, une paire de bottes en cuir fauve de toute beauté forçaient l'admiration par leur teinte chaude et, bourrées jusqu'à la gueule, pour les maintenir en forme, de ce papier gris d'épicerie qui existait à l'époque, elles se tenaient raides, empesées et brillantes comme des souliers neufs de gendarme. Elles appartenaient à un navigateur originaire d'un village du cap Corse, pays traditionnel de marins, qui, travaillant comme timonier sur un bateau de la compagnie Fraissynet assurant les lignes au long cours d'Extrême-Orient, venait, de temps à autre, accoster au quai de la petite cité.

C'est au cours d'une escale à l'Île-Rousse que le marin avait donné ses bottes au ressemelage, avec l'intention de les reprendre à son prochain voyage, comme il le faisait d'habitude.

Ce n'était pas la première fois que cet homme venait dans son atelier et Ghiuvan-Luca, qui avait confectionné les bottes en question, le connaissait. Il restait toujours plusieurs mois absent, mais il était bon payeur et n'oubliait jamais de venir récupérer son bien.

Cette fois il n'était pas revenu depuis très longtemps, au moins deux ans, et, d'après les dernières nouvelles, il n'était pas près de remettre les pieds dans la boutique du cordonnier. La rumeur publique et même la presse locale avaient laissé entendre que son bateau avait fait naufrage dans les mers lointaines, où il s'était perdu corps et biens.

Voilà, se dit Ghiuvan-Luca, subitement inspiré, là où je vais mettre l'argent, personne ne viendra y fourrer son nez et mon magot sera en sécurité.

Sitôt dit, sitôt fait, le cordonnier plaça l'argent au fond des bottes, le recouvrit de papier, se signa pour donner un caractère mystique à son geste secret, puis rejoignit les lieux de la fête où, libéré d'un grand souci, il se laissa aller à quelques libations.

Dans les jours qui suivirent, il reprit son alène, son tranchet et ses marteaux et poursuivit, de plus belle, ses activités professionnelles. Son fils cadet, Carlu-Pétru, avait pris la place de Damiano et, ma foi ! pour un débutant il ne s'en tirait pas trop mal.

Les jeunes mariés venaient quelquefois rendre visite au

cordonnier et à sa famille. La jeune femme attendait bien un enfant mais la date prévue pour la naissance était plus tardive que celle qui avait été annoncée. C'est ainsi que Ghiuvan-Luca comprit qu'Angélina n'était nullement enceinte le jour de son mariage mais qu'elle avait usé d'un subterfuge, avec la complicité de sa mère, pour obliger son père à donner son consentement.

Pour le cordonnier cela n'avait plus aucune importance. Cet argument déterminant lui avait servi à encaisser une bonne somme d'argent, le reste n'était que balivernes et billevesées.

Il n'avait jamais dit à personne qu'il était en possession d'une telle fortune, ni raconté de quelle manière peu délicate il l'avait acquise. Il s'était promis de garder un silence éternel sur l'opération qui l'avait rendu riche et n'était pas prêt à faire des confidences sur ce qui s'était réellement joué entre lui et U Sgio Delfinu.

La vie s'écoulait et le cordonnier, qu'aucun remords ne venait jamais tarauder ni empêcher de dormir, continuait à travailler sans répit en rêvant à une belle boutique, un train de vie confortable et une existence exempte de soucis.

Au bout de cette chaîne de béatitudes, Ghiuvan-Luca se voyait prenant une retraite bien méritée et, grâce à son trésor, continuer à vivre sur un grand pied pendant de longues années, dans un intérieur luxueux, entouré de l'affection des siens et de l'estime de ses concitoyens.

De temps en temps, la nuit, quand il n'y avait personne dans sa boutique aux volets clos, il sortait l'argent qu'il avait réparti à raison d'une liasse par botte, et il caressait doucement, du plat de la main, les beaux billets bleus, les trouvant aussi doux que la peau d'une femme aimée.

Sa femme, justement, se conduisait de façon toujours aussi aimante, lui témoignait spontanément autant de respect et d'attention et se montrait constamment sous un beau jour, s'attachant à être, à toute heure, belle et désirable. Si elle venait plus rarement dans l'atelier, elle s'intéressait néanmoins beaucoup au travail de ses hommes, comme elle disait en parlant de son fils et de son mari.

Parfois dans la journée, rassuré sur un avenir qu'il entrevoyait brillant, Ghiuvan-Luca laissait son banc sous la responsabilité de Carlu-Pétru et il allait sur la place Paoli bavarder avec des compatriotes de son âge. Comme eux, il échangeait les derniers potins de la cité, refaisait le monde et le remodelait. Après, il allait boire un verre de vin à la cantine et rentrait chez lui, satisfait de son sort et la conscience élastique mais tranquille.

On était à la mi-juin et il faisait un temps superbe. Il y avait plus d'un an que son fils était marié et quelques jours à peine que son petit-fils était né.

A la cantine, plusieurs clients avaient fait assaut de compliments et, emporté par cette ambiance chaleureuse, Ghiuvan-Luca s'était vu dans l'obligation de payer des tournées générales et de boire au-delà de ses habitudes. Il était resté plus que de coutume dans l'estaminet et, quand il avait repris sa route pour rentrer chez lui, la nuit tombait dans la splendeur du crépuscule d'un printemps dépassant en beauté tous ceux des années précédentes.

Le soleil couchant ensanglantait la mer et, par contraste, le ciel était encore plus lumineux que d'habitude. Au plus proche horizon, un bateau marchand, venant de doubler la jetée et les deux rochers de couleur pourpre qui donnent son nom à la cité, fendait le flot à allure réduite, avant d'attaquer hardiment la haute mer.

Tout respirait le calme, la paix et la sérénité dans ce cadre enchanteur que la nuit hésitait à noyer de son ombre.

Ghiuvan-Luca, le cœur joyeux, se mit à siffloter en marchant clopin-clopant et il rentra chez lui de fort bonne humeur. Ses enfants étaient déjà assis autour de la table, attendant respectueusement que le maître de maison soit servi en premier selon l'usage. Sa femme, affairée à la cuisine, allait et venait, et on entendait des bruits de casseroles qui soulignaient, comme un accompagnement musical, cette scène familiale paisible.

« Je peux servir ? demanda-t-elle de loin.

– Oui, j'ai faim, répondit son mari, toujours aussi joyeux, puis il ajouta comme il le faisait toujours en rentrant d'une courte absence : Il ne s'est rien passé, au magasin ?

– Rien de spécial, la routine, répondit sa femme en posant la soupière fumante sur la table.

– Il est venu deux bergers commander des chaussures de montagne et j'ai pris leur pointure, dit Carlu-Pétru. Ah ! j'oubliais ! Le navigateur est venu et maman, après avoir encaissé le montant de la réparation, lui a rendu ses bottes. »

La statue de Pascal Paoli[1] lui tombant sur la tête n'aurait pas produit un effet plus radical sur Ghiuvan-Luca. Il devint subitement pâle comme un trépassé, se leva d'un bond, franchit la porte comme une flèche et, malgré le handicap de son pied bot, se lança à toute allure sur la route conduisant au port.

1. Homme politique corse (1725-1807), fondateur de la cité de l'Île-Rousse. Sa statue est érigée sur la place centrale qui porte son nom.

Ses fils, qui se demandaient s'il n'était pas devenu subitement fou, le suivirent en courant. Tandis qu'ils essayaient de le calmer, ils l'entendaient crier à travers ses larmes : « Mon argent ! Mon bel argent ! Le gredin ! Le voleur ! Il a emporté mon argent. » Ces derniers mots furent ponctués par une plainte à l'adresse de la société puis des imprécations contre le ciel. Enfin il s'arrêta et, la gorge étranglée par la rage, il baissa le front, vaincu par le mauvais sort.

A bout de souffle, Ghiuvan-Luca s'assit sur le parapet de la jetée et, la tête entre les mains, continua à gémir. De temps en temps il se levait et, regardant au loin à travers ses larmes, il brandissait le poing vers la haute mer où on devinait une vague silhouette de bateau se confondant avec la ligne d'horizon qui, au fil des minutes, devenait de plus en plus imprécise sous le voile léger de la brume du soir.

Le jardin de la discorde

– Moi je veux le jardin et je ne signerai ton papier que si tu me fais la promesse formelle de me faire obtenir ce bout de terrain dans ma part d'héritage, me dit Francescu-Maria d'un ton décidé.

» Je n'ai jamais eu un arpent de terre à moi et, avant de mourir, je voudrais posséder ce petit bien venant de ma famille pour l'entretenir et le cultiver comme il est d'usage dans notre montagne.

» Tu comprends ce que je veux dire, toi qui es né et qui vis ici, dans ce village où tout le monde se connaît ?

– Oui, Francescu-Maria, lui répondis-je, d'un ton aussi convaincant que possible, je comprends parfaitement votre façon de voir les choses. C'est justement parce que je vous connais bien et vous ai en estime, que je suis venu en personne avec la ferme intention de vous parler d'homme à homme.

» Vous aussi vous savez qui je suis. J'ai toujours accordé ma parole à mes actes et je n'ai jamais trompé personne. Cela devrait suffire à vous prouver ma bonne foi. Faites-moi confiance. Je vous promets de faire tout ce qui est en mon pouvoir pour trouver une solution équitable à votre problème. Cependant je suis obligé de vous prévenir : vous n'obtiendrez satisfaction que si vous suivez à la lettre mes conseils et mes recommandations car, malgré ma bonne volonté, je suis incapable d'arriver, sans votre concours, à faire au mieux ce partage des biens de votre famille.

Je pris le parti de me taire pendant quelques instants, pour laisser à mon interlocuteur le temps de réfléchir à la question et de prendre une décision en toute sérénité. Je le savais, tout en restant indifférent en apparence, Francescu-Maria avait suivi ma péroraison avec beaucoup d'intérêt. Sans rompre le silence il jeta un regard en direction de son fils, présent aux débats, puis, se tournant vers moi, il m'adressa un grand sourire plein de connivence et l'accompagna d'un bref mouvement de tête, signifiant qu'il m'avait compris et se rangeait à mon avis.

Je souris à mon tour, jugeant que la partie prenait bonne tournure et qu'elle était dorénavant sur un terrain favorable.

Nous étions dans la petite cuisine enfumée du maître de maison, sise en plein centre du village de Costa-Liscia, un soir d'automne, et nous discutions ferme tous les deux, depuis un bon moment.

C'est de terrain et d'héritage qu'il s'agissait et, pour être plus précis, d'une succession familiale qui avait beaucoup de mal à parvenir au stade final de la liquidation sans mon intervention.

Ma démarche était désintéressée, il faut le préciser, mais je m'étais lancé dans cette aventure un peu hasardeuse parce que je pensais qu'elle serait enrichissante sur le plan des relations humaines. Si tout se passait suivant mes prévisions je pourrais retirer une satisfaction morale de cette affaire et je prenais, par conséquent, mon rôle de médiateur au sérieux.

Je m'étais fait, je ne sais trop pourquoi, la promesse de réussir et j'avais déjà accompli beaucoup d'efforts pour essayer de mettre tout le monde d'accord dans cette famille turbulente, au sein de laquelle l'antagonisme régnait en maître.

J'étais presque au bout de mes peines et prêt à pousser un ouf ! de soulagement, lorsque, à ma grande surprise, Francescu-Maria avait, par sa revendication, glissé ce grain de sable qui, au dernier moment, venait gripper la belle mécanique mise en place par mes soins pour parvenir au but que je m'étais fixé.

Il faut dire que je ne m'attendais nullement à une opposition aussi ferme de Francescu-Maria. Je connaissais l'homme de longue date. Nous habitions le même village et nos relations étaient bonnes et empreintes de confiance réciproque. Berger de son état et jardinier à l'occasion, il aimait la terre comme l'aiment ceux qui en sont proches, vivent de ce qu'elle produit et respectent la nature. Il était âgé de soixante-cinq ans à l'époque dont je vous parle, alors que j'atteignais à peine la moitié de ce chiffre.

D'esprit conciliant, de caractère agréable, d'un commerce facile, d'une honnêteté au-dessus de tout soupçon, tolérant et peu porté sur la chicane, c'était, à n'en pas douter, l'être le plus raisonnable.

C'est pour toutes ces raisons que je l'avais placé en fin de liste car, selon mon optique personnelle en matière de relations humaines, et ma façon habituelle de voir les choses dans la conduite d'une affaire, j'avais estimé plus logique de m'occuper d'abord des héritiers les plus récalcitrants et les plus durs à convaincre, avant d'en venir au plus facile.

Ce n'étaient pourtant pas les cas épineux et les individus obstinés qui manquaient dans cette famille dont les membres étaient connus pour leur entêtement irréductible et un esprit de conciliation réduit à sa plus simple expression.

Il est vrai que Francescu-Maria détonnait un peu parmi ces gens peu perméables aux bons sentiments. Il était le cadet d'une fratrie de six enfants – cinq garçons et une fille – dont deux étaient morts récemment. La meute des prétendants à cette hoirie – comme disent les notaires – se composait de quatre héritiers principaux, entretenant entre eux un climat détestable que ne déparait pas celui qui régnait dans la cohorte des neveux et nièces, constamment dressés les uns contre les autres et peu enclins, eux aussi, à se faire des concessions.

Il faut dire que ces pourparlers duraient depuis plus d'un an. D'après mes calculs les plus réalistes, ils étaient même sur le point d'aboutir. Successivement j'avais eu à affronter tous les descendants et ayants droit de cette famille qui, accrochés viscéralement à leurs prétentions, s'étaient montrés plutôt réticents pour s'engager sur la voie des préliminaires conduisant à une cession de leur part d'héritage.

Comme tout bon Corse qui se respecte quand il s'agit de vendre un bien foncier, tout prétexte leur était bon pour retarder l'échéance du partage du patrimoine et prolonger une situation conflictuelle dont le principal avantage était de leur fournir à tout moment les griefs indispensables à la poursuite de leurs querelles intestines.

Les biens en question n'étaient pas très importants. Il s'agissait pour l'essentiel d'une vieille maison, sise dans mon village natal de Costa-Liscia, berceau de mes ancêtres. Cette vieille bâtisse, depuis longtemps inhabitée, avait appartenu à la famille Luciani, et servi de toit à ses descendants pendant des siècles. Depuis la mort des parents et grands-parents des héritiers actuels, elle était tombée dans une succession qui, à ma connaissance, n'avait pas été réglée depuis trois générations au moins.

J'avais jeté mon dévolu sur cette masure parce qu'elle était l'une des seules au village susceptibles d'être vendues.

Depuis quelques années déjà, dans notre belle région de Balagne très prisée des touristes et vacanciers, les maisons de village vides se faisaient rares, et si celle-là n'avait pas encore trouvé acquéreur c'est justement parce que la liquidation successorale se révélait très complexe.

A des lieues à la ronde, les vitrines des marchands de biens étaient désespérément dégarnies depuis que les amateurs de vieux murs s'arrachaient à prix d'or la moindre ruine jugée digne d'accéder au rang de résidence secondaire après restauration. Dans cette branche particulière des activités commerciales il était très difficile de tomber sur une bonne occasion et tout se faisait, pour ainsi dire, de bouche à oreille et entre gens de bonne compagnie.

En Corse, il faut le reconnaître, les luttes opposant les belligérants dans une répartition d'héritage ont toujours été impitoyables, souvent homériques et hautes en couleur. Elles duraient parfois très longtemps et ne s'achevaient, dans la majorité des cas, que faute de combattants. Les notaires avaient beau s'arracher les cheveux pour tenter d'apaiser les esprits belliqueux, ce sacrifice, conduisant à la calvitie, résolvait rarement les problèmes du genre de celui dont j'avais à m'occuper.

Pour avoir des chances de réussir, il fallait non seulement connaître un tant soit peu les arcanes de la loi mais aussi être du pays et comprendre toutes les finesses des relations entre membres d'une même famille. Avoir de l'entregent n'était pas à négliger. Sans compter une bonne dose de persévérance pour vaincre les clivages de cette société, et des dispositions pour le dialogue à fleurets mouchetés, dont l'usage est toujours recommandé afin de ne pas blesser l'amour-propre à fleur de peau des insulaires.

Je devais être doué de toutes ces qualités pour me trouver dans la position inconfortable dans laquelle je m'étais volontairement placé de moi-même, alors que je n'avais aucun avantage à tirer de cette affaire confuse à souhait.

Pour tout vous dire, j'agissais pour le compte d'un cousin de Paris qui n'était presque jamais venu en Corse mais désirait acheter une maison au village de ses ancêtres pour y vivre une grande partie de l'année. N'étant pas arrivé à dénouer l'imbroglio de la succession Luciani, il m'avait demandé d'intervenir. Un peu à la légère, je dois le dire, je m'étais empressé d'accepter de lui rendre ce service sans mesurer les difficultés d'une telle entreprise.

Malgré de louables efforts, mon cousin, qui avait engagé le fer en premier, s'était littéralement découragé devant la complexité de la tâche et il était sur le point d'abandonner la partie lorsque j'avais pris sa relève.

Cet acheteur potentiel avait pourtant un nom qui se terminait par la lettre *i*, comme la plupart des patronymes corses, mais cela ne suffisait pas à faire de lui un interlocuteur valable aux yeux de mes concitoyens. Pour eux, il était affligé d'un défaut à trois volets qui pouvaient se décliner de la façon suivante : un, ne pas être né dans l'île ;

deux, vivre sur le continent ; trois, ne pas parler la langue du pays.

En apparence, tous ces détails avaient la même importance sur l'échiquier de la négociation envisagée. En réalité, pour qui connaît mes compatriotes, le fait de ne pas parler la langue des ancêtres était perçu par eux comme un vice majeur au regard des autres lacunes dont souffrait ce candidat volontaire à un retour aux sources.

Pour ce qui me concernait, j'étais considéré comme plus proche d'eux. D'abord parce que je partageais leurs valeurs fondamentales, ensuite parce que je me pliais de bonne grâce aux règles morales locales, toujours appliquées avec rigueur au sein de ce monde un peu particulier, enfin parce que je subissais le poids de certaines traditions ancestrales sans chercher à les bouleverser.

Pour la plupart, mes concitoyens m'avaient en estime, j'ose le dire sans fausse modestie. Ils me paraient de beaucoup de qualités parce que j'avais leurs plus gros défauts et notamment les plus voyants et les plus caractéristiques dans le domaine de la vie courante.

Je proposai par conséquent à mon cousin de mettre à profit ces avantages pour faire avancer cette affaire, qui présentait, selon mon intime conviction, quelques obstacles majeurs qu'il faudrait aplanir en temps voulu pour la mener à son terme, mais pas de vice rédhibitoire.

J'avais tâté le terrain avec la complicité de l'aîné de cette fratrie turbulente, juste un peu moins têtu que les autres, qui, en raison des bonnes relations qui nous liaient, avait estimé, à tort ou à raison, que j'étais le seul capable de démêler l'écheveau des inimitiés dont certaines, nées à l'origine du conflit s'étaient développées au fil des ans et n'avaient fait qu'embellir avec le temps.

Le bien en question, qui comprenait non seulement la maison d'habitation dont j'ai parlé mais aussi un petit jardin, sis le long d'un ruisseau au débit irrégulier, répondant au nom d'Acqua Scarsa [1], appartenait à une multitude de personnes qu'il fallait rallier à ma cause avant de présenter un dossier en bonne et due forme au notaire local.

A quelqu'un qui ne connaît pas la mentalité corse, cette affaire pouvait paraître facile. En fait, elle présentait d'énormes difficultés. Il fallait vaincre les oppositions qui existaient déjà et prévenir celles qui ne manqueraient pas de se manifester si les choses n'étaient pas conduites avec d'infinies précautions.

En premier lieu, il importait d'obtenir de chaque ayant droit une promesse de vente écrite et de la remettre au notaire avant la transaction définitive. Comme tous les héritiers, les miens, si j'ose dire, n'avaient qu'une confiance très limitée dans les agissements des notaires, montraient une méfiance instinctive envers la loi et manifestaient une sainte horreur de l'écrit, surtout s'il fallait le signer.

Les membres de la famille Luciani, propriétaire de la masure, étaient dispersés aux quatre coins de France et de Navarre. Les contacter puis les amener à vendre leur part n'était pas sans soulever une foule d'obstacles. Ils étaient tous plus ou moins fâchés les uns avec les autres, et depuis si longtemps qu'ils ne se souvenaient même plus du motif de leur discorde. Ils étaient constamment sur leurs gardes et craignaient, par-dessus tout, de voir l'un ou l'autre faire

1. Eau rare (allusion au débit insuffisant du ruisseau ainsi nommé).

l'objet d'un régime de faveur dans le partage et profiter de son savoir-faire ou de sa situation pour rafler la mise au moment voulu.

Comme toujours, l'indivision, cette autre plaie de la Corse, avait accompli son œuvre néfaste. Le mauvais état de la maison, conséquence d'un abandon quasi total qui s'étalait sur plusieurs années, avait empiré de jour en jour et, après le délabrement du toit, c'étaient maintenant les murs qui subissaient les outrages du temps.

Les héritiers présomptifs voulaient bien vendre la masure mais le plus tard et le plus cher possible et, en attendant l'ébauche d'un compromis, ils ne faisaient rien pour faire avancer les choses. Pas question de demander un partage par les voies légales car personne ne voulait entendre parler d'une intervention éventuelle du tribunal dans une affaire privée. Dans l'esprit de chacun s'était installée l'idée qu'il était le seul à détenir la solution et à pouvoir débloquer une situation qui traînait en longueur depuis trop longtemps mais personne ne levait le petit doigt pour proposer un arrangement à l'amiable.

La bâtisse était presque à l'état de ruine, comme je l'ai dit. A tel point qu'elle constituait un danger pour les habitants du village et notamment pour les propriétaires mitoyens. Les autorités municipales étaient prêtes à intervenir pour faire cesser ces inconvénients et il se murmurait que la mairie avait l'intention de déclarer ce bien vacant et sans maître pour le faire tomber dans le domaine public et le céder au premier acheteur qui se présenterait.

C'est la raison pour laquelle j'avais pensé qu'il fallait agir avec célérité et selon un plan concerté.

D'abord je me mis en devoir de recueillir toutes les

adresses des hoirs, comme on dit en termes d'héritage, et, sans vouloir noircir le tableau, je dois reconnaître que cette opération se révéla plus ardue que je ne le pensais.

Les membres de cette famille n'avaient que peu de relations entre eux, et il m'avait fallu frapper à beaucoup de portes, dans le village et en dehors, pour obtenir le nom et l'adresse des personnes concernées. Enfin, à force de voyages, de visites, de courriers et d'interventions de tiers, je finis par dresser une liste aussi exhaustive que possible de tous les héritiers et je me mis immédiatement en campagne dans le but de les contacter un à un.

De Paris à Lyon, de Marseille à Toulon je fis du porte-à-porte et mes visites furent échelonnées sur un an au moins.

La plupart du temps les choses se déroulaient de la façon suivante : je toquais à la porte et dès que quelqu'un demandait : Qui est là ? je présentais mes lettres de créances et annonçais à travers l'huis : « Je suis Doumé de Costa-Liscia. » Suivait un petit silence. J'ajoutais alors d'une voix que je voulais persuasive : « Je suis le fils de Santu Calzaronne (Toussaint les grandes chaussettes) et de Natalina a minuta (Nathalie la menue). Je suis en voyage dans le coin et je profite de l'occasion pour venir vous saluer. » Comme par miracle, ce sésame me permettait de m'introduire dans les lieux.

La personne qui me recevait mettait la nappe sur la table du salon en honneur de l'hôte de qualité que j'étais supposé représenter, puis, selon la coutume corse, on m'offrait le café. Pour respecter les usages en matière de conversation, on commençait par parler de choses et d'autres, on échangeait les nouvelles du village, on passait en revue les naissances, les mariages et les enterrements. Enfin, tout doucement, alors que l'heure de mon départ était plus proche que celle de mon arrivée, on atteignait l'instant fatidique constitué par l'entrée dans le vif du sujet.

On discutait ferme. Chaque héritier y allait de ses meilleurs arguments. Grâce à Dieu, il n'était pas dans le besoin. Il ne désirait pas vendre sa part et ferait tout pour embêter tel neveu ou tel frère ou telle personne du village avec qui il n'était pas en très bons termes. Surtout il s'opposait fermement à ce qu'un membre de la famille profite de la liquidation et devienne propriétaire de la plus infime partie de l'héritage.

Quand je sentais un léger fléchissement dans le raisonnement de mon interlocuteur, j'intervenais vivement et c'était alors à moi non seulement de dévider le chapelet des avantages qui allaient résulter de ce partage mais aussi d'énumérer les inconvénients qui seraient évités par la solution que je préconisais.

Je disais qu'il fallait bien que les choses se fassent un jour ou l'autre si l'on voulait éviter l'écroulement complet de la ruine, les plaintes des voisins courroucés par les infiltrations d'eau de pluie, l'intervention des autorités municipales, toujours promptes à porter préjudice aux administrés et à s'approprier les biens des honnêtes gens.

Dans le même temps, je faisais ressortir les bons côtés de l'opération. La maison serait achetée par le descendant d'une famille honorable issue du village, le futur acheteur était un homme présentant toutes les garanties morales et disposant des moyens nécessaires pour effectuer les travaux de restauration qui s'imposaient afin que cette maison retrouve les fastes d'antan et conserve dans ses murs, remis à neuf, le souvenir de tous ceux qui avaient vécu et étaient morts en ces lieux vénérables.

On finissait par s'engager sur un terrain d'entente que je m'empressais de matérialiser en faisant signer une promesse de vente sous seing privé en attendant la suite des événements.

Le notaire, que j'avais pris la précaution de contacter dès le début de mes pérégrinations, était formel : les promesses sous seing privé que j'étais susceptible d'obtenir seraient les bienvenues, mais elles pourraient être dénoncées à tout moment et rien ne serait définitif jusqu'à la passation et la signature de l'acte notarié qui ne pourrait intervenir que si tout le monde donnait son accord et consentait au partage.

A ma grande surprise tout marcha à peu près comme sur des roulettes. Le plus récalcitrant de tous les héritiers fut l'un des frères appelé Numa, ancien gendarme de son état, au verbe sec et cassant comme du verre. Raide comme la justice, citant à tout propos la loi, ce qui lui avait valu une réputation d'enquiquineur, il n'était pas facile à convaincre. En raison de son caractère entier et des jugements sans nuance qu'il portait sur autrui, il était pratiquement fâché avec tous ses frères et surtout avec ses neveux qu'il soupçonnait d'être attirés par l'appât du gain. Non sans raison d'ailleurs !

Grâce à l'intervention de sa belle-fille, femme raisonnable qui avait une bonne influence sur lui, Numa avait fini par me donner son autorisation, après m'avoir fait jurer qu'aucun membre de la famille ne serait favorisé par rapport aux autres et que les choses seraient faites dans les règles de l'art, sans aucun passe-droit ni favoritisme.

Je lui avais donné ma parole d'homme et il avait fini par parapher son papier, un peu à contrecœur néanmoins, en me prévenant qu'il restait sur ses gardes et qu'à la moindre incartade de ma part il me retirerait son autorisation et refuserait d'honorer sa signature

Et voilà qu'il ne restait plus que Francescu-Maria à convaincre du bien-fondé de mes démarches. Trop imbu de mes certitudes, j'avais pensé que cela ne devrait pas représenter une grande difficulté, étant donné la personnalité de celui qui représentait le dernier bastion placé sur le chemin de la réussite.

Or le dialogue entamé avec cet homme me prouvait le contraire. A mon grand dépit, j'étais obligé de convenir que je m'étais lourdement trompé dans mes appréciations et que les choses allaient en se compliquant. Ainsi, cet être doux et conciliant était plus obstiné que je ne le pensais. Il était d'accord pour céder la part qui lui revenait dans l'héritage familial mais il subordonnait sa promesse de vente à une mise à disposition préalable en sa faveur du jardin d'Acqua Scarsa.

Malgré les apparences, le problème était de taille. Le notaire m'avait mis en garde : aucun bien ne pouvait être distrait de la totalité de la succession, et celle-ci devait être réglée dans son ensemble et en une seule fois. Il est vrai qu'aux termes de la loi chaque héritier disposait d'un droit de préemption sur tout ou partie des biens de la succession. A deux conditions cependant : premièrement, disposer de la somme voulue pour régler une soulte, fixée d'après le prix de vente global et le montant de la part de chacun ; deuxièmement, manifester cette volonté d'acquisition au vu et au su des autres héritiers, préalablement à la signature définitive de l'acte de vente.

La demande de Francescu-Maria détruisait mes espérances et réduisait à néant tout le travail accompli pour monter un dossier à mes yeux bien ficelé, complet et inattaquable. Cet homme était certes en droit de vouloir le jardin de ses parents, mais s'il manifestait le plus petit désir en ce sens, s'il disait le moindre mot pouvant laisser penser qu'il voulait devenir propriétaire de ce lopin de terre, tout était perdu. Butés comme ils l'étaient tous, pas un héritier, du premier au dernier rang, n'aurait accepté l'idée que le jardin puisse aller à l'un d'entre eux. Et Numa me l'avait dit clairement : « A la moindre entourloupette je retire ma signature et je refuse de céder ma part d'héritage. » Le connaissant comme je le connaissais, je savais qu'il mettrait sa menace à exécution et, rien que d'y penser, j'en avais froid dans le dos.

Depuis le début, je savais que le maillon faible de cette chaîne familiale pouvait céder à n'importe quel moment et qu'une seule défection pouvait conduire mon plan à la ruine. Tous mes efforts ne visaient qu'à éviter ce genre d'écueil mais j'avais, sans doute, commis une erreur de jugement et il fallait maintenant affronter l'heure de vérité.

J'en étais à ces réflexions quand j'entendis Francescu-Maria qui disait comme s'il se parlait à lui-même :

– Ce jardin était à mes parents et, lorsque j'étais enfant, je le travaillais avec mon père. Depuis que notre famille est désunie, il est à l'abandon et je souffre de le voir dans cet état. J'ai pour ce bout de terre un attachement profond et je me suis juré de le cultiver et de le faire revivre. Je te l'ai dit, je n'ai jamais rien eu en propre et je voudrais, dans les quelques années qui me restent à vivre, avoir la possibilité de tracer un sillon dans cette terre que j'aime et à laquelle je suis rivé depuis mon enfance.

Les propos du berger me touchaient et je sentais confusément qu'il avait raison. Il n'en restait pas moins que ses exigences, quoique louables, anéantiraient mon projet et mettraient à terre le bel édifice de promesses patiemment construit par mes soins pour parvenir à mes fins.

Je fis semblant de réfléchir mais ma décision était déjà prise. C'est dans l'urgence et à chaud que mon esprit avait échafaudé un plan qui, pour n'être pas très honnête, n'en était pas moins réaliste.

J'en exposai sur-le-champ les grandes lignes à Francescu-Maria.

– Voilà, lui dis-je sur le ton de la confidence, ce qu'il faudra faire.

Et en moins de temps qu'il n'en faut pour l'écrire, je lui dessinai les grandes lignes d'une stratégie qui tenait compte à la fois du souhait de Francescu-Maria, des subtilités de la loi, de la mentalité locale et de l'intérêt de toutes les parties en présence.

Enchanté par ma proposition, Francescu-Maria me regarda en souriant malicieusement de toutes ses rides.

– Tope là, dit-il, visiblement heureux de jouer les empêcheurs de danser rond dans le cercle de famille.

Puis, spontanément, il me serra la main d'une poignée franche et cordiale, tandis que je lui tendais le papier à signer pour sceller notre engagement.

Dès que toutes les promesses de vente furent réunies et adressées à l'homme de loi, les choses allèrent assez vite. La date et l'heure du passage furent fixées par le tabellion, les convocations officielles, ou des formules de procuration, expédiées aux personnes concernées par le partage, et chacun attendit, et je n'étais pas le dernier.

Non seulement j'avais peur mais j'avais aussi un peu honte de n'avoir pas eu un comportement irréprochable dans la conduite de la partie finale de ce projet, dont le proche aboutissement allait en étonner plus d'un. Oui, ce que j'avais fait n'était pas très honnête vis-à-vis des autres héritiers, et notamment de Numa à qui j'avais juré, la main sur le cœur, que tout serait fait au grand jour et sans aucune manœuvre frauduleuse de ma part. Cependant les arguments venant à l'appui de ma défense, à la barre de mon tribunal intime, ne manquaient pas non plus. « Nécessité fait loi », me disais-je in petto en comptant sur le sens profond de ce dicton pour apaiser ma mauvaise conscience. J'ajoutais, toujours à mon intention : « La fin justifie les moyens » et autres considérations du même genre. Ainsi, à coups de proverbes plus favorables les uns que les autres à mon égard, je parvins à une certaine sérénité.

J'avais raison de rester serein. Effectivement tout se déroula pour le mieux dans le meilleur des monde, mon cousin devint propriétaire de la maison de ses rêves et Francescu-Maria du jardin de ses aïeux.

Comment les choses s'étaient-elles passées, vous demandez-vous sans doute, pour qu'elles aient fini par s'arranger ?

Jamais au grand jamais mon protégé ne dit mot à quiconque de notre conversation secrète et, de mon côté, je gardai un silence absolu sur ce que je lui avais proposé.

Aujourd'hui que presque tous les témoins de cette aventure ont disparu, c'est en souriant que j'évoque la petite machination à laquelle je me suis prêté pour aider Francescu-Maria à développer ses dispositions naturelles pour le jardinage.

– Voilà, lui avais-je dit, il est clair, étant donné l'opposition qui ne manquera pas de se manifester lorsque les autres héritiers auront vent de votre revendication, que si vous la maintenez nous irons droit à un échec. A la moindre parole en ce sens, nous allons soulever un concert de protestations et donner naissance à un mécontentement général. Résultat : le partage restera en plan, vous n'aurez pas votre jardin, mon cousin n'aura pas la maison et moi j'aurai fait beaucoup d'efforts pour rien.

» Permettez-moi de vous exposer une idée qui peut conduire à la réussite, si elle est appliquée à la lettre. Vous laissez la vente de la maison et du jardin se faire normalement sans vous manifester et après, en total accord avec mon cousin, nous intervenons pour que le jardin vous appartienne. Je m'explique : vous laissez mon cousin acheter la totalité des biens sans demander l'application de votre droit de préemption et, une fois l'acte en main, mon cousin vous revend le jardin pour une somme modérée, que nous pouvons fixer dès aujourd'hui si vous le désirez. Ainsi, l'affaire sera conclue de façon définitive et le tour sera joué.

» A ce moment, plus personne ne pourra s'opposer à ce que vous deveniez propriétaire du jardin de vos rêves et nous aurons la satisfaction d'avoir fait les choses légalement et sans porter préjudice à personne.

» Je dois cependant vous mettre en garde. Il faudra garder un silence absolu sur ce que je viens de vous dire. A la moindre parole de votre part, tout sera fichu et nous n'aurons que des embêtements à récolter dans cette affaire délicate.

Francescu-Maria m'avait écouté avec une grande attention. Il réfléchit quelques secondes puis me posa une question qui semblait lui tenir visiblement à cœur :

– Qui me garantit que ton cousin, lorsqu'il sera en possession de la totalité des biens, se conformera à ton plan et qu'il me revendra le jardin ?

– Moi, lui répondis-je d'un ton net. Je vous donne ma parole que mon cousin respectera ma décision et qu'il fera ce que je lui conseillerai. Il m'a accordé toute latitude pour parler en son nom et aujourd'hui je ne fais qu'exprimer sa volonté.

Francescu-Maria s'approcha de son fils, et en deux mots, le mit au courant de la situation.

– Que penses-tu de cet arrangement ? lui demanda-t-il dans la foulée.

Et cet homme, aussi raisonnable que son père, se donna la peine de répondre :

– Si Doumé te le dit, c'est qu'il pense que cette solution est la seule possible. Je le connais comme toi depuis l'enfance. C'est un homme de parole et, j'en suis convaincu, il tiendra son engagement. Tu peux lui faire confiance et lui donner ta signature.

Nanti de certitudes, Francescu-Maria s'exécuta sur-le-champ. Les jours passèrent et, grâce lui soit rendue, la fin de mes tourments ne tarda pas à se manifester. La preuve : grâce à cette petite supercherie, quelque temps après, la maison et le jardin devinrent la propriété exclusive de mon cousin de Paris, ravi de cette aubaine, et je fus libéré d'un grand poids. Je lui rappelai néanmoins qu'il restait un acte important à remplir et des promesses à tenir vis-à-vis de celui qui avait respecté nos conventions et gardé un silence de bon aloi.

Mon cousin ne se fit pas prier et le changement de propriétaire se passa sans trop de difficultés. Au printemps de l'année qui suivit celle de la vente de la maison, juste à temps pour permettre au nouveau jardinier de semer les graines de sa future récolte dans le jardin de ses rêves, le notaire se mit à l'ouvrage et, en moins de deux, coucha sur parchemin le nom du bénéficiaire de ce tour de passe-passe.

Il jubilait, Francescu-Maria, et je dois avouer que, de mon côté, j'étais assez fier de lui avoir donné la joie de travailler la terre de ses ancêtres. Il me fut d'ailleurs reconnaissant de mon intervention jusqu'à ses derniers jours et me fit plusieurs fois cadeau des légumes de son jardin auxquels je trouvai un goût délicieux.

Et voilà comment, à la satisfaction générale, le jardin changea de propriétaire deux fois en un an et en toute légalité. En dépit d'une légère entorse à la morale, il faut bien le dire, les droits de chacun avaient été respectés et tout le monde était content.

Enfin presque ! Car Numa eut du mal à admettre que les choses s'étaient déroulées sans aucune intervention extérieure et que tout avait été fait au grand jour. Il n'attendait qu'une occasion pour demander des explications à qui de droit.

– Pourquoi ton cousin a-t-il vendu Acqua Scarsa à mon frère Francescu-Maria ? m'apostropha-t-il, sans ménagement, lors de notre première rencontre.

– Je ne sais pas, lui ai-je répondu d'un air innocent. Je

pense qu'il a voulu se débarrasser d'un bien qui n'avait aucune utilité pour lui et qu'il l'a cédé au plus offrant.

– Si j'avais su ça je ne t'aurais pas donné ma signature, ajouta-t-il d'un ton rogue avant de me tourner ostensiblement le dos.

Il avait tout compris, Numa, et notamment qu'il avait été plus ou moins abusé par ma fausse modestie. Il avait tout compris mais il admettait difficilement d'avoir été mis devant le fait accompli et, surtout, il se reprochait intérieurement son manque de vigilance et son absence de perspicacité.

La maison de l'Allemand

Le début de cette modeste odyssée commence bien avant les années trente mais c'est la dernière guerre mondiale (1939-1945) qui lui a donné son cadre véritable.

Pour ne rien vous cacher, un de mes cousins à la mode corse, Francescu Negroni, héros principal de cette histoire en forme de conte, en est le personnage central car, sans lui, rien ne serait arrivé.

Il était cousin au deuxième degré avec ma mère mais, étant donné la solidité des liens affectifs qui unissent les membres de toute famille corse, je le considérais, pour ma part, comme un parent très proche.

Autant qu'il m'en souvienne, Francescu était militaire de carrière au temps de mon enfance. Comme beaucoup de Corses de l'époque, il s'était engagé dans l'armée pour « se faire, comme on disait alors, une situation » et surtout gagner son pain. Il était allé servir la France dans les colonies d'Afrique et d'Extrême-Orient pendant plusieurs années et n'était revenu que de rares fois au village. Etant beaucoup plus jeune que lui, je le connaissais à peine et, je dois l'avouer, il m'intimidait un peu.

Le seul souvenir précis que j'avais de lui, lorsque la guerre entre la France et l'Allemagne a éclaté, est celui d'un jeune homme très beau dont le visage aux traits fins, éclairé par des yeux clairs et un regard plein de douceur, laissait deviner une personnalité attachante. Il avait bénéficié d'une permission et était venu passer dans sa famille les quelques jours de détente qui lui étaient octroyés à la fin d'une campagne outre-mer.

Comme c'était la coutume, dès qu'un cousin, même éloigné, revenait dans son village après une longue absence, nous étions allés, avec mon frère et ma sœur, lui rendre visite. Il était en tenue militaire et sa prestance naturelle m'avait frappé. De taille élancée, assez brun de peau, il avait des cheveux châtains, ondulés naturellement, et des mains longues et fines comme celles d'un prêtre. Plutôt réservé et discret, il nous avait reçus avec chaleur et avait fait preuve de beaucoup de gentillesse à notre égard.

Il était dans sa maison natale, c'est-à-dire chez son père et ses sœurs qui habitaient à l'époque la belle maison dont je vous parle.

Son père, Antone, veuf depuis de longues années, était un patriarche à la mode locale. De taille moyenne, sec et noueux comme une bûche d'olivier, habillé, été comme hiver, de velours noir, la taille ceinte d'une grande ceinture en étoffe rouge, et la tête constamment couverte d'un chapeau noir – qu'il ne devait enlever que pour dormir et lorsqu'il assistait à la messe –, il vivait avec ses trois filles, toutes célibataires, qui l'entouraient d'un respect confinant à la soumission.

De caractère autoritaire, il faisait régner chez lui une rigueur excessive et une discipline stricte sans se soucier de l'évolution des sociétés. Il n'avait qu'à lever le petit doigt pour être servi et ses ordres, ne souffrant aucune discussion, étaient exécutés séance tenante, sans hésitation ni murmure. On disait que c'était l'une des raisons qui avaient poussé son fils à s'expatrier mais, devant moi, Francescu n'avait jamais fait allusion à l'ambiance familiale pour expliquer son départ.

Antone exploitait une petite propriété agricole, plantée en arbres fruitiers, amandiers, vigne, jardin potager, sur laquelle était construite la maison qui nous intéresse, et toute la famille vivait des fruits du travail de la terre.

Les bouleversements provoqués par la Deuxième Guerre mondiale, alors que je n'étais encore qu'un adolescent insouciant, font que le sort de mon cousin Francescu sortit de ma pensée durant quelques années. Je ne sus que plus tard qu'il avait été fait prisonnier par l'ennemi et qu'il avait passé plusieurs années de sa jeunesse en Allemagne.

A la fin de la guerre, il était revenu au village où il avait vécu quelque temps dans sa famille grâce à une petite pension militaire. J'étais jeune mais je me rappelle que la captivité avait laissé des traces dans l'esprit de cet homme. Il n'avait jamais été très volubile mais, là, il était devenu franchement taciturne.

Il semblait porter le poids d'un passé douloureux et, après toutes ces années d'exil et de privations, il avait du mal à vivre normalement, à la manière des gens du village. Pendant de longs mois il aida son père dans les travaux des champs, ne sortant de chez lui que pour aller à la messe le dimanche ou pour rendre visite, de temps en temps, à des parents âgés ou à d'autres familles amies du village.

Contrairement à beaucoup d'anciens combattants,

s'étendant avec complaisance sur de mirifiques exploits guerriers, Francescu ne parlait jamais de son passé militaire et il était manifestement gêné quand quelqu'un abordait le sujet de sa captivité en Allemagne.

A quelque temps de là, attiré par l'espoir d'une vie meilleure et les promesses d'un avenir assuré sous d'autres cieux que l'on disait plus cléments, je quittai mon village et Francescu disparut de mon horizon.

Le temps passa et des jours heureux, mélangés à d'autres qui l'étaient moins, s'écoulèrent sur la pente rapide de la vie. Chaque année, durant l'été je revenais dans mon pays natal et il m'arrivait d'avoir Francescu à notre table ou d'être reçu à la sienne car il était resté fidèle à nos traditions d'hospitalité et de partage.

Parfois, à quelques mots qui lui échappaient malgré lui, je devinais que mon cousin vivait sous le poids d'un lourd secret et j'avais l'impression qu'il cherchait une oreille compatissante et une occasion favorable pour soulager sa conscience.

Je ne m'étais pas trompé : la suite des événements me donna entièrement raison, en me mettant d'ailleurs à contribution.

Le héros de mon histoire était alors âgé d'une soixantaine d'années mais il avait conservé, malgré le poids des ans, une distinction naturelle et un physique qui retenaient l'attention. Ses cheveux avaient certes un peu blanchi mais sa taille élancée et son visage, aux traits fins et réguliers, qui n'avait guère changé, lui donnaient encore fière allure et beaucoup de prestance.

Francescu n'était pas seulement un bel homme. C'était également un être rempli de scrupules et de grandes qualités humaines. De caractère réservé, il était discret, honnête et délicat envers les autres et très exigeant envers lui-même. Il préférait la franchise à toute chose et n'aimait pas les compromissions ni les faux-semblants.

C'est un soir d'été que Francescu se décida à passer aux aveux. Il y a une trentaine d'années de cela mais cet instant est resté gravé dans ma mémoire.

Nous étions assis tous les deux sur ma terrasse, sous la treille de raisin fraise, et nous savourions le souffle de ce petit vent léger appelé Muntese qui, venant de la montagne, souligne la fin des journées chaudes, longues et ensoleillées de mon pays.

Il était tard et la nuit était infiniment sereine. Nous protégeant de son ombre affectueuse, ma vieille maison, calme et paisible, imprégnée de l'âme des disparus de notre famille, semblait écouter notre conversation, faite à voix basse pour respecter l'humilité des lieux et la gravité du moment.

Au cours du repas, nous avions parlé de choses et d'autres, échangeant des nouvelles du village, en nous attardant sur les détails intéressant tous ceux qui formaient ce monde si particulier et d'un autre temps auquel nous appartenions.

François vivait, à cette époque, avec ses sœurs cadettes. Elles n'étaient plus très jeunes, elles non plus, puisqu'elles avaient toutes deux largement dépassé la cinquantaine. Son père était mort quelques années auparavant ainsi que sa sœur aînée. Selon la coutume insulaire, il était maintenant le chef de famille.

Il convient de préciser que la maison familiale et la propriété lui appartenaient en propre. Bien avant la mort de son père, il avait été couché sur le testament d'une vieille tante qui, avant de mourir, lui avait légué tous ses biens pour la raison qu'il était le seul héritier mâle de la famille reconnu digne, en vertu de cette qualité, de perpétuer le nom des Negroni. Pourtant, Francescu, sans y renoncer expressément, n'avait jamais revendiqué ses droits à l'exclusivité de ses biens. Son père s'était comporté comme le véritable propriétaire des lieux durant toute sa vie et ses sœurs se considéraient encore comme des héritières en puissance, jouissant pleinement des acquis familiaux, sans se poser de questions sur la provenance de l'héritage.

De santé fragile, après des années de guerre et de captivité, Francescu passait maintenant presque toute l'année au village, cultivant tant bien que mal sa propriété dont l'exploitation assurait sa subsistance et celle de ses sœurs restées, comme lui, célibataires.

Personne ne s'était marié dans cette famille, ce qui fait qu'à longue échéance la maison et les champs risquaient de se retrouver dans le giron de l'Etat dont chacun connaît la cupidité quand il s'agit, pour ce monstre froid, de s'accaparer des biens tombés en déshérence.

C'est précisément ce sujet que Francescu avait déjà évoqué devant moi à maintes reprises, qui faisait l'objet de notre conversation de ce soir-là.

– Mais pourquoi ne t'es-tu pas marié ? demandai-je abruptement à mon cousin. Les occasions n'ont pas dû te manquer. Tu aurais eu des enfants et le problème de la succession ne se poserait pas aujourd'hui.

– On ne fait jamais ce que l'on veut dans la vie, me répondit-il sentencieusement d'un ton un peu las. Je vais te faire un aveu et te dire des choses que je n'ai jamais dites à personne. Le secret que j'ai au fond du cœur commence à devenir pesant pour moi et je sens qu'il est temps de le partager avec quelqu'un en qui j'ai toute confiance.

Il hésita un long moment puis il ajouta, comme s'il se jetait à l'eau :

– J'ai aimé une femme mais je n'ai pas pu l'épouser. Ce souvenir m'a marqué au fer rouge et, encore aujourd'hui, il continue à brûler mon âme d'une flamme trop vive. *L'aghiu tenuta tropu cara per pudaminè scurda* (je l'ai trop aimée pour pouvoir l'oublier), poursuivit Francescu dans un souffle douloureux. Il n'y a pas que ça et ce que je vais te dire est très important : j'ai commis une chose abominable en l'abandonnant lâchement à son tragique destin.

Nous parlions en corse et notre langue maternelle, douce aux sentiments, se prêtait admirablement à la confidence de Francescu.

– Pierre, me dit-il en me saisissant la main par-dessus la table et en la serrant fortement tout en me regardant au fond des yeux, j'ai besoin de toi. J'ai un fils. Je ne l'ai jamais vu, je ne sais pas où il est mais je sais qu'il existe. Avant de mourir, je tiens à réparer mes fautes. Il faut que tu m'aides à le retrouver.

Subitement frappé de mutisme, Francescu s'était pris la tête entre les mains et, les coudes appuyés sur la table, il semblait réfléchir profondément sur l'attitude à adopter et la conduite à tenir. De temps en temps ses épaules se soulevaient sous l'effet de sanglots trop longtemps contenus tandis qu'un grand silence peuplait les lieux familiers qui nous environnaient de leur tendre complicité.

Je suis resté un bon moment sans voix. La surprise était de taille. Un fils ! Francescu avait un fils ! A première vue, c'était une chose tellement impensable qu'elle dépassait l'imagination. Ainsi, Francescu, que j'avais toujours connu célibataire, était père d'un enfant et il n'en avait jamais rien dit à personne ! Où était-il, ce fils mythique ? En quel endroit du monde se trouvait-il ? Quel âge avait-il ? Qui était sa mère ? Pourquoi son père ne l'avait-il jamais vu ?

Toutes ces questions se bousculaient dans ma tête mais je ne parvenais pas à faire une analyse correcte de la situation. J'étais trop abasourdi pour coordonner mes pensées et les mots refusaient de franchir mes lèvres. J'attendais d'avoir repris mes esprits pour demander des précisions sur le sujet à Francescu lorsque je me rendis compte qu'il avait repris son discours, à l'endroit où il l'avait laissé quelques instants auparavant.

Francescu parlait à voix encore plus basse qu'au début de son récit, comme s'il avait peur, subitement, de la portée des mots qui sortaient de sa bouche dans un souffle. Cependant, plus il avançait dans sa confession plus il semblait soulagé de se libérer de ce lourd et douloureux secret.

– En 1939, lorsque la guerre a éclaté, commença Francescu, j'étais affecté dans une unité de marche qui a rejoint rapidement la frontière franco-allemande.

Passons, dit-il sur toutes les péripéties de cette triste époque. Dès le début des affrontements, je fus fait prisonnier par les Allemands qui m'expédièrent rapidement dans leur pays avec une foule dépenaillée de vaincus qui, comme moi, avaient rendu les armes.

Avec d'autres je fus enfermé dans un stalag du centre de l'Allemagne. Mon livret militaire mentionnant comme profession d'origine celle de cultivateur, je faisais partie d'une équipe qui était affectée aux travaux des champs et à l'entretien des cultures de pommes de terre et autres légumes du pays.

A quelque temps de là, les autorités militaires allemandes firent sortir beaucoup des nôtres des camps de prisonniers de guerre pour les affecter dans des commandos stationnés dans les régions du sud de l'Allemagne. Pour ma part, je fus intégré dans une unité cantonnée dans un bourg de Bavière. Notre travail n'avait guère changé mais notre entourage n'était plus le même.

Je faisais partie d'un groupe composé d'une dizaine de prisonniers et nous étions logés dans des locaux jouxtant une école primaire située au centre d'un hameau à vocation agricole. Notre surveillance était assurée par des territoriaux âgés dont certains, qui avaient fait la guerre de 14-18, nous racontaient leurs campagnes militaires.

La discipline était adoucie et elle était peu comparable à celle des stalags. La nuit nous étions enfermés à clé dans les locaux de l'école mais le jour nous allions presque librement travailler dans les champs des alentours, à la demande des cultivateurs qui, manquant de bras en raison de la guerre, venaient chercher de la main-d'œuvre gratuite dans les rangs des captifs. Nous étions assez bien traités et assez bien nourris par ceux qui nous employaient et ils ne se livraient sur nous à aucune brutalité ni à aucune exaction.

Nous étions au printemps de l'année 1944 et il faisait très beau dans cette région de l'Allemagne. Les jours étaient longs à cette époque de l'année. Souvent, lors de mes rares moments de loisir, je me mettais à la fenêtre de notre dortoir et je regardais le monde extérieur vivre au rythme de cette belle saison. La fenêtre était grillagée mais les barreaux n'ont jamais empêché le regard du prisonnier de traverser ce genre d'obstacle pour laisser son imagination vagabonder sur les chemins du rêve et des chimères.

C'était surtout la petite agglomération dans laquelle se trouvait notre cantonnement et l'activité de ses habitants qui m'intéressaient. Cette fenêtre, ouverte sur mon avenir, allait jouer un grand rôle dans ma vie et donner à mon destin une dimension à laquelle j'étais loin de m'attendre.

Inutile de te dire la morosité de mon existence et la dureté du contexte physique et moral dans lequel je vivais. Sans réel contact avec ma famille, à part les très rares lettres soumises à la censure que j'échangeais avec mes sœurs, sans véritable lien avec les habitants qui demeuraient nos ennemis, nous nous morfondions, mes compagnons et moi, dans une grande tristesse en attendant la fin d'une guerre qui s'éternisait.

Pourtant, en dépit des apparences, il était écrit dans mon ciel astral qu'un grand bonheur allait m'échoir et embellir mon existence.

Privé de la tendresse d'une femme depuis des années je souffrais en silence des affres d'une détresse profonde et d'une extrême solitude sans rien en dire à personne.

Mon seul dérivatif était d'occuper mon poste d'observation à la fenêtre et de faire une provision d'images pour occuper mon esprit.

Le dimanche je regardais les paroissiens, et surtout les paroissiennes, aller à la messe. En Bavière, dans ce pays de culture chrétienne, le jour du Seigneur était sacré. Il nous était interdit de sortir mais, ce jour-là, nous étions dispensés de travaux à l'extérieur. En semaine je ne perdais pas une miette des activités de l'école proche.

A certaines heures de la journée, mon regard était irrésistiblement attiré par les jeunes mères qui venaient accompagner ou chercher leurs enfants. Une silhouette féminine avait particulièrement retenu mon attention et, à chacune de ses apparitions, mon cœur battait la chamade. C'était celle d'une très jeune femme blonde, à la peau claire et aux gestes doux. Deux tresses d'or enchâssaient son visage aux traits réguliers avant de retomber sur ses épaules laiteuses et de caresser avec leurs pointes une poitrine que j'imaginais émouvante de douceur. Elle était souvent habillée d'une robe à grandes fleurs qui mettait sa taille fine en valeur et laissait voir des jambes au galbe parfait.

Je pouvais la voir d'assez près car elle venait chaque jour à heures fixes et entrait ou sortait par une petite porte latérale s'ouvrant au rez-de-chaussée du bâtiment abritant l'école, juste au-dessous de la fenêtre du premier étage qui nous servait de cantonnement. J'en avais d'abord déduit qu'il s'agissait d'une institutrice mais, comme ses horaires se situaient en dehors de ceux des classes, j'en étais resté au domaine des suppositions.

Une fois, alors que je me rendais sur les lieux de mon travail suivi d'un garde, je l'avais croisée et, malgré le grand trouble qui m'avait submergé, j'avais pu constater ce que la distance n'avait pu me révéler. Ses yeux étaient d'un bleu pastel soutenu comparable au ciel de son pays. Son regard d'une tendresse inouïe éclairait son visage d'une lumière quasi surnaturelle et le velouté de sa peau rappelait les fruits mûrs d'un automne resplendissant. Toute sa personne dégageait une aura lumineuse qui l'enveloppait d'une atmosphère irréelle et, à mes yeux éblouis, tout en elle était clarté, transparence et limpidité.

C'est en tout cas l'effet que cette apparition magique

produisit sur moi. Je devais me trouver dans un équilibre psychique instable et fragile pour ressentir les choses de cette façon à la seule vue d'une jolie femme. J'étais plongé dans une rêverie étrange, incapable de maîtriser mes pensées, et l'idée d'un envoûtement m'effleura. Par la suite je me suis souvent posé des questions pour expliquer ce phénomène mais je n'ai jamais découvert d'explication rationnelle à mon état. Je n'avais jamais trop cru au coup de foudre mais là, j'étais obligé de me rendre à l'évidence, je présentais tous les symptômes d'un être frappé de ce sentiment subit et violent sur lequel la volonté la plus forte n'a aucun pouvoir.

Mes camarades de captivité avaient également remarqué la jeune Allemande, mais personne n'avait osé lui adresser la parole, faire un geste ou lui sourire. Il nous était interdit de parler aux civils autres que nos employeurs sous peine de représailles et le règlement, sans cesse rabâché par nos gardes-chiourme, était, nous le savions, à respecter à la lettre sous peine d'une sévère punition immédiate et d'un transfèrement dans un stalag disciplinaire.

Cela ne m'empêchait pas de guetter les allées et venues de la jeune femme dont le souvenir hantait maintenant mes jours et surtout mes nuits. Mes rêves fous étaient peuplés de la présence délicieuse de ce bel ange blond et j'aurais donné ma vie pour serrer dans mes bras, ne serait-ce qu'une seule fois, cette fée au regard plus pur que l'azur du ciel.

Ah, l'aimer toute une nuit puis mourir à l'aube en emportant dans l'au-delà le parfum délicat de ses cheveux dorés, la douceur de sa poitrine et le goût de ses lèvres douces et tendres comme un fruit bien mûr !

Lorsque je revenais sur terre, à l'appel du gardien de service, je mesurais l'espace qui me séparait d'elle et les embûches qui ne manqueraient pas de se dresser sur ma route si j'arrivais seulement à lui adresser la parole et à entrer en contact avec elle.

Il me fallait raison garder pour conserver toute ma lucidité et mon sang-froid. Toute comparaison, sur nos situations respectives, n'était pas, il s'en fallait de beaucoup, en ma faveur et force m'était faite de l'admettre. J'étais une sorte de paria, un valet de ferme, un soldat battu au champ du déshonneur, un mendiant de liberté et un pêcheur de lune. Quant à elle, planant à mille lieues au-dessus de ma misérable condition, elle représentait à mes yeux un être de lumière, une fleur de soleil, une étoile du matin (une *stella matutina*), et, en quelque sorte, une déesse inaccessible.

Dans ce désert sentimental tragique, dont les mirages alimentaient le fin fond de ma folie, un espoir insensé s'était insinué peu à peu en moi. J'étais parvenu à me persuader qu'un jour ou l'autre j'allais attirer l'attention de la belle inconnue, grâce à un signe magique ou un mot mystérieux qu'elle et moi serions les seuls à voir et à comprendre.

Malgré l'incertitude de ma condition, chaque instant qui passait, au lieu de me décourager, venait renforcer l'idée qu'elle et moi étions faits l'un pour l'autre, que les événements allaient se liguer pour nous réunir et que nul obstacle au monde ne pourrait empêcher notre rencontre.

Je n'avais jamais aimé véritablement au cours de ma vie aventureuse de soldat. Les quelques liaisons féminines que j'avais eues se bornaient à des aventures sans lendemain qui n'avaient touché ni mon cœur ni mes sentiments. Aujourd'hui, j'aimais cette inconnue. Je l'aimais comme on aime la femme de sa vie. Je l'aimais comme on aime un enfant qui est la chair de votre chair et, au risque d'être sacrilège, comme on aime une mère, c'est-à-dire une femme qui vous a donné la vie. *Cumè la fussi stada mamà*, comme si elle avait été ma mère, dit Francescu pour résumer sa pensée.

J'en étais à analyser mes sentiments pour la belle inconnue, lorsque, sans aucune intervention de ma part pour accélérer le déroulement des événements, les choses franchirent d'elles-mêmes un pas important. Un jour que j'étais en sentinelle comme d'habitude, elle leva rapidement les yeux vers moi et, après m'avoir regardé, d'un petit air triste, elle me sourit. Cela fut rapide et furtif comme un éclair mais, dans la situation dramatique dans laquelle je me trouvais, cet incident banal trouva en moi une telle résonance que j'en fus troublé jusqu'au tréfonds de l'âme. Ainsi, elle m'avait aperçu, regardé et surtout souri, et ce sourire, qui me hanta bien après qu'il eut été esquissé, était maintenant en moi et il m'appartenait jusqu'à la fin des temps.

J'ai cru d'abord que j'avais été victime d'une hallucination et que mon imagination me jouait des tours. Pendant vingt-quatre heures je restai prostré sur ma paillasse, doutant de la réalité des choses et de l'intégrité de mes facultés mentales.

Je décidai de me raisonner, d'être plus réaliste et, à l'avenir, de résister à la tentation de la fenêtre. Pourtant, malgré mes bonnes résolutions, le lendemain à la même heure j'étais à la même place, scrutant le chemin qu'elle empruntait habituellement. J'étais là rivé à mon désir, tel un naufragé jeté sur un rivage désert, scrutant, à s'en perdre les yeux, la ligne d'horizon dans l'espoir de voir apparaître une barque salvatrice.

Les secondes et les minutes passaient à un rythme tellement lent que mon cœur pouvait les compter une à une.

Tout à coup je la vis. Débouchant de l'encoignure d'une ferme, à l'endroit où le chemin formait un petit sommet, elle se dirigea vers moi, statue de lumière se découpant dans un ciel de printemps. Avançant en douceur au milieu de la chaussée de terre, dont la ligne claire se dessinait entre les deux langues vertes des bas-côtés, elle entra, comme une créature de rêve, dans le cercle magique que mon imagination lui avait dessiné.

Il m'a semblé que tout devenait tout à coup plus clair, plus limpide et plus lumineux. Le ciel, la terre, les maisons, les toits des fermes des alentours, les arbres des champs, le petit ruisseau qui serpentait dans les prés au loin, la flèche pointue du clocher de l'église paroissiale, chaque objet rayonnait comme un paysage ensoleillé dont les teintes vives auraient été réveillées par la pluie d'un orage.

C'était le soir mais, dans ce pays de plaines, le soleil déclinant brillait encore de toute sa splendeur. Dans cette clarté magique qui précède la paix du crépuscule, ma tendre apparition devenait le motif principal de la tendre aquarelle qui s'offrait à mes yeux et illuminait ma pensée condamnée depuis trop longtemps à la monotonie d'un horizon sentimental borné, sans forme et sans couleur.

Agréable au regard, douce à l'esprit et apaisante au cœur de ce mendiant assoiffé de pain, de dignité et d'amour que j'étais, cette vision de nature immatérielle, et, selon moi, d'essence divine, me semblait trop belle pour être vraie.

Halluciné, je fixais l'objet de mes pensées de toutes mes forces comme si je voulais, dans un sursaut de volonté, figer le temps, retenir le mouvement, et attirer l'attention de la déesse blonde pour l'obliger à me faire l'aumône d'un geste ou d'un sourire.

Et le miracle se produisit. Comme la veille, alors qu'elle passait à ma hauteur, juste avant de disparaître sous le porche de l'école, la jeune femme me regarda, sourit et accompagna son sourire d'un petit geste de la main rapide mais nettement précis et sans aucune ambiguïté quant à la personne à laquelle il était destiné.

J'étais comme fou. Je restai sur place jusqu'à la nuit tombante mais la fée qui hantait si joliment mes rêves avait disparu de mon horizon. Je ne dormis pas. Je passai les heures à échafauder les plans les plus élaborés et à mettre en place les stratagèmes les plus fous pour me rapprocher de celle qui, je n'en doutais plus maintenant, m'avait élu prince de son cœur. Car il était visible désormais qu'elle m'aimait comme je l'aimais. Mon amour était si fort que le feu de mon âme s'était communiqué à la sienne et l'avait embrasée. Rien ni personne ne pourrait s'opposer à la communion de deux êtres destinés de toute éternité à se rencontrer et à s'aimer jusqu'à la fin des temps.

Le lendemain et les jours suivants, le même manège se reproduisit. Elle passait, me souriait de plus en plus ouvertement et une fois, après avoir regardé de tous côtés pour s'assurer que personne ne pouvait la voir, elle m'avait envoyé un petit baiser sur le bout de ses doigts, comme font les tout petits enfants qui ne parlent pas encore mais comprennent le langage de l'amour.

Ce geste paraîtra puéril à un adulte évoluant dans un milieu normal mais, situé dans le contexte déshumanisé dans lequel je vivais, il devenait pour moi un tendre aveu, un clin d'œil du destin et il prenait, dans mon esprit, une signification dépassant tout ce qu'un cœur, avide de tendresse, imagine.

A partir de là, comme si le sort avait décidé de nous être favorable en dépit des circonstances, les choses se précipitèrent. L'été était venu et les moissons battaient leur plein. Tous les jours nous partions de bonne heure pour ramasser les gerbes, les mettre en meules et les transporter, à l'aide d'une vieille charrette, jusqu'à une batteuse archaïque dressée dans la cour d'une ferme que je ne connaissais pas encore.

Le premier jour, je crus perdre la raison et, même aujourd'hui, je me demande où j'ai puisé la force de résister à l'envie de me jeter dans les bras de celle qui n'était plus tout à fait une inconnue pour moi. Elle était là, dans toute sa beauté de femme épanouie, et elle venait vers nous une cruche à la main pour nous servir de la bière sur les lieux de notre travail.

A cette heure de la journée, notre tâche consistait à alimenter en gerbes la batteuse bruyante et vorace. Il faisait très chaud et nous étions couverts de sueur et de poussière.

Elle était devant moi, celle que j'appelais dans le secret de mon cœur ma toute divine, la lumière de mes jours, le rêve de mes nuits. Non, je ne rêvais pas et, pour la première fois de ma vie, malgré le vacarme de la machine j'entendis sa voix. Elle était douce et harmonieuse, légère et aérienne, répondant parfaitement à l'idée que je me faisais de la personnalité de la jeune femme que j'aimais et dont la présence miraculeuse me remplissait de la certitude qu'elle partageait mes tendres sentiments.

Elle me demanda si j'avais soif et je répondis par l'affirmative. Je dis merci en prenant le verre vide qu'elle me tendait et je dus résister à la tentation de lui parler plus longuement au moment où elle me servait. Ce fut elle qui, tandis que je la regardais tendrement, engagea la conversation et elle le fit sans gêne apparente. Je maîtrisais assez bien la langue allemande à cette époque et un court dialogue s'instaura entre nous.

Elle s'inquiéta de savoir si je n'étais pas trop fatigué, si le travail n'était pas trop dur et, cherchant sans doute à me mettre à l'aise, si la région dans laquelle nous nous trouvions me plaisait. Malgré mon émoi, je réussis à répondre à ses questions en m'efforçant de rester naturel.

Nous échangeâmes quelques banalités sur le temps et sur la qualité de la récolte. Elle m'apprit que le propriétaire était son oncle et qu'elle était venue l'aider, profitant de la période des vacances car elle travaillait habituellement à l'école dont elle assurait la garde et l'entretien.

Dans les semaines qui suivirent et durant tout le temps de la moisson nous nous rencontrâmes et nous pûmes nous parler plus longuement. Elle s'appelait Elsa et je lui donnai mon prénom, francisé en François pour l'occasion, et même transformé par elle en Franz, pour plus de commodité.

Un jour elle me demanda d'aller avec elle chercher des gerbes dans un champ situé assez loin des lieux du battage. C'était son oncle qui conduisait le vieux char à bancs attelé d'une remorque, sur laquelle nous étions juchés riant tous deux comme des collégiens en rupture de classe.

J'osai lui voler un baiser furtif. Elle ne se déroba point et malgré le danger que cela représentait pour elle, elle me le rendit.

C'est ainsi que fut signé notre premier pacte d'amour.

L'oncle d'Elsa, Hans Berger, était un homme âgé, corpulent et solide. Doté d'un caractère affable et gentil, il tranchait nettement sur le comportement plutôt rude des Allemands que j'avais connus jusque-là. Il s'était pris visiblement d'amitié pour moi et il avait tenu à ce que je sois de toutes les équipes qui venaient travailler pour lui. Il me racontait ses campagnes de 14-18 et notamment la bataille de Verdun à laquelle il avait participé. Il avait, de toute évidence, de l'estime pour les combattants français de l'époque, soulignant leur comportement héroïque et la grandeur de leur sacrifice.

Plus les jours passaient, plus la confiance devenait réciproque entre nous. Celui que j'appelais mon employeur semblait apprécier l'aide que je lui apportais et il m'en était reconnaissant. J'étais toujours volontaire pour le travail des champs et cette tâche, qui au début me semblait rebutante, était maintenant douce à mes yeux car elle me rapprochait de la femme aimée.

Hans Berger venait souvent me chercher à mon cantonnement et, se portant garant de ma conduite, il m'emmenait chaque fois travailler chez lui, m'invitant même à sa table. Il me disait que je lui rappelais son fils mobilisé sur le front de Russie et, au même moment, il détournait la tête pour cacher une larme. Elsa était toujours là lors de mes venues dans cette maison. Elle habitait une demeure voisine et ses visites étaient, somme toute, naturelles. Son oncle et sa tante – une très brave personne elle aussi – lui témoignaient une grande affection et j'avais constaté qu'en retour leur nièce les considérait comme ses propres parents.

Au fil des jours, je me rendais compte, avec joie, que ma présence n'était pas désagréable à Elsa. Ses regards étaient de plus en plus appuyés et elle ne me ménageait pas ses beaux sourires. Ses lèvres, que j'imaginais douces comme un tissu de soie, s'entrouvraient en découvrant ses dents blanches et bien alignées comme les pépins d'une grenade mûre. Son rire cristallin éclatait en cascade et me donnait des frissons. Quant à moi, j'étais totalement subjugué, complètement sous son charme, et je buvais littéralement des yeux ma tendre dulcinée.

Je vivais dans cette sorte d'enchantement qui prélude au grand amour, lorsqu'une précision sur la situation familiale d'Elsa jeta brutalement une douche froide sur mon bel enthousiasme.

Etant donné les liens affectueux qui les liaient à elle, Hans Berger et son épouse avaient remarqué l'intérêt que je portais à la jeune femme. Il était en effet difficile, pour Elsa comme pour moi, de cacher notre attirance réciproque et la tendre complicité qui nous unissait.

La situation n'était pas banale il est vrai, pourtant j'avais l'impression que, jusque-là, ni l'oncle ni la tante ne s'en étaient offusqués. J'avais même cru qu'ils n'étaient pas mécontents de voir leur nièce heureuse par ces temps de grisaille et de tristesse. Mais, estimant sans doute que les choses risquaient d'aller trop loin, ils s'étaient décidés à réagir et à intervenir pour me mettre en garde.

C'est donc au moment où je nageais en pleine euphorie

que Hans Berger, visiblement préoccupé par la situation, aborda cette délicate question.

« Ma nièce est mariée, me dit gravement cet homme, un jour que nous étions seuls. En dehors de son mari, elle n'a pas d'autres personnes plus proches que nous. Il y a deux ans, ses parents et ses beaux-parents sont morts tragiquement dans le bombardement d'un train de voyageurs à Berlin où ils s'étaient rendus pour affaires. Depuis ce drame Elsa vit seule et nous en sommes, pour ainsi dire, responsables.

» Son mari est sur le front de l'Est, dans le même régiment que notre fils, et nous sommes inquiets pour eux. Il y a longtemps que nous n'avons plus de nouvelles ni de l'un ni de l'autre. Il paraît que leur situation n'est pas brillante, mais, avait-il poursuivi à voix basse, il ne faut pas le crier sur les toits, car les autorités n'aiment pas que les familles des combattants fassent preuve de défaitisme. »

Comme s'il craignait de me faire de la peine, Hans Berger avait trouvé cette façon, légèrement détournée, pour me prévenir, mais quelle que fût la formule employée, je fus peiné d'apprendre que ma déesse avait un mari et que mon beau rêve de la tenir un jour dans mes bras était sérieusement compromis.

Pendant quelques jours, malgré mon désir de me trouver le plus près possible d'elle, je fis des efforts pour maintenir une certaine distance entre Elsa et moi, notamment lorsque son oncle et sa tante, ou quelqu'un d'autre, étaient là. Mais mon amour était trop fort pour disparaître au premier obstacle. Au contraire, il prenait chaque jour une nouvelle force et je voyais maintenant dans les yeux d'Elsa qu'elle éprouvait les mêmes sentiments et qu'il lui était difficile de cacher son attirance à mon égard.

C'est tout naturellement que nous cherchâmes à nous isoler pour partager davantage que des regards et des sous-entendus. Désormais, chaque fois que nous étions seuls nous nous embrassions comme des fous et les mains serrées comme les mâchoires d'un étau, nous jurions de nous aimer pour l'éternité.

Nous n'avions pas dépassé ce stade-là de notre entente amoureuse et les choses en seraient restées là si les circonstances ne nous avaient pas, une fois de plus, été favorables.

Un de nos gardiens, un homme âgé de plus de cinquante ans, prénommé Otto, qui avait vécu en France et parlait la langue française comme un vrai titi parisien, était originaire du village dans lequel nous étions cantonnés. Il s'agissait d'un cousin éloigné d'Elsa et des Berger et il entretenait avec cette famille de très bonnes relations.

Plutôt bavard, Otto aimait faire la causette avec moi en allemand devant ses compatriotes, mais surtout en français lorsque nous étions seuls et qu'il ne risquait pas d'être mouchardé auprès de ses supérieurs pour usage d'une langue ennemie.

Depuis qu'il s'était rendu compte que j'étais entré dans les bonnes grâces des Berger il ne se privait pas de me raconter la vie de cette famille qu'il connaissait dans le détail. C'est lui qui m'apprit que l'union des jeunes époux était un mariage de raison, arrangé pour garder intacte une petite propriété agricole familiale. Le but inavoué était d'éviter au mari d'être affecté sur le front de Russie s'il avait un enfant dans l'année suivant le mariage. Mais, fort heureusement pour moi, cette espérance ne fut pas comblée. Le couple étant resté stérile, l'homme avait été expédié à Stalingrad et, depuis, il n'avait donné que très rarement de ses nouvelles.

D'après Otto, Elsa et son mari s'étaient mariés pour obéir à la volonté de leurs parents respectifs mais l'amour n'avait pas présidé à l'union de leurs destinées. Comme presque toujours en pareil cas, l'intérêt avait pris le pas sur le bonheur et les jeunes mariés payaient maintenant un tribut à la cupidité de leurs parents. Par crainte de représailles, personne n'avait jamais évoqué à haute voix les causes réelles de l'échec de cette union qui n'était réussie qu'en apparence.

Tous ces détails me remplissaient d'aise car je sentais qu'ils allaient dans le bon sens et que la situation était favorable à l'épanouissement du grand amour qui me liait à Elsa.

Alors que je planais sur un petit nuage de bonheur, une mauvaise nouvelle frappa brutalement la famille Berger. Leur fils fut tué sur le front de Russie et le malheur s'installa dans cette maison au sein de laquelle j'avais retrouvé un semblant de paix et de concorde. Elsa était bouleversée car elle aimait beaucoup son cousin et sa disparition tragique, au nom d'une idéologie qu'elle réprouvait, l'avait atteinte au plus profond de son être.

J'ignorais quelle aurait été son attitude si la mort avait touché son époux à la place de son cousin et je ne fis aucune remarque. Au cours des courtes conversations que nous avions elle et moi, elle ne me parlait jamais de son mari et il ne m'appartenait pas de lui demander les raisons de la froideur qu'elle semblait éprouver à son égard.

De mon côté, enfermé dans une confusion de sentiments

s'opposant violemment, je ne savais plus bien où j'en étais quant à ma véritable identité. Je me sentais de moins en moins lié à ma patrie d'origine et les rivages de mon passé s'éloignaient à toute vitesse.

L'état d'esprit d'Elsa ne devait pas être plus clair que le mien sur ce point, mais pour elle, mariée à un valeureux soldat, elle se devait de rester vigilante, donner sans cesse l'image d'une épouse exemplaire et ne pas prêter le flanc à la critique. Le moindre faux pas de sa part pouvait lui valoir l'opprobre de ses concitoyens, lui attirer les foudres de la loi de son pays, briser sa vie et détruire nos rêves les plus beaux.

Profitant, malgré moi, de ces circonstances tragiques, je me contentais de vivre l'instant présent sans me poser trop de questions sur un avenir que je voulais passer librement aux côtés de la femme aimée.

Le temps travaillait pour moi. A mon insu, mais de la plus belle des façons, les événements entrèrent dans mon jeu pour me combler au-delà de tous mes espoirs, dépassant même les limites extrêmes de mes rêves les plus fous.

Une nouvelle fois, Otto fut l'instrument de mon bonheur. Un matin, alors qu'il m'accompagnait dans les champs de la famille Berger, il me remit, dans le plus grand secret, une lettre venant d'Elsa. Il me fit promettre d'en prendre connaissance loin de tout regard indiscret et, comme dans les romans, de la détruire immédiatement après lecture. Un grand trouble m'envahit et une bouffée de bonheur me submergea.

Je mis l'enveloppe cachetée dans la poche de ma chemise et tout en travaillant, avec d'autres ouvriers agricoles, je tâtais de temps en temps mon vêtement pour m'assurer que je ne l'avais pas perdue. J'étais sur des charbons ardents et il me semblait que la lettre elle-même était brûlante car je sentais sa chaleur sur la peau de ma poitrine. Pendant la pause de midi je pus m'isoler et, après avoir ouvert le pli et lu les quelques mots écrits en allemand qu'il contenait, je crus tomber à la renverse : « Viens ce soir chez moi, Otto te guidera. Je t'aime. Elsa », disait brièvement le texte.

Le ciel se mit à tourner au-dessus de ma tête, le sol se déroba sous mes pieds et je tombai dans un état second. Tremblant de tous mes membres, j'allai m'asseoir sur un talus et, le front entre les mains, je réussis à recouvrer mes esprits. Ce rendez-vous était tellement stupéfiant, tellement inespéré, tellement inattendu, que j'avais peine à y croire. Je ne connaissais pas l'écriture d'Elsa mais à aucun moment je ne mis en doute l'authenticité de l'écrit que j'avais entre les mains.

Cependant, l'idée qu'il pouvait s'agir d'un piège ourdi par une personne jalouse des sentiments que me portait Elsa ou tendu par des êtres désireux de me nuire m'effleura. On avait pu l'obliger à écrire cette lettre et à me l'adresser pour me donner un rendez-vous qui me serait fatal. Ou quelqu'un d'autre avait pu l'écrire et signer de son nom. Pourtant, à aucun moment l'idée de ne pas répondre à cet appel ne s'imposa à mon esprit.

Au contraire, c'est sans aucune hésitation et même sans crainte ni appréhension que je pris la décision de courir, dès le soir, me jeter dans les bras de ma bien-aimée. J'étais prêt à risquer ma vie pour cette promesse de bonheur et aucune raison au monde n'aurait pu m'empêcher d'aller jusqu'au bout de ce tendre projet.

J'avais trop rêvé de cette rencontre pour me dérober au

dernier moment. Je savais que si je n'agissais pas selon mon penchant, mon cœur et ma raison, je risquais de perdre à tout jamais ma propre estime et celle de la femme pour qui j'aurais donné jusqu'à la dernière goutte de mon sang.

Je résolus par conséquent d'obéir à la tendre missive. A l'heure dite, j'étais à la porte de notre cantonnement où Otto m'attendait. Je m'étais habillé du mieux que je le pouvais grâce à des vêtements, usagés mais propres, que la famille Berger m'avait offerts depuis que je fréquentais sa maison.

Otto m'ouvrit à l'aide de la clé, qu'il détenait en permanence en sa qualité de responsable du cantonnement. Je sortis. Il faisait nuit mais le temps était dégagé. L'air sentait le parfum des fruits de septembre et l'odeur du foin fraîchement coupé.

« Suis-moi, me dit Otto à voix basse. Si nous rencontrons quelqu'un, tu diras que nous allons chez les Berger ou chercher une de leurs bêtes qui s'est égarée. » J'acquiesçai d'un signe de tête. J'étais trop ému pour parler. Nous empruntâmes le chemin de terre que je voyais habituellement de ma fenêtre et, après être passés à hauteur de la ferme des Berger, nous arrivâmes devant la maison d'Elsa.

C'était une bâtisse isolée, à un étage, carrée et solide comme toutes les maisons de cette région. La porte principale et les volets des fenêtres étaient clos. Mes nerfs étaient tendus comme les cordes d'une guitare sèche et mes mâchoires serrées comme celles d'un étau. Il régnait un silence total et l'aboiement lointain d'un chien me fit tressaillir.

« Je m'en vais, me dit Otto. Je ne t'ai pas vu ce soir. Je t'ai fait sortir et je sais que je prends des risques mais ne me demande pas pourquoi j'ai fait ça, je n'en sais trop rien moi-même. La seule explication est que j'aime Elsa comme ma propre fille et que je ne pouvais plus supporter de la voir si malheureuse. C'est elle qui m'a demandé de te conduire à elle. Cogne trois fois d'affilée puis un coup espacé à la porte et elle t'ouvrira. C'est le code dont nous avons convenu elle et moi. Si tu es surpris par quelqu'un ou contrôlé par les autorités, jure-moi que tu n'avoueras jamais que j'ai été votre complice. »

Otto disparut. J'avais réussi à desserrer les dents et juré tout ce qu'il avait voulu à ce brave homme, en m'engageant à être muet comme une tombe et à me faire couper en morceaux plutôt que de le trahir.

Je restai un moment indécis, reprenant lentement ma respiration puis, prenant mon courage à deux mains, je toquai à la porte en respectant les instructions d'Otto. Elle s'ouvrit et je pénétrai dans un couloir qui fleurait bon l'encaustique et les meubles fraîchement cirés. Une silhouette féminine m'apparut dans le clair-obscur né du peu de lumière qui venait de la nuit extérieure. C'était Elsa, je reconnus son parfum dès que je fus près d'elle.

Elle ferma la porte derrière moi sans dire un mot. Je n'avais pas fait trois pas qu'un tourbillon de tendresse s'abattit sur moi. Un corps de femme, doux comme celui d'un oiseau sortant du nid, se serra contre le mien. Deux mains m'étreignirent, deux bras m'emprisonnèrent et des lèvres brûlantes se joignirent aux miennes. Un souffle brûlant se mêla au mien et le parfum capiteux d'un corps de jeune femme m'inonda comme un fleuve de feu.

Elsa se détacha de moi et, après avoir allumé une lampe discrète posée sur un meuble bas, elle me prit par la main et me conduisit dans une chambre située au rez-de-chaussée de la maison, au fond du couloir.

Nous nous jetâmes sur le lit et nos corps s'unirent comme ceux des premiers amants des premiers jours du monde.

Je ne te donnerai pas plus de détails, me dit François. Tu connais la pudeur dont notre peuple est coutumier et la discrétion dont nous entourons ce qui se passe entre un homme et une femme qui s'aiment, pour comprendre ma réserve. Sache seulement qu'Elsa et moi étions amoureux fous l'un de l'autre, que nous étions faits pour nous aimer et que notre première rencontre, comme toutes celles qui suivirent, fut formidable.

Car nous nous revîmes et souvent. Presque chaque soir je retrouvais Elsa et nous nous aimions avec la fougue de notre âge et comme si le reste du monde n'existait pas. J'avais demandé à Otto de me donner un double de la clé de notre cantonnement et, pour ne pas être dérangé en permanence, il avait fini par se laisser convaincre.

Si les femmes savaient le pouvoir qu'elles ont sur les hommes, elles seraient les maîtresses de l'univers. A partir du moment où j'avais tenu Elsa dans mes bras j'étais devenu quelqu'un d'autre.

L'amour me donnait des ailes et une foi illimitée dans mon destin. Moi dont le regard jeté sur le monde était plutôt pessimiste, je voyais s'ouvrir un avenir radieux. Moi qui craignais habituellement de ne pas être à la hauteur de certains événements, j'étais désormais confiant dans mes capacités à saisir, à bras-le-corps, les problèmes de l'existence. Moi qui me croyais timoré, j'étais déterminé à franchir résolument tous les obstacles dressés sur mon chemin.

Avec Elsa à mes côtés, avec sa main dans ma main, j'étais capable de renverser les montagnes d'un coup d'épaule et d'aller jusqu'au bout de la terre, l'esprit conquérant, le front haut et l'âme sereine

Comme elle était jolie, Elsa, enlacée dans le creux de mes bras ! Le bonheur l'embellissait et lui donnait un joli teint. A chaque instant je bénissais le ciel d'avoir permis à son chemin de croiser le mien et à mes rêves les plus beaux de s'épanouir dans un nuage d'amour et de tendresse.

Le soir, lorsque nous étions seuls dans notre lit, blottis l'un contre l'autre, dans un état d'abandon complet, nous faisions mille projets tous plus beaux les uns que les autres. Nous nous aimions, je l'aimais, elle m'aimait, et quand je ne maîtrisais pas assez la langue allemande pour lui dire tout mon amour, les gestes venaient à mon secours et les silences que nous partagions étaient encore plus éloquents que les mots.

Notre amour dura quatre mois. C'est peu dans une vie d'homme mais, pour moi, ce court espace de temps, rempli par une passion partagée, a été aussi long et aussi intense qu'une éternité de bonheur.

Un jour, vers le début du mois de septembre 1944, Elsa m'annonça qu'elle attendait un enfant de moi. Malgré la situation difficile dans laquelle nous nous trouvions, j'étais fou de joie. Quelques jours plus tard, les autorités vinrent notifier à Elsa que son mari avait été tué sur le front de l'Est. Ni elle ni moi ne fîmes de commentaires sur cette fin tragique. Elsa eut visiblement du chagrin mais elle fit preuve d'une grande retenue dans la manifestation de ses sentiments.

De mon côté, je me gardai de lui dire que cette disparition nous libérait d'un grand poids et nous ouvrait la route vers des horizons nouveaux. Il aurait été indécent de nous réjouir de la mort d'un homme si jeune et d'asseoir notre bonheur sur cette fin tragique.

Cependant, malgré notre isolement, les nouvelles d'une prochaine défaite de l'Allemagne étaient arrivées jusqu'à nous. Grâce à Elsa, j'étais aux premières loges pour avoir des renseignements sur l'évolution de la situation et je ne me privais pas de renseigner mes camarades de captivité sur le succès prévisible de nos armes. Ils étaient maintenant au courant de ma liaison et de mes escapades nocturnes mais, l'esprit occupé par la fin de la guerre et l'espoir d'une libération proche, tous se fichaient éperdument de mon beau roman d'amour.

Tout à notre passion, nous étions incapables, Elsa et moi, de voir les nuages qui s'amoncelaient à l'horizon de notre bonheur. Dans une totale inconscience nous envisagions même un avenir prometteur pour notre couple et une vie paisible et laborieuse dans ce beau pays de Bavière qui, j'en avais la certitude, était devenu le mien.

J'avais juré à Elsa que je ne l'abandonnerais jamais et, dans ma naïveté, je me voyais lui passant la bague au doigt, afin de régulariser notre situation par un mariage civil et religieux en bonne et due forme. Je m'étais engagé à revenir si, par malheur, j'étais obligé de retourner en France pour me faire démobiliser et même à renoncer pour toujours à ma nationalité pour vivre auprès de celle que j'aimais et de notre enfant qui allait venir au monde.

C'est au moment où nous nous y attendions le moins que le ciel nous est tombé sur la tête.

Une nuit, sans tambour ni trompette et sans aucun préavis, on nous embarqua dans des camions militaires qui prirent la direction du nord. Otto m'avait recommandé de ne pas sortir sans me donner les raisons de cette mise en garde. J'avais pensé qu'une inspection inopinée de notre cantonnement devait avoir lieu, comme cela s'était déjà produit, et j'avais obéi. Je n'eus même pas le temps de dire au revoir à ma bien-aimée et à tous ceux de son entourage qui me considéraient un peu comme un des leurs. Notamment à M. et Mme Berger qui, par leur comportement à mon égard, m'avaient rendu un peu de ma dignité d'homme.

Du fin fond de ma conscience je fis le serment de revenir, dès la fin de la guerre, rejoindre celle qui m'avait fait découvrir que l'amour se moque des barrières et des frontières et que les sentiments qui unissent un homme et une femme sont plus forts que la guerre et la mort.

La destinée devait en décider autrement et les événements se liguèrent, contre moi cette fois, pour faire échec à mes bonnes résolutions.

Après des centaines de kilomètres sur des routes enneigées, encombrées par des troupes en déplacement et des foules désorganisées de civils, nous fûmes enfermés dans un stalag à l'image de ceux que j'avais connus dans les années antérieures.

Nous passâmes là quelques mois qui ont été les plus difficiles de ma dure existence. Sans nouvelles d'Elsa, sans possibilité de correspondre avec elle en raison de la censure, sans aucune occupation véritable, je me morfondais et j'étais plongé à longueur de journée dans un désespoir sans fin.

Malgré ma triste situation, mon sort me paraissait plus enviable que celui d'Elsa. Je redoutais pour elle le moment où elle ne pourrait plus cacher son état et où elle serait mise dans l'obligation d'avouer le nom du père de son enfant. J'entendais déjà les reproches dont on l'accablerait pour avoir eu des relations intimes avec un ennemi pendant que son mari tombait au champ d'honneur pour défendre sa patrie. Aux yeux des bien-pensants elle passerait pour une femme de peu, foulant aux pieds son honneur et sa vertu, tandis que les gens bien intentionnés ne manqueraient pas de claironner sur la place publique qu'elle avait, par sa conduite ignominieuse, sali le nom et la mémoire d'un héros et fait rejaillir la honte sur toute sa famille, ses compatriotes et son pays.

Pour cet acte abominable, commis en temps de guerre, en toute connaissance de cause, elle risquait aussi, j'en avais peur, d'être traduite devant la justice de son pays et condamnée à une lourde peine pour crime de trahison.

J'en étais à ressasser ces pensée moroses lorsque je reçus la visite d'Otto. Il avait réussi à se faire affecter dans ce stalag en qualité de gardien interprète. Grâce à sa présence, les conditions de ma captivité s'améliorèrent sérieusement. En premier lieu, j'eus des nouvelles rassurantes d'Elsa. Suivant Otto, les choses ne s'étaient pas passées comme je l'avais craint. Contrairement à mes prévisions pessimistes, la jeune femme était en sécurité et à l'abri de la vindicte populaire.

Dès qu'ils avaient appris son état, son oncle et sa tante, M. et Mme Berger, s'étaient montrés compréhensifs et ils avaient pris des mesures pour protéger celle qu'ils considéraient comme leur propre fille. Tout d'abord elle avait été éloignée de sa maison et elle était allée habiter une autre région de la Bavière où personne ne la connaissait. Elle était en bonne santé, sa grossesse se passait bien et elle avait chargé son messager de me dire qu'elle m'aimait toujours et ne m'oublierait jamais. Confiante dans ma parole et rassurée sur son avenir, elle attendait la fin de la guerre avec impatience et mon retour auprès d'elle.

Malgré ma condition de prisonnier, j'étais aux anges, attendant, moi aussi, la fin de la guerre, l'aboutissement de mes projets et la réalisation de mon beau rêve.

Au début du mois de mai 1945, les Américains nous libérèrent. Après un recensement en règle, nous fûmes embarqués dans des camions militaires et transportés jusqu'à la frontière française où nous fûmes démobilisés. Il nous fut remis un petit pécule et quelques vêtements civils à peu près corrects. On nous lâcha dans la nature et nous pouvions aller où bon nous semblait. Il nous était cependant interdit de revenir jusqu'à nouvel ordre en Allemagne, où, il est vrai, les affrontements se poursuivaient entre forces ennemies.

Avant d'être fait prisonnier, à son tour, et expédié je ne sais où, Otto eut le temps de m'apprendre que j'étais le père d'un garçon qui avait été prénommé Pierre. La mère et l'enfant se portaient bien et Elsa m'embrassait tendrement. Cette bonne nouvelle, qui lui était parvenue par lettre, est la dernière qui me fut communiquée avant la débandade générale d'une nation qui avait fait trembler le monde.

J'étais fou de joie mais, ne pouvant me rendre en Bavière, je ne pus que ronger mon frein en attendant des jours meilleurs. Je résolus de revenir chez nous, au village, pour préparer mon retour définitif auprès de celle que j'aimais. Ma plus grande ambition était de fonder un foyer, élever mon fils, avoir d'autres enfants et, enfin, mener une vie heureuse et paisible après les années de tumulte que j'avais vécues.

Je ne te raconterai pas dans le détail mon voyage dans une France libérée mais dévastée par la guerre et l'occupation. Toutes deux avaient laissé des séquelles dans les corps, des traces dans les esprits et mis en ruine villes, villages, routes, chemins et voies ferrées mais l'heure n'était pas encore au bilan.

Après pas mal de péripéties, j'ai gagné mon village où tout le monde, étant donné mon long et involontaire silence, m'avait porté disparu. Fort heureusement, la joie du retour et le bonheur de retrouver les miens firent passer au second plan les fatigues et les tracas du voyage. Je débarquai un beau soir d'été chez moi et je fus accueilli à bras ouverts par ma famille et tous les habitants de Féliceto, réunis pour l'occasion.

En apparence, le village n'avait guère changé, mais les gens avaient tout de même souffert de l'occupation de l'armée italienne et des restrictions alimentaires. Cependant il régnait dans notre petite communauté rurale une atmosphère de liesse continuelle. On était en plein été 1945 et l'animation était à son comble.

Après la célébration en grande pompe de la victoire tant attendue, il y eut les festivités mises sur pied en l'honneur du retour de certains combattants et l'accueil des prisonniers de guerre. Beaucoup étaient déjà revenus dans leur famille et j'étais l'un des derniers.

Au moment de mon arrivée, c'était l'organisation des élections locales qui maintenait la population en constante ébullition. Après des années de disette électorale, tout le monde était ravi de retrouver ses vieilles habitudes et de croiser le fer de la discorde.

Au cours de soirées arrosées mémorables, ponctuées par des chants satiriques et surtout par des salves nourries d'armes automatiques prises à l'ennemi ou récupérées auprès des alliés, tout était mis en œuvre pour prouver au camp d'en face qu'il n'avait aucune chance de remporter la victoire finale.

J'avais du mal à participer à toute cette agitation, futile à mes yeux. Traumatisé par des années de guerre et de captivité, je considérais ces batailles folkloriques et ces luttes stériles avec un grand détachement. Je n'aspirais, en définitive, qu'à un repos mérité au sein de ma famille en attendant de donner suite à mon projet de retour en Allemagne.

Au bout d'un certain temps, repris malgré moi par cette ambiance chaleureuse et fraternelle, je me mêlai à la fête pour tromper mon ennui dû au désœuvrement. J'aurais eu mauvaise grâce à ne pas le faire, tout le monde était gentil pour moi et beaucoup de gens me plaignaient du sort cruel qui m'avait été imposé par un ennemi abhorré et un peuple que chacun souhaitait voir disparaître de la surface de la terre.

C'est ainsi que je me rendis compte que, malgré mon grand désir de vérité, il m'était pratiquement impossible, dans ce contexte belliqueux, d'aborder sereinement le récit de ma relation avec une Allemande et surtout d'avouer l'amour que j'avais pour elle. Quant à raconter que j'avais eu un enfant avec une femme ennemie, il n'en était pas question et j'aurais risqué de me faire écharper si j'avais seulement évoqué cette possibilité.

La haine des Allemands, et dans une moindre mesure celle des Italiens, était tellement tenace que le moindre mot prononcé en leur faveur soulevait la réprobation générale. Toute allusion même bénigne à un pardon des offenses faisait naître, au sein de la population revancharde, des poussées de fureur incontrôlables et des idées sanguinaires.

Je m'étais tu par prudence et j'avais ainsi évité les risques de mise en quarantaine des miens qui, quoique innocents, auraient subi les conséquences de ce que tout le monde aurait appelé mon inconduite. Au moindre aveu, nous aurions été mis au ban de la société insulaire, toujours plus prompte à la rancœur qu'au pardon des offenses, et de plus qualifiés de collaborateurs, avec le poids de la haine que ce mot-là véhiculait à l'époque. Je n'avais pas, à vrai dire, fait de confidences à ma famille car j'avais estimé qu'elle aussi aurait mal accueilli l'annonce de ma liaison avec une Allemande.

L'impossibilité de retourner en Bavière, étant donné la situation internationale de l'époque, aggrava les choses et je continuai à garder le secret sur ce qui s'était passé dans ma vie personnelle au cours de ma captivité.

Ma lâcheté date de ce moment-là. Car, je dois le reconnaître, j'ai manqué de courage au point d'aller dans le sens contraire de mes sentiments. J'aurais dû, n'écoutant que mon cœur, dévoiler mon secret aux miens, imposer ma volonté, partir à l'aventure et gagner coûte que coûte ce pays où j'avais laissé une partie de moi-même.

J'aurais dû, sans l'ombre d'une hésitation, couper avec mon passé insulaire pour aller vivre auprès de la femme de ma vie, de mon fils et des autres enfants que nous aurions mis au monde. Mais la pression morale était trop forte.

Elevé avec rigueur par un père sévère, pour qui le sentiment patriotique n'était pas un vain mot, j'avais durant toute mon enfance entendu parler de cette haine farouche que tout Corse se devait de vouer aux ennemis de la France.

Mon père, mobilisé en 1914, avait été confronté à de dures épreuves pendant les quatre ans de cette guerre cruelle. Lui avouer, après mon retour que j'avais, en quelque sorte, pactisé avec l'ennemi, était au-dessus de mes forces. Je risquais de m'exposer à l'incompréhension de ma famille et à l'hostilité profonde des membres de notre communauté. Tous n'auraient pas manqué de m'accuser de traîtrise et de me considérer comme un renégat à ma patrie.

Il me fallait aussi tenir compte de la mentalité particulière de notre communauté dans le domaine délicat du mariage d'un homme et d'une femme d'origine différente. En Corse, se marier en dehors de son pays, de son village et de son milieu social était alors considéré comme un acte de trahison.

C'étaient le plus souvent les parents qui organisaient ces mariages dits de raison et qui mettaient toute leur science en œuvre pour empêcher le morcellement d'une propriété ou la division d'un héritage. Ceux qui décrétaient le bonheur sur ordre ne demandaient pas au jeune homme ni à la jeune fille de donner leur avis et ils n'invitaient pas les sentiments à s'installer d'office au sein du nouveau foyer.

En prévision de mon retour, mon père, avec la complicité de mes sœurs, avait déjà posé des jalons pour faire aboutir un projet de fiançailles qui lui tenait à cœur. Comme je le redoutais, je fus vite mis dans la confidence et prié de prendre mes responsabilités de futur chef de famille. Je connaissais bien la jeune fille choisie pour moi et je savais qu'elle était non seulement jeune et jolie mais aussi pleine de toutes les qualités que l'on s'attend à trouver chez une bonne épouse.

Je pris le prétexte d'une grande lassitude et du besoin que je ressentais de vivre un certain temps dans le calme et la tranquillité pour me soustraire à ce que mes proches appelaient mes obligations familiales. Je ne m'étais nullement engagé auprès de la jeune fille et quelqu'un s'étant chargé de lui faire connaître mes réticences en matière de publication des bans, elle se chercha un autre galant pour se faire conduire à l'autel.

Mon père m'en voulut et il me le fit vertement savoir. Il n'admettait pas que son autorité soit mise en doute et ne comprenait pas pourquoi je refusais un parti qui ne présentait pour moi que des avantages. Je lui tins tête en jouant à l'homme fort et résolu mais, à l'intérieur de moi-même, meurtri par mon comportement immature et déchiré par mes contradictions perpétuelles, j'étais sur le point de capituler.

C'est à ce moment-là que j'aurais dû avouer à ma famille les véritables raisons qui s'opposaient au projet affectueux qu'elle avait formé pour moi. Sans doute le fond de mon caractère trop faible m'incita-t-il à trouver mille prétextes pour cacher mes véritables sentiments. Toujours est-il que je ne fis rien pour clarifier la situation en espérant, un peu trop naïvement, que tout s'arrangerait avec le temps sans l'intervention de ma propre volonté.

Plus tard je compris que je m'étais installé un peu trop facilement dans le mensonge. A mon habitude, je m'étais contenté d'esquiver les difficultés qui se présentaient et de subir les événements qui m'étaient imposés. Au lieu de faire face à la vérité et de réagir avec vigueur, comme l'aurait fait tout homme doué du sens des responsabilités, je m'étais laissé entraîner sur la voie incertaine des atermoiements.

Les miens ne s'avouèrent pas tout de suite vaincus et ils revinrent à la charge pour me proposer, en douce, d'autres alliances, plus brillantes les unes que les autres, mais j'aimais trop Elsa pour envisager ma vie avec quelqu'un d'autre. Malgré mon indécision congénitale, je rêvais d'aller la rejoindre un jour, lorsque les passions se seraient calmées et que je serais, enfin, maître de mes actes et libre de mes décisions.

Malheureusement, le vent, qui m'avait été favorable jusque-là, changea brusquement de direction et beaucoup de choses importantes furent remises en question, occasionnant un tel trouble dans mon esprit que je faillis perdre la raison.

Un an environ après mon retour au pays natal, je reçus la visite d'un compatriote qui avait appartenu au même commando que moi au moment où j'avais fait la connaissance d'Elsa. Il avait eu la chance de rester dans ce coin de Bavière, après notre transfert au stalag dont j'ai parlé, et avait eu, lui aussi, une liaison avec une jeune fille allemande. En fait, il s'était évadé du convoi, avait été caché par celle qu'il considérait comme sa fiancée et il s'était marié avec elle après l'armistice. Il n'était revenu en Corse que pour peu de temps et sa première visite était pour moi.

Au cours d'une conversation à bâtons rompus, il me confia, sous le sceau de la discrétion, qu'il avait appris par sa femme qu'Elsa, pour éviter le scandale, s'était mariée avec un habitant du village où elle s'était réfugiée pendant sa grossesse. Cet homme avait endossé la paternité de l'enfant dont j'étais le père et tout était rentré dans l'ordre. Ce mariage avait, de toute évidence, permis à Elsa d'être réintégrée dans sa communauté d'origine sans trop de problèmes et, depuis, elle vivait, avec son mari et son fils, là où je l'avais connue.

Cette nouvelle sonnait le glas de mes espérances mais, en toute bonne foi, je ne pouvais m'en prendre qu'à moi-même. Je n'avais que la monnaie de ma pièce et je payais mon indécision au prix fort. J'avais trop tergiversé pour ne pas me sentir responsable du mal que j'avais fait et je sentais confusément que toutes mes bonnes résolutions, sur la forme à donner à mes actions futures, ne serviraient à rien.

Dans un sursaut d'espoir, et parce que je n'acceptais pas qu'Elsa m'ait si vite oublié, je fus tenté de ne pas prendre au pied de la lettre ce que je venais d'apprendre. Pourtant, connaissant intimement le milieu social et familial dans lequel les choses s'étaient passées, la teneur de ce récit répondait à une certaine logique. A la réflexion, je n'avais aucune raison de ne pas croire ce que m'avait raconté ce camarade de captivité qui avait la réputation d'être honnête, sincère et sérieux. Poussé par sa nature à dire la vérité, il n'avait aucun intérêt à la travestir en me la communiquant, nue et crue, dans l'intention louable de me rendre service.

C'est par amitié et parce qu'il connaissait la profondeur des sentiments qui me liaient à Elsa qu'il était venu me renseigner sur la vie de la jeune femme depuis mon départ d'Allemagne. Je ne dis pas à mon porteur de message que j'aimais toujours Elsa d'un amour immense, ni que j'avais manqué du courage de la rejoindre. Je fis semblant d'être modérément intéressé par ce qu'il m'apprenait tout en remettant, encore une fois, à plus tard, un examen plus approfondi de la situation.

La blessure qui venait de s'ouvrir en moi était trop fraîche et trop vive pour être traitée sans un minimum de précaution. Velléitaire comme à l'accoutumée, je décidai de garder le silence et de m'en remettre au temps pour apaiser ma douleur et cicatriser les plaies béantes de mon âme.

Cette nouvelle m'avait fait beaucoup de mal et pendant des jours et des jours je fus profondément abattu, en proie au remords et au tourment.

Elsa méritait mieux que mon pardon et ma pitié. Au contraire, elle avait droit à toute mon estime et à ma grande considération. Elle avait été placée, par ma faute, dans une situation délicate, pour elle et pour notre enfant et, par voie de conséquence, elle s'était vue dans l'obligation de trouver, sans mon aide, une solution pour se sortir de l'abîme d'ennuis dans lequel je l'avais précipitée.

En réalité je m'en voulais de ne pas avoir imposé, quand il le fallait, une ferme volonté à ma famille, mes amis et mes compatriotes et d'avoir détruit, par ma pusillanimité maladive, ce bel amour que le ciel m'avait offert comme un présent précieux, dont je n'avais su reconnaître ni l'inaltérable beauté ni la juste valeur.

Accablé par la fatalité, je finis par considérer qu'une page importante du livre de mon destin étant tournée, il ne servait à rien de revenir sur le passé et de ruminer des idées de rancœur et de ressentiment.

Francescu s'était arrêté de parler et, la tête basse, il semblait réfléchir. A aucun moment je n'avais mis sa parole en doute et les accents de sincérité qui soulignaient son long discours m'avaient beaucoup touché.

Je comprenais combien avait dû être douloureuse cette confession et aussi combien elle pouvait être salutaire pour sa conscience.

La nuit était très avancée mais à aucun moment je n'avais éprouvé le désir de couper court à cette parole qui était en même temps partage et délivrance.

– Il faut que tu m'aides, me dit Francescu en reprenant ses esprits. L'heure est venue de réparer mes fautes et de rendre justice à ceux qui ont souffert de mon inconduite.

Je lui donnai rendez-vous pour le lendemain après lui avoir promis de l'aider à chercher une solution à son problème. Il se leva et sortit de la cour. Le cœur sans doute plus léger, il prit le chemin de sa maison sans se retourner. J'entendis le bruit de son pas décroître sur les pavés de la petite rue puis disparaître totalement dans le calme de la nuit.

A mon tour, je me mis à réfléchir sur le parcours difficile de cet homme, exemplaire à plus d'un titre, et les circonstances qui l'avaient empêché d'être heureux.

A mes yeux, il était plutôt victime que responsable des événements qui avaient marqué son existence et celle d'autres personnes. Le poids des mentalités, le contexte social de l'époque, la haine entre les peuples qui avait été plus forte que l'amour, tout s'était ligué contre lui pour rendre impossible l'aboutissement de son beau rêve.

Dès le lendemain de la soirée mémorable, au cours de laquelle j'avais appris l'existence de son fils, nous nous rencontrâmes, Francescu et moi, pour mettre sur pied une petite stratégie destinée à localiser cet être quasi mythique.

D'après mes calculs il devait, s'il existait réellement, être âgé de plus de vingt-cinq ans. Nous étions en effet dans les années soixante-dix et le temps avait passé depuis la fin du deuxième conflit mondial.

Toutes les requêtes adressées aux autorités locales, bourgmestre, commissaire de police local, chef de l'état civil, demeurèrent hélas sans résultat. Soit prudence excessive de la part des hommes en place, soit ignorance des faits, personne ne répondit positivement aux demandes de renseignements et certaines lettres, comme celle adressée à son ancien camarade de commando, étaient restées sans réponse. Rien ne confirmait qu'Elsa était encore en vie, qu'elle n'avait pas quitté son pays et, surtout, qu'elle était disposée à renouer avec son passé.

En désespoir de cause, une supplique adressée au curé du village, cadre des événements relatifs à cette histoire, fit plus que tout le reste. D'autres lettres circulèrent dans les deux sens et chacune d'elles contribua au rapprochement de ces êtres que la vie avait séparés.

Elsa n'avait pas oublié son beau et tragique roman d'amour et l'image de son amant était encore présente à son esprit, mais elle devait du respect à l'homme qui lui avait donné son nom. Son mari avait été mis au courant de la situation et il n'avait jamais été opposé à une éventuelle recherche du père de l'enfant qu'il avait élevé.

Pierre, l'enfant de la guerre et de l'amour, était au courant de ses origines car sa mère ne lui avait jamais caché sa liaison avec un prisonnier de guerre français. Il connaissait le nom de son père biologique mais cet homme, qu'il n'avait jamais vu, était un être sans existence réelle. Aujourd'hui que certaines circonstances allaient lui permettre de faire sa connaissance, il était impatient de rencontrer celui qui lui avait donné le jour.

Quant à Francescu, il ressentait comme une nécessité de consacrer les dernières années qui lui restaient à vivre à réparer ce qu'il appelait ses torts et à offrir à ceux qu'il aimait tout l'amour dont il était capable, sans rien demander en retour, sinon la paix de l'âme.

L'idée d'un voyage en Corse, pour permettre au père et au fils de se rencontrer, fit son chemin. Les derniers détails furent réglés dans la sérénité et chacun se lança dans les préparatifs en vue de faire aboutir ce beau projet dans les meilleures conditions. Bref, dans la promesse des retrouvailles, l'heure était à la joie en Bavière et chacun se réjouissait de ce qui s'annonçait comme la fin heureuse d'une modeste saga familiale.

Il n'en était pas de même à Féliceto où, comme dans les autres régions de l'île, les passions prennent toujours le pas sur la raison. Dès qu'elles apprirent l'existence d'un neveu, les sœurs de Francescu tombèrent muettes de saisissement, puis elles retrouvèrent la voix pour alimenter une querelle sans fin. Elles se voyaient déjà dépossédées de la maison dans laquelle elles vivaient, sans droit ni titre puisqu'elle appartenait à leur frère, et cela les rendait malades de ressentiment.

Francescu avait beau les raisonner en leur disant qu'elles resteraient usufruitières de tous les biens jusqu'à leur mort, même s'il disparaissait, rien n'y faisait. Tous les jours c'étaient des disputes interminables, agrémentées de sous-entendus perfides et de réflexions malveillantes. Ce climat familial rendait Francescu très malheureux mais il imposa malgré tout sa volonté en invitant Elsa et son fils à venir en Corse.

Le voyage eut lieu durant l'été qui suivit celui de la reprise du dialogue entre les héros de cette histoire d'amour. Selon l'usage du pays, Elsa et son fils furent reçus avec beaucoup d'égards par Francescu qui, en sa qualité de chef de famille, ne lésina pas sur les moyens pour leur être agréable. Il vendit même un champ pour faire face aux frais de séjour de ses hôtes. Ce geste, extrême pour un habitant de ce pays, dans lequel il n'est jamais de bon ton de dilapider une partie de son héritage, donne la mesure de l'importance que cet homme attachait à une rencontre qui représentait, pour lui, le but essentiel de sa vie.

Les deux sœurs firent contre mauvaise fortune bon cœur. Elles parvinrent à rester dans les limites de la politesse mais, adoptant une attitude plus que réservée, elles ne se livrèrent à aucune démonstration d'amitié, encore moins d'affection, envers ceux qu'elles considéraient comme des intrus et qu'elles appelaient d'un mot malsonnant employé durant la guerre de 1914 pour désigner nos ennemis.

Dûment chapitrées par leur frère, elles se plièrent de mauvaise grâce pour faire ce qui leur était commandé, sans s'écarter toutefois de l'exécution des tâches ménagères qui leur revenaient de droit et dont elles ne pouvaient se dispenser.

Après leur départ, n'ayant pas épuisé leur haine, elles allèrent jusqu'à dire à leur frère que, elles vivantes, ces gens-là ne pénétreraient plus jamais dans ces lieux sacrés de la maison familiale, et qu'à l'avenir il devrait choisir entre elles et les Allemands.

Miné par le chagrin, les années de captivité et la maladie,

Francescu mourut cette année-là dans l'indifférence, sans avoir obtenu de ses sœurs la moindre compassion et le plus petit geste de clémence.

Il eut juste le temps, avant sa disparition, de se rendre chez le notaire de l'Ile-Rousse et de léguer tous ses biens à son fils. Fidèle à sa parole, il en donna l'usufruit à ses sœurs. Elles continuèrent donc à habiter la maison mais ne firent rien pour la préserver des intempéries.

Selon la coutume locale, Francescu fut enterré à l'endroit où il était né.

Le petit tombeau, au fond de sa propriété, modeste comme la vie de celui dont il abrite l'humble dépouille, porte ces simples mots : FRANCESCU NEGRONI – IL A VÉCU. IL A AIMÉ. IL A SOUFFERT – IL REPOSE DANS LA PAIX DE DIEU, PRIEZ POUR LUI.

– C'est ici que je veux être enterré, m'a dit son fils un été que nous étions tous deux inclinés devant la dernière demeure de Francescu.

Là-haut, la maison de l'Allemand dressait sa fière silhouette défiant le temps si chichement compté aux hommes. Ses façades crépies de frais et son toit neuf témoignaient de sa restauration. Les fenêtres, ouvertes sur la vie, laissaient entrer la lumière du jour à profusion. Sur les fils du séchoir, du linge multicolore claquait au vent léger d'une belle journée d'été. Sur le seuil, des cris d'enfants joyeux s'élevaient dans l'air cristallin pour se perdre dans les combes de la montagne bleue qui dresse sa masse imposante dans l'insondable clarté du ciel bleu de l'île de Beauté.

Table

DU MÊME AUTEUR

LA COULEUR DES MOTS, poèmes, Scriba, L'Isle-sur-la-Sorgue.

LES SILENCES DU CŒUR, poèmes, Scriba, L'Isle-sur-la-Sorgue.

LES VENTS DE L'OUBLI, souvenirs d'enfance, Albin Michel.

LA FONTAINE DU BOURREAU, contes et récits, Albin Michel.

Cet ouvrage composé
par I.G.S. - Charente Photogravure
à L'Isle-d'Espagnac,
a été achevé d'imprimer sur Roto-Page
par l'Imprimerie Floch à Mayenne,
pour les Éditions Albin Michel
en mars 2003.

N° d'édition : 21453.
N° d'impression : 56820.
Dépôt légal : avril 2003.
Imprimé en France.